逆井卓馬 Author: TAKUMA SAKAI

[插畫] 遠坂あさぎ illustrator: ASAGI TOHSAKA

Heat the pig liver (第3次)

the story of a man turned into a pig.

豬肝記得煮熟再吃

Characters

the story of a man turned into a pig.

[NAME]
兼人

profile

在現代日本是男高中生。與豬他們一起再度轉移到梅斯特利亞。

[NAME]
馬奎斯

profile

繼承伊維斯王位的現任梅斯特利亞國王。被稱為最強的魔法使。

[NAME]
荷堤斯

profile

馬奎斯的親弟弟。目前離開王都，下落不明。

[NAME]
莉堤絲

profile

被解放軍帶回去照顧的耶穌瑪。原本的名字並非莉堤絲。

「那話是什麼意思？
你是在侮辱我嗎？」
[NAME]
修拉維斯
（潔絲她們正在
講女生的悄悄話。
我們幾個處男要不要
也來談心一下？）
[NAME]
豬

Heat the pig liver

the story of a man turned into a pig.

豬肝記得煮熟再吃

（第3次）

逆井卓馬

Author: TAKUMA SAKAI

[插畫] 遠坂あさぎ

illustrator: ASAGI TOHSAKA

Kadokawa Fantastic Novels

目錄

Contents

Heat the pig liver

某個老人的過去

對方的目標是青年。理由很明確，因為他是魔法使。

不過，此刻即將消逝的生命並非青年，而是他的好友。

「放過我吧，拜託妳。我什麼也沒做不是嗎？」

身穿黑色長袍的女人走近倒在泥巴地面上求饒的好友。

「讓人讀不到心思的魔法、避免探查的魔法，無論哪個都不能放過。很遺憾，但我判斷你非死不可。」

冷酷無情的女人聲音相當年輕，甚至可說十分迷人。

青年察覺到了。好友遭到攻擊是我害的。為了保護好友而給予的魔法，在某些方面並不完美，因此才會被這個女人給探查到。然後好友明明不是魔法使，卻打算**代替我**以魔法使的身分被殺掉。

一切都事與願違。

青年習得悄悄躲藏起來的魔法，在暗黑時代中一路倖存到今天。青年原本服侍的魔法使落敗後，他也靠著隱遁魔法保護自己與好友一家人，逃離女人的魔掌。照理說是這樣。但現在因為自

己的魔法，好友即將慘遭殺害。

然後青年只能在附近的黑暗中屏住氣息，眺望著那幕光景。

「為何妳要殺害**我們**！」

好友這麼大喊。女人平淡地回答。

「所謂的魔法是非常危險的力量，不該是有許多人可以擁有的力量。」

「**我**發誓**我**什麼也不會做！**我**說真的！」

青年察覺到了。「我不是魔法使，真正的魔法使就躲在附近」——只要這麼說，明明就能得救，好友卻一直假裝自己是魔法使。他是在包庇我，賭上自己的性命。

「我不喜歡長篇大論。十分抱歉，但就此打住吧。」

女人流利地舉起手。那一瞬間，好友以閃電般的速度拔出劍，逼近女人的脖子。

響起砰一聲的巨響，周遭染成了烏黑的紅色。已經四處不見好友的身影，只剩細微的碎肉片散落在女人周圍而已。

女人沒有特別動搖的樣子，看了看手邊的紙張。她纖細的手指在紙張劃上一個標記。

青年看著離開的女人，只能因絕望而顫抖個不停。

肌膚彷彿要凍結起來一般，實在過於可怕的魔力。居然在短期間內獲得這般強大的力量。

勝者拜提絲肯定蒐集到了眾人在尋求的終極寶物——契約之楔。

那個將死亡與災禍散播在這個梅斯特利亞，不祥的太古至寶。

第一章　別亂聞少女的腳

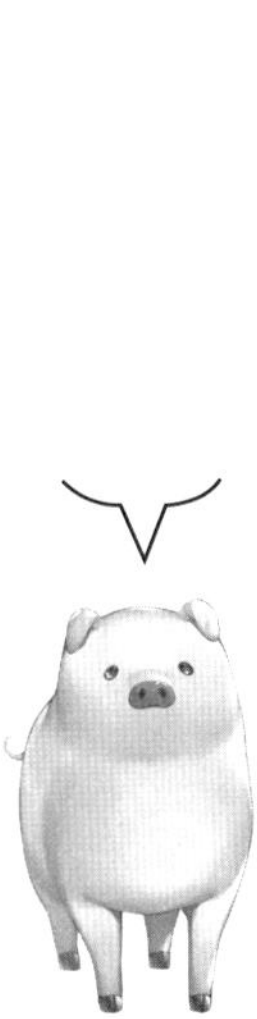

「豬先生知道有三大至寶沉睡在這個梅斯特利亞的故事嗎？」

我從鋪設著地毯的地板上，抬頭仰望從床上窺探著這邊的金髮美少女尊容。

（不，我沒聽說過呢。）

潔絲的右胸與左胸……還有一個是什麼呢？

「那個，可以不用那樣顧慮我也沒關係……」

潔絲稍微抬起身體，將睡衣的胸前弄整齊後，再度趴倒在床上。

我的全自動下流思考迴路跟潔絲的讀心能力，實在是最高等級的合不來。

（可以不用對我的內心獨白做出反應喔。）

「這個我知道……但無論如何都會感到在意……」

經過這段不知是第幾十次的對話後，我重新提起話題。

（那麼，三大至寶是什麼啊？）

感覺潔絲雙眼閃閃發亮地說道：

「就是破滅之矛、救濟之盃，還有契約之楔。」

這命名還真是讓人一聽就難忘啊。

（是怎樣的寶物啊？）

潔絲微微地將頭倒向旁邊。

「這個嘛……只有寶物的名字跟這些寶物似乎存在這件事流傳下來，好像沒人知道究竟是怎樣的東西。聽說從很久以前——比拜提絲大人建立王朝還要更早以前開始，眾人就一直相信梅斯特利亞存在著這些寶物喔。」

（拜提絲以前的歷史不是都埋葬在黑暗中了嗎？）

我想起潔絲以前告訴我的事情。魔法使們以血洗血，反覆鬥爭的暗黑時代。終結暗黑時代的是現今王朝之祖拜提絲。據說拜提絲改寫了暗黑時代以前的歷史，讓內容變得對自己這方有利。

「嗯，幾乎是那樣沒錯，但現今也有一些傳說以童話故事的形式保留下來喔。在那些故事中經常登場的就是三大至寶。」

哦。真有意思。

（從有很多魔法使的時代就被當成寶物看待，這表示那應該是就連魔法使都無法創造，相當貴重的道具吧。）

「原來如此……的確，那樣想是很自然的呢。」

看到一臉認真地思考的潔絲，我這麼詢問。

（但妳怎麼會突然提起那些至寶什麼的話題呢？）

「其實呢，是我今天聽到馬奎斯大人在談關於破滅之矛的話題。」

（妳說那個死腦筋的頑固老爹？）

馬奎斯是梅斯特利亞的國王，也是潔絲的未婚夫修拉維斯的父親。他性急、強勢又工於心計，實在不是那種會喜歡童話故事的人。

「我覺得那種說法不太好……不過，既然那位馬奎斯大人實際提到這個話題，我在想至寶說不定是真的存在呢。」

（原來如此啊。既然叫做破滅之矛，聽起來就像是用來攻擊的道具……他的目的果然是那個嗎？）

「嗯，恐怕是……為了對付暗中活躍的術師先生。」

暗中活躍的術師——是企圖危害王朝，擁有不死身的魔法使。馬奎斯好像在摸索殺掉那傢伙的方法，但至今仍沒有找到答案的樣子。直到擊斃暗中活躍的術師為止，王朝的民眾都必須一輩子活在死亡的恐懼之下。當然，潔絲也是其中一人。

（也就是說，馬奎斯認為破滅之矛可能是擊斃暗中活躍的術師的關鍵。）

「對。如果能盡快找出來，讓這場戰爭結束就好了呢。」

（說得也是。）

我的雙眼不小心筆直地與潔絲對上，我一言不發地移開視線。

（不過，我們首先得集中精神在明天的事情上。）

我這麼傳達，於是潔絲點了點頭。

「說得也是呢。因為明天總算要去見那位人物了。」

她的音調十分低沉，幾乎是耳語的聲音。

我們明天終於要前往諾特等解放軍的所在處。從衝擊的推論後過了一星期。我們獲得王子修拉維斯的協助，總算準備齊全，要去見那個有嫌疑的人物。知道這個計畫的人，只有我、潔絲與修拉維斯而已。這是為了讓解放軍與王朝和解的祕密計畫。

我向看起來心神不定的潔絲這麼傳達。

（沒事的，只是去見可愛的小狗狗而已。假如是我弄錯，潔絲只要忍耐被那隻狗舔來舔去或聞來聞去就好。假如我的推論是正確的——）

潔絲緊張地倒抽一口氣。

（必要的交涉就由我來處理。麻煩潔絲妳幫忙當我跟那傢伙對話的橋梁。）

潔絲感到安心地吐了口氣。

「我放心了……我還以為豬先生會說假如推論正確，就換豬先生對我舔來舔去或聞來聞去……」

潔絲還真了解我啊。我的確想過要那麼說。

（我們可是在講正經事，我怎麼可能開那種玩笑啊。）

「內心的聲音倒是很老實呢。」

潔絲用幾乎已經放棄的表情露出微笑。

（……我可以舔來舔去或聞來聞去嗎？）

「不可以。」

聽到她立刻這麼回答，豬耳朵失望地垂了下來。

「那個，因為那種事要講順序的……」

潔絲這麼說道後，滿臉通紅地鑽進了被窩裡。

雖然不知道是什麼順序，但都有一回到梅斯特利亞就狂舔十三歲少女的黑豬了，我想這種程度的肢體接觸應該是可以被容許的吧。

畢竟我是一隻豬嘛。

寢室鴉雀無聲。潔絲輕快地揮了一下手，用魔法關掉天花板的燈光。

「……總覺得有些緊張。」

從床鋪上傳來似乎有些不安的聲音。

「解放軍的成員們——諾特先生和瑟蕾絲小姐他們的命運，說不定都取決於我們呢。」

的確，這件事並非去寵物公園玩樂那種輕鬆的活動。

儘管以魔法使的身分誕生，卻為了穩定社會與維持魔法使這個種族，被迫戴上項圈，作為奴隸流通到市場上的少女們——幾乎都被當成狩獵對象，遭到殺害的少女們——耶穌瑪。想要固守這種制度的王朝，與想要破壞這種制度的解放軍，雖然現在因為要對付北部勢力這個共通的敵人而締結同盟，但可以想見雙方遲早會撕破臉的未來。我們要去說服感覺能夠防止這種情況發生，立場中立的關鍵人物。

（說得也是。但妳放心吧。我們並不是要跟敵人戰鬥，只是向同伴提議戰鬥方式而已。潔絲只要擔心自己的裙子底下就行了。）

「我選一套防禦比較堅固的服裝穿吧……」

（那樣最好。）

沉默。王都在歷代國王強力的魔法守護下，彷彿這世界的混亂都像是謊言一般寧靜且和平。可以聽見潔絲在棉被裡翻動著身體的沙沙聲響。

要是這種時間能一直持續下去就好了——我倒也不是沒有這種想法。

「那個，豬先生。」

（什麼事？）

糟糕。明明內心獨白都會被潔絲給看穿的。

「……晚安。」

（嗯，晚安。）

月光溫柔地照亮著窗邊。

這時候的我們，絲毫無法想像我們的選擇居然會發展成左右王朝將來的大騷動。

「快坐上去，豬。」

王都的最上層，可怕且巨大的黑龍趴在廣場上。我用四隻腳走在變成斜坡一般的翅膀骨骼上，充滿尖刺的背上固定著可乘坐的座位，我將身體收納在那座位的縫隙間。那座位就像是拆掉雲霄飛車的一節車廂裝上去的一樣。當然沒有什麼安全帶。

修拉維斯王子看到我搭乘上去後，發出「喝」的一聲，讓龍爬起身來。巨大的翅膀在視野的左右兩邊上下起伏。潔絲似乎也不習慣這種空中之旅，在我身旁緊緊地握住座位上的靠墊。我看著潔絲的手，還有她襪子甚至覆蓋到大腿的美腿，讓心靈平靜下來。推薦她穿防禦比較堅固的服裝說不定是個錯誤啊——我這麼反省。

龍高高地飛上天，朝諾特他們所在的繆尼雷斯前進。搭乘起來的感覺大概就像在狂風暴雨的大海中向前衝的船隻，也就是糟糕透頂。

龍背上的座位受到魔法保護，明明沒有任何遮蔽物，卻是無風狀態。修拉維斯坐在前面，蓬鬆的金髮在他的後腦杓配合翅膀起伏緩緩地搖晃著。

「你喜歡潔絲的赤腳嗎？」

傳來修拉維斯的聲音，我不禁反問。

（咦，你說什麼？）

「『推薦她穿防禦比較堅固的服裝說不定是個錯誤啊』——你在內心這麼說了吧。」

難得潔絲都親切地無視那句話了，這人怎麼還特地一字一句挖出來講？

（不行嗎？是男人的話，無論是誰都喜歡女孩子的赤腳吧。）

「是那樣子嗎……？」

（就是那樣子。）

我們進行著這樣的對話，一旁的潔絲滿臉通紅地低下頭。

（你看，都是因為你提起下流的話題，害潔絲感到難為情了不是嗎？）

這個性騷擾混帳，給我看清楚場合再講話啊。

「說到底，要怪你有那種下流的想法。」

可惡……！無法反駁！

王家的魔法使們似乎都完美地習得不會被讀心的技術，據說修拉維斯腦內的想法不會洩漏給潔絲知道。明明這個寡言型男肯定也在腦海中思考著那種事情還是這種事情，卻只有我的心思會被看光光，真是不公平。

「……說不定你跟叔父大人很合得來啊。」

修拉維斯轉頭看向這邊，這麼說道。濃密的眉毛與立體的五官，配上那白皙的肌膚，他看起來簡直就宛如雕像一般。

（你說荷堤斯？這究竟是為什麼？）

「因為叔父大人他也……該怎麼說呢……是一位有好色傾向的人物。」

什麼？想不到我的推論居然在這種地方也合乎邏輯。

我想起諾特的搭檔——羅西。牠是一隻最喜歡對女孩子又舔又聞的狗。特別是跟潔絲一起旅行的時候，牠彷彿理所當然似的一直狂聞潔絲的赤腳。假如牠的真面目是修拉維斯的叔父，而且一直利用野獸的立場反覆著變態行為的話，這終究不是能饒恕的舉動吧。

「呃，我覺得你也是半斤八兩……」

我無視看了我內心獨白的修拉維斯的吐槽，繼續剛才的話題。

（好，那麼重新確認一下相關事實以及今後的計畫吧。）

潔絲面向這邊點了點頭。

（我們要去見諾特，目的是那傢伙飼養的狗，羅西。羅西在五年前與諾特相遇，就在巴普薩斯的修道院被燒毀，諾特為了追尋從修道院被綁架的心上人伊絲而展開旅程的途中。）

是彷彿命運般的相遇。不過，假如那次相遇是有理由的。

（就在相同時期，馬奎斯的弟弟荷堤斯從王都消失無蹤，因為他無法原諒燒掉修道院，冷酷無情地殺害耶穌瑪的馬奎斯，還有允許馬奎斯這麼做的國王伊維斯。然後我們由此推論荷堤斯可能是變身成羅西。）

修拉維斯點頭同意。

「我也沒有異議。叔父大人的魔法雖然並非特別強大，但他是個技巧派的術師，就算習得變身成動物的魔法，也沒什麼不可思議的。我認為充分有懷疑的餘地。」

「而且也有圖書館員的證言，據說荷堤斯先生對變身很感興趣。」

潔絲這麼補充。這是我們這一星期來調查到的成果。

（沒錯。而且羅西跟荷堤斯，無論哪邊都是變態。這實在相當可疑。我們要把這些事實擺在羅西面前，讓他坦承自己的真面目。然後拜託他作為解放軍那邊的人，與王朝進行交涉。）

就現狀來說，解放軍的立場壓倒性地不利。雖然因為具備相當數量的兵力，加上有民眾支持等理由，王朝讓他們存活下來，但倘若馬奎斯判斷不需要解放軍，不曉得會有什麼下場。我們需要一張王朝會想要或感到害怕的卡牌。那就是**國王的弟弟**。

「這個計畫要對父親大人保密是吧。」

（沒錯。王牌要在關鍵時刻才打出來。你的爸比正忙著政治與戰爭，先對他保密應該不是什麼難事吧。）

「我明白了。我也會全面協助。」

「一起加油吧！」

潔絲擺出她擅長的要好好加油咧的姿勢。修拉維斯瞥了她一眼後，便面向前方，用韁繩調整前進的路線。

徒步的旅程總是很漫長，空中的旅程則是一瞬間。

過了一陣子後，便可以看見大規模的繆尼雷斯街景。南部最繁榮的商業都市。王朝軍的防禦也很堅固，是相當安全的地方。

龍維持著一定高度來到繆尼雷斯上空，然後緩緩地垂直下降，降落在王朝軍的領地內。

據說是馬奎斯從蜥蜴創造出來的這隻龍，會讓腹部那一面配合天空顏色發光，因此在高處飛行的話，要從下方發現龍似乎非常困難。這大概是應用一部分深海魚為了消除自己在海中的陰影會使用的反照明偽裝（counter-illumination）吧。為了活用這個特性，即使已經靠近街道，我們還是一直維持一定高度，直到進入王朝軍的領地內為止。

解放軍的據點與王朝軍的領地相鄰。由於國王的慈悲而得到石造的氣派房屋，解放軍的中心成員就在那裡生活。我們造訪幹部生活的宅邸。

那是外牆塗成水色，三層樓建築的豪宅。種植在寬敞庭院裡的樹木修剪得十分整齊，讓秋風將樹葉染成美麗的色彩。來到玄關前迎接我們的諾特，也穿著褐色的長版外套，一身富家公子的裝扮。跟之前看到時一樣，他的脖子上圍著黑色披巾，腰上則有雙劍發出亮光。

「有什麼事？王朝的鳥窩頭，你是特地來送死的嗎？」

諾特直爽地這麼打招呼，將視線移到我跟潔絲身上。

「你們看來還是一樣有精神，真是太好了。」

上次與諾特見面是在馬多的戰鬥。我們與暗中活躍的術師對峙時，修拉維斯並沒有來助陣，諾特似乎一直覺得這樣的修拉維斯不能信任。

修拉維斯沒有特別顯露出什麼感情，將大大的皮革袋交給諾特。

「這是錢跟立斯塔。前陣子的戰鬥受你們照顧了。這是謝禮。」

諾特理所當然似的收下袋子。

「還挺重的嘛。不愧是王朝。靠販賣耶穌瑪賺了不少錢嘛。」

諾特這麼挖苦的時候，宅邸的大門開啟，長瀏海的陰沉角色來到了庭院。

「這傢伙有什麼事？弓箭的標靶已經很夠用嘍。」

巨大的十字弓在那人的背後發亮著。是解放軍的幹部，同時也是弓箭名手的約書。

「好像是來補給的。拿去吧。」

諾特將皮革袋交給約書。約書看了看諾特的雙眼，乖乖地回到了宅邸裡。

「你會親自前來，應該是有什麼話要說吧。快點講正題吧。」

聽到諾特這麼說，修拉維斯看向我。我透過潔絲向諾特傳達。

（有事要找諾特的是我。不好意思，你可以叫羅西過來嗎？）

「羅西？你找一隻狗有什麼事？」

（我有點事情想問牠。）

「那傢伙雖然可以理解不少人類語言，但不會講話喔。」

諾特一臉無法理解似的蹙起眉頭。潔絲從旁說道：

「那樣就行了！麻煩您了！」

雖然諾特還是一臉無法接受的樣子，但他不情不願地點了點頭。

「是嗎，我知道了。」

諾特用手指吹口哨。幾秒後，才心想有一個白色影子從宅邸旁邊衝了出來，便見那影子筆直地突擊到潔絲身邊。

「咦？慢……慢點，羅西先生，啊……」

羅西從背後逼近潔絲，首先將鼻頭埋進那柔軟的臀部。然後牠順勢將臉鑽到潔絲的胯下，呼吸急促地不停狂嗅。

真羨——真是隻缺乏管教的狗啊。

（不好意思，可以麻煩你讓那隻變態狗冷靜下來嗎？）

諾特稍微挑起眉毛。

「羅西，等等。」

一直專注地狂嗅潔絲大腿的大型犬當場坐了下來，從潔絲的兩腿間朝這邊探出頭來。潔絲露出苦笑，僵在原地。

（修拉維斯，你試著搭話看看。）

令人緊張的一刻。修拉維斯在潔絲前面蹲下，與羅西面對面。

「叔父大人。」

伸出舌頭大口喘氣，一直笑咪咪的狗，以那樣的狀態凍結在原地。

「……你在說什麼啊？」

諾特一臉疑惑地問道。

「是這隻豬發現的。我的叔父消失無蹤的時期，跟這隻後來變成你搭檔的狗出現在你身邊的時期完美地重疊起來。」

潔絲一臉尷尬地俯視從自己的兩腿間探出頭來的狗。假如羅西的真面目是荷堤斯，這種情境要說是叔父與姪子令人感動的重逢，實在太不妙了。應該很少會看到這種從未婚妻的胯下跟自己說哈囉的叔父吧。

「你是叔父大人沒錯吧。」

修拉維斯用認真的表情筆直地注視著狗，於是羅西的雙眼開始游移。看來似乎是猜中了。要不要把這個變態傢伙以現行犯身分逮捕起來啊？

「說什麼傻話，那怎麼可能……」

諾特蹙起眉頭，俯視搭檔的臉。三人與一隻的視線集中在潔絲的兩腿間。寂靜。

「……汪汪嗚。」

羅西發出似乎從未聽過的軟弱聲音。這是牠想盡可能假裝成狗的無謂掙扎嗎？諾特驚訝地瞠大眼。

「羅西，你……」

中間停頓了一段時間。羅西收起舌頭，大叔充滿磁性的聲音在腦內響起。

——我就覺得你們一定會來，我自豪的姪子與聰明的豬小弟，還有潔絲。我一直相信如果是你們，一定能追查到真相吧！

白狗揚起嘴角笑著。這傢伙居然理歪氣壯起來了！

目前最混亂的應該是沒有做好心理準備的諾特吧。他手貼在額頭上，難得地顯露出動搖的模樣。

「先等一下。羅西是……人類？」

諾特粗魯地推開修拉維斯，與潔絲的兩腿間面對面。他的手粗魯地抓住羅西的下巴。

「這是在開什麼玩笑對吧。」

——……抱歉，諾特小弟。這五年來我一直隱藏著真實身分。但這是有理由，也是有原因的。希望你讓我在這裡說明一切。

諾特仍然是一臉嚴厲的表情。

「既然是這個鳥窩頭的叔父，簡單來說，你就是王朝的魔法使。」

羅西感覺有些不自在地動了動頭部。一直無法動彈的潔絲發出了「嗯！」的聲音。

慢點。

我沒有屈服於這緊繃的氣氛，接近諾特與羅西。

（我大概知道原因。照理說不會是什麼壞結果才對。總之荷堤斯先生，請你先從潔絲底下讓開。那裡是我的地盤。）

白狗像一隻狗似的嗷嗚了一聲後，低下頭從潔絲的兩腿間溜了出來。潔絲感到放心地鬆了一口氣。

——真是抱歉呢，不小心就因為狗的習性……

雖然很想說別什麼事都推卸給習性，但在嚴肅的局面中，甚至沒有餘地去吐槽。之後再來決定要怎麼處置這個變態，總之現在得先進展話題才行。

（荷堤斯先生，首先請你恢復成人類的模樣。雖然身為一隻豬這麼說也很怪，但面對一隻狗實在很難交談。）

我透過潔絲這麼傳達，於是狗緩緩地搖了搖頭。

——不好意思，但我無法靠自己的力量變回人類。

「無法靠自己變回來？」

修拉維斯這麼回問。

——首先讓我說明這一切的來龍去脈吧。我想盡快解開諾特小弟的誤會。

一看之下，只見諾特的神色彷彿隨時會砍掉羅西的頭一般，手按在雙劍的握柄上。

（諾特，冷靜一點。就算說他是王朝的人——）

「吵死了，變態臭豬仔。一起相處了五年的搭檔，其實是腐敗王朝的魔法使？聽到這種事情，有誰能夠保持冷靜啊？」

儘管嘴上這麼說，但在白狗圓滾滾的雙眼注視下，諾特還是將手從劍的握柄上移開了。

「……算了，好吧。畢竟是豬都會說教的時代，我才不會因為這種程度的事情嚇到腿軟。就暫且聽聽看羅西怎麼說。」

諾特眉頭深鎖，一屁股坐到了草地上。

「把所有事情一五一十地說出來。」

羅西也當場坐下，變成了三個人類與一隻豬聆聽狗大人說話的布陣。

——首先自我介紹一下。我名叫荷堤斯，是國王馬奎斯的弟弟。我一直很仔細地觀察你們，所以你們不需要重新報上名號。

他口齒伶俐，簡潔且明瞭地說明。從他的語調可以預測他應該是個相當有本事的高手吧。

——原因非常單純，就是我看不慣王朝的做法。理由跟諾特小弟和其他解放軍成員一樣。所以我才離開了王朝。我不想被王朝找到，也不想就那樣一直當個魔法使，因此才變身成狗，用這個腳環——

狗這麼說，並抬起左前腳。只見銀製腳環貼身地套在那腳上。

——封印住魔力，退居民間，然後與被捲進不講理狀況的少年相遇了。我感受到少年的前途大有可為，所以決定以狗的身分陪伴他，直到死亡為止。

荷堤斯慎重地挑選用詞，似乎在避免提及馬奎斯就是燒毀修道院的罪魁禍首這個事實。這是英明的決斷吧。還不到諾特應該知道那件事的時候。

諾特緩緩地開口。

「也就是說，你雖然有王家的血統，卻捨棄王朝、捨棄魔法，在這種四處流浪的獵人身邊搖著尾巴當一隻獵犬是嗎？」

——沒錯。而且我並不後悔。倘若沒有被聰明的豬小弟他們發現，我原本打算一輩子就這樣下去的。因為我討厭麻煩事呢。

據說魔法使精通不會被讀心的技術。倘若一直維持狗的模樣，確實也能一輩子都不被人發現地度過吧。

狗十分冷靜，彷彿直到剛才還不斷狂嗅潔絲下半身的事情就像假的一樣。

「有意思。那麼，怎樣？只要砍掉那隻左腳，你就會恢復魔力，跟我們一起摧毀王朝嗎？」

——等等，事情沒那麼簡單。

阿狗用前腳制止主人。

——這個腳環施加了歸屬魔法。就算硬是拔掉，也會再次套到我的身體上，那麼做沒有意義。為了絕對無法靠自己的力量變回人類，我花了一些功夫。必須按照步驟一步步解除才行。

「步驟？」

諾特蹙起眉頭時，狗面向我這邊。

——王都裡面有為了讓我變回人類所需要的東西。可以拜託你們幫忙拿來嗎？

「為什麼那位人物要用這種充滿謎團的方法指定場所呢？」

（天曉得。大概因為他是變態吧？）

晴朗的午後。我跟潔絲一回到王都，便決定立刻兩人一起去尋找目標物。修拉維斯正在進行戰鬥訓練。

建造在岩山斜面的王都城市在各種方面都錯綜複雜。鋪設著偏白石頭的狹窄道路反覆無常地穿過石造建築物之間前進，接著突然變成階梯，有時還會挖開岩石通過洞窟。在潔絲的帶領下，我們朝最初的目的地前進。

那個男人的指示是這樣的。

——希望你們可以拿到「泉水」與「被封印的史書」。我會告訴你們應該尋找的場所，你們要牢牢地記住。

然後關於「泉水」的詳細情報，潔絲筆記在她手中拿著的紙上。

到達泉的道路要通過三個場所。

第一個場所是花開廣場。有花朵不會枯萎的花壇裝飾著。

從那裡能看見的第二個場所有兩座巨大山脈。

第三個場所位於視線前方。結了兩顆小果實。

只用左邊的翅膀，朝解除封印之泉前進吧。

從隱喻專家的角度來看，這內容只散發出危險的氣息。但潔絲不知何故很開心似的雙眼閃閃發亮，我決定陪她一起行動。

「第一個場所很簡單。這前方有據說是拜提絲大人創造的花之廣場。聽說用石頭製成的花朵已經持續綻放百年以上嘍。」

潔絲心花怒放地彎過轉角，從狹窄的小巷來到大街上。扣除看不到小孩們的身影這一點，在王都來往交錯的人們看起來就像極為普通的居民。使用白色岩石建造的成排房屋中，夾雜著整齊清爽的店面。

我們沿著大街前進一陣子後，視野一下子開闊起來，來到圓形的廣場上。

（這就是花之廣場嗎？）

「看來是這樣呢！」

蓋在斜坡途中的廣場，有一半是朝著王都外面——也就是朝著西邊天空彷彿瞭望台一般地往外突出，可以在另一頭觀望到梅斯特利亞廣大的土地。廣場的另一半位於斜坡這邊，形成台階的花壇奢侈地拓展開來。只不過，綻放在上面的花並非真正的鮮花，而是從莖到葉都非常精細地被製作出來的白色大理石玫瑰。

（簡直就像把真的玫瑰變成了石頭一樣啊。）

我這麼傳達，於是原本興致勃勃地觀賞石造花的潔絲轉頭看向這邊。

「說不定真的是那樣創造出來的呢。」

原來如此。既然有能夠終結暗黑時代的魔力，說不定這種程度的事情也是小菜一碟。

（花朵不會枯萎的花壇，看來就是指這裡沒錯了啊。那麼，來尋找山脈吧。）

「好的！」

雖然到達時已經確認過，但在西邊能看見的王都外圍，不出所料，並沒有看到能稱為「兩座巨大山脈」的景色。

花之廣場似乎是交通中樞，廣場上有五條道路。既然是能從這裡看見，山脈一定位於其中一條道路的前方吧。

潔絲與我在廣場上行走，確認道路的前方。五條道路中，有兩條的前方是平緩地描繪出曲線的大街，並非能看見特別像是記號的東西。有一條道路的前方是小型廣場，有著獎盃形狀的噴水池。還有一條道路在稍微前進一點的地方分歧成兩邊，分歧點建造著裸婦雕像。剩下那條路從途中轉變成往下的階梯，盡頭可以看見聳立著高塔的草地庭園。

「這個謎題相當困難呢……」

潔絲認真地陷入沉思。

「位於下方的那座塔，或許可以形容成山脈。不過塔只有一座，因此不能說是兩座山脈呢……要說雕像或噴水池是山脈也有些牽強……難道是沿著大街再稍微前進後，就能看見山脈之類的嗎？」

…………

（嗳，潔絲，我可以講出答案了嗎？）

潔絲大吃一驚似的俯視這邊。

「咦咦咦！豬先生已經知道答案了嗎？」

說不定諸位也已經察覺到了啊。線索就是**心靈純潔的人看不見的山**。

（只要注意到那個變態話中的含意，其實非常簡單。走吧。）

「咦？可是，請等一下！」

被潔絲這麼叫住，我轉頭看向她。

（怎麼了？）

「抱歉，我……想試著靠自己的力量找出答案。」

潔絲噘起嘴唇，露出看來有些不甘心的表情。真稀奇。很少有機會能看到這種天真無邪的潔絲吧。

（我知道了。我就先等一陣子，妳試著自己思考看看吧。）

「是的！」

潔絲一邊低喃「兩座山脈、兩座山脈……」同時沿著廣場四處打轉。我也緊跟在她身後。雖然覺得可憐，但她一定無法找到答案吧。

過了幾分鐘，潔絲停下腳步。

「那個……」

我預測到潔絲要說的話，繞到潔絲眼前的腳邊。

「對不起，我果然還是不知道。可以請您告訴我提示嗎？」

好吧。我在潔絲的注視下告訴她提示。

（潔絲的視野現在也能看到兩座山脈。）

「咦？」

潔絲環顧周圍。

（不對，不是那樣。妳看我這邊。）

我在潔絲的面前坐下。潔絲的視線朝向下方。

「呃……我只能看見豬先生與自己的腳邊……」

（有沒有在稍微前面一點看到什麼？）

嗯，雖然不是多大的山脈啦。

我的意圖似乎傳遞給她了，只見潔絲的臉猛然漲紅起來。

「啊……原來如此！是……是指這種山脈呢！」

潔絲似乎總算領悟了，她前往有裸婦雕像的道路。我們在以大理石打造出來的等身大裸婦雕像前停下腳步。並沒有碑文什麼的，就只是一個面向上方，圍著纏腰布，胸部很大的女性模樣寫實地被雕刻出來而已。兩座巨大的山脈，是下流眼。看來那男人從扮演羅西時起就一直沒變，是個最差勁的變態傢伙。

（好，這裡就是第二個場所吧。接著是第三個場所。「位於視線前方」就表示……）

雕像的女性抬頭仰望的角度相當上面。沿著她的視線前方一看。

「沿著前面的階梯一直往上爬的地方，似乎還有其他雕像。」

在連房子都沒蓋的陡坡相當上面的地方，有個像是樓梯平台的場所，那裡有座沐浴著陽光，閃耀著白色光芒的石像。雖然看得不是很清楚，但似乎是裸體的少女雕像。那雕像張開雙手，彷彿隨時準備飛上天一般。

（「結了兩顆小果實」的意思是……已經沒問題了嗎？）

我這麼確認，於是潔絲用右手按住胸口，有些在意胸前地露出苦笑。

「嗯，沒問題……因為感覺曾經有哪位在基爾多利的祭典之夜時，一邊吃著我給的蘋果，一邊思考著類似的事情。」

不不，那大概是妳的錯覺吧。

（那我們走吧，雖然是很艱辛的上坡，妳可以嗎？）

「當然可以！」

儘管累得精疲力盡，我們仍到達了少女雕像這邊。在被時髦的石頭柵欄圍住的樓梯平台上，宛如芭蕾舞者一般張開雙手的裸體少女。浮現出來的肋骨和似乎很柔軟的肉感等，非常逼真地被雕刻出來。

而且是**平胸**。

在近距離觀看，讓我回想起來——回想起在旅程結束時，裸體幫我刷毛的少女。我現在也能鮮明地回憶起那時看見的景色。關於胸部的大小，是那邊更勝一籌吧。我這個侍胸師都這麼說了，不會錯的。

「……呃，記得情報是說『只用左邊的翅膀』呢！」

儘管耳朵羞紅，潔絲仍好好地無視我的內心獨白，確認手邊的紙張。

是因為位於外圍嗎？這座高台上沒有任何人在。我繞到少女雕像前面，與潔絲一起觀察。剛才的裸婦雕像也是，王都的雕像無論是哪一座，都連細節也十分寫實。張開雙手的少女對面可以看見道路——

「啊，我想到了！」

潔絲似乎很開心地出聲說道。

「從正面看的話，分成兩邊的樓梯正好就像翅膀一樣展開來。左邊的翅膀——也就是只要沿著從我們這邊看過去右邊的樓梯往上爬就行了呢！」

跟我幾乎同時——應該說反倒比我早幾秒想到答案的潔絲，讓我佩服不已。雖然她給人有些輕飄飄的印象，但敏銳的時候相當敏銳，是個不能掉以輕心的少女。

（說得也是，似乎那麼解釋就行了。再努力堅持一段路吧。）

我們沐浴著涼爽的秋風，沿著狹窄的樓梯前進。我跟在潔絲後面，保持一步的距離。

「雖然是有一點奇怪的線索……但總覺得這樣子有些好玩呢。」

聽到潔絲這麼說，我停止企圖偷窺她裙子內側的行為。

（的確，好像下流的解謎遊戲一樣，很有趣呢。）

雖然不曉得荷堤斯在想什麼，但我覺得他真是個風趣的傢伙。至少比馬奎斯和修拉維斯幽默多了。

「解謎遊戲……原來有那種東西嗎？」

潔絲露出興致勃勃的表情，轉頭看向這邊。

（是啊，我以前待的世界有。由出題者想一些有趣的問題，然後其他人解答來玩樂。有時也會反覆出現謎題，像是解開幾個謎題後，又會出現新的謎題這樣。）

「哦，感覺非常有趣呢！」

因為這麼說的潔絲看起來實在太雀躍期待了，因此我開口提議。

（等事態穩定下來後，找一天來玩玩看吧。雖然沒什麼經驗，但由我來想問題也可以喔。）

「咦，真的嗎！好開心！」

潔絲這麼說著，雙眼閃閃發亮，隨即筆直地看著我的眼睛。

「我們約好了喔。」

我稍微僵了一下後，微微地點了點頭。我有一點害怕所謂的約定。

潔絲稍微歪了歪頭後，露出微笑。

「可是……如果您把我的胸部大小用來出謎題，我會懲罰您喔？」

為何穿幫了？我明明連在內心獨白都沒說出來！

「因為我最近開始懂得豬先生色色的思考迴路了……」

（原來如此……那還真是傷腦筋啊。）

我是以驚人的胸圍目測能力聲名遠播的侍胸師這件事，已經穿幫了嗎？

潔絲一邊緩緩地爬上樓梯，同時將食指貼在下巴上。

「這麼說來，豬先生經常會在意女性的胸部大小……」

她充滿疑惑與好奇心的褐色眼眸看向這邊。

「您看過其他女性的胸部嗎？」

因為爬樓梯冒出來的汗水，瞬間轉變成冷汗。

（咦……？）

「豬先生是處男先生對吧……？」

（呃，我無庸置疑地是個四眼田雞瘦皮猴混帳處男啦……）

「那麼，為何您對胸部的大小這麼熟悉呢？」

她是會在意細節的類型嗎？

（雖……雖然**只有那次**是直接看到，但我以前待的國家，有一些色色的書刊之類的……書上會有一種叫做照片，把身影如同本人一樣拍攝下來的圖像……）

「豬先生會看著被拍攝下來的女性裸體，興奮得嚄嚄叫是嗎？」

我從潔絲身上感受到氣噗噗的波動，連忙開口辯解。

（不，那終究是一種基於對生物學和統計學的興趣……）

「是哦，是那樣子呀。」

我承受著她有些輕蔑般的視線，這麼回應。

（可是潔絲應該也看過色色的書刊吧。）

於是潔絲出乎意料地慌張起來。

「咦咦咦……？沒……沒沒沒沒有喔！說到底，梅斯特利亞根本沒有那種叫做照片的無恥東西！全部都只是圖畫而已！」

嗯……？

雖然有令人稍微感到在意的地方，但在談論這種話題的期間，我們已經爬到樓梯的最上面了。

那裡是懸崖上方，是個長滿茂密草叢的小小空間。在白色岩石裸露出來的地方，有座滾滾湧出的泉。我稍微嗅了一下後，試著喝了看看。那水十分冰涼且美味。

「豬先生，好厲害！景色很棒喔！」

聽到潔絲這麼說，我靠近懸崖邊緣。並沒有欄杆什麼的。在倘若掉下去肯定當場死亡的陡峭懸崖底下，我們剛才走過的街道擴展開來。潔絲將手放在我的背上。

「請小心別掉下去喔。」

（畢竟我可不想變成炸肉餅嘛，我不會掉下去的。）

在懸崖正下方有個小型廣場，孤伶伶地擺放著一座雕像。比那裡要遙遠許多的地方，可以看見大型的花之廣場。我用雙眼回溯著位於右手邊的巨乳、平胸與前來的道路。

（那就是最初的地點，經過的雕像就是那個吧……看來我們被迫繞了一大段遠路啊。）

「確實如此，這是為什麼呢？」

（應該只是因為那個變態傢伙個人喜歡胸部而已吧。真是個無藥可救的傢伙啊。）

我咕嚕地轉了個方向，前往泉水那邊。潔絲也跟了過來。

「只要取得這邊的水，就完成第一個目標了呢。」

潔絲一邊說，一邊拿出玻璃瓶取水，然後用軟木塞牢牢地塞住瓶口。她順便用手掬起泉水試喝。「好好喝。」她這麼低喃後，用手帕擦了擦嘴。

被成就感包圍，一臉滿足似的那身影，在夕陽的照耀下十分美麗。回過神時，我已在沒有其他任何人的祕密場所與美少女兩人獨處。

假如我不是一隻豬的話……

（接著是「被封印的史書」啊。如果妳累了，等明天再找也行，要怎麼做？）

我甩開雜念這麼詢問，於是潔絲露出燦爛的笑容。

「只要豬先生願意，用過晚餐後就來尋找吧。或許現在不是說這種話的時候，不過……感覺有一點好玩起來了。」

（那主意不錯。回程要找捷徑嗎？）

潔絲緩緩地搖了搖頭。

「荷堤斯先生說過從花之廣場眺望的傍晚景色，在王都也是名列前五的美景，機會難得，要不要等觀賞過再回去呢？」

我沒有異議。能夠跟美少女一起繞路，是多麼美好的事情啊。

我們回到來時的道路，前往花之廣場。走下樓梯時，我的視線位於比潔絲的裙襬還高的地方，因此無法在那方面有所期待。相對地看向前方的話，耀眼的夕陽逐漸落入遠方山脈的壯大景觀便在眼前拓展開來。就彷彿被薄霧籠罩的天空整體布滿了太陽的碎片一般。蓋在王都朝西斜坡上的白色岩石房屋群，在那橘色光芒的照耀下，閃耀著美麗的光輝。

「說不定到達花之廣場時，正好是太陽西沉的時刻呢。」

潔絲笑咪咪地說道。

沿著山脈彎曲的石板道路，充斥著趕著回家的人群，十分熱鬧。就算生下來的孩子會被奪走，王都居民似乎還是挺幸福地在生活。

看不到親子的身影。不過，有很多人似乎過得很開心，像是在餐廳的陽台座位上與朋友互相談天，或是夫婦一起手牽手散步。諸如肉烤熟的香噴噴味道和餐具互相撞擊的清脆聲響等，傍晚的王都洋溢著理所當然的日常刺激。

「不會覺得嚮往嗎？」

聽到潔絲這麼問，我抬頭仰望她的側臉。

（嚮往什麼？）

「這種平穩的日常。不會被奪走重要的人、不會喪失記憶、不會被捲入戰火、不會有人想殺害自己的和平生活……豬先生不覺得嚮往嗎？」

我思考起來。

（怎麼說呢。因為我原本所在的世界，就是那種和平的地方啊。）

但我並沒有覺得那樣很幸福就是了。

「啊，這樣子呀……」

潔絲低下頭。

（但我可以明白潔絲會感到嚮往。畢竟妳至今一直活在很艱辛的世界嘛。）

以侍女的身分孤獨地活到十六歲，在生命受到威脅的狀態下好不容易到達王都的潔絲。突然被迎接到王家，被國王封印記憶，在戰火紛飛中努力活到了現在。

我們回到花之廣場。筆直地前往能看到美景的觀景台。可以從施加了花朵裝飾的欄杆縫隙間，將梅斯特利亞的西部一覽無遺。我們以前曾經展開過死鬥的針之森在眼底下展開，另一頭能夠看見田園地帶與平緩的山脈。太陽正好準備要躲入山脊。彷彿在燃燒一般閃耀著的天空與平靜地陷入黑暗中的土地，形成絕妙的對比。

「……我並不是那個意思喔。」

潔絲就那樣看著景色說道。我開口反問。

（什麼意思……？）

「我並不討厭在艱辛的世界裡生活，因為我也喜歡冒險。」

（是這樣嗎？那麼，妳所謂的嚮往日常是指……）

「我是討厭在生活的同時，還要擔心是否會有人拆散自己與重要的人。」

潔絲看向我這邊的側臉被夕陽照亮著，十分耀眼。

「都已經來到這邊，雖然為時已晚……但我覺得自己以一個王都居民的身分生活好像也不錯吧——如果能一直跟豬先生待在一起的話。」

那些話語彷彿沉重的楔子一般，沉甸甸地刺進豬心。

（……我們現在也在一起吧。）

「說得也是呢，我現在很幸福。」

…………

潔絲像在喃喃自語似的對變得寡言的我說道：

「要是這樣的幸福能一直持續下去就好了呢。」

回程的路上，是因為我們的速度過於緩慢嗎？太陽完全下山，街上變得很暗。家家戶戶的燈光與掛在屋簷下的提燈，將柔和的光芒投射在映照著天空染成紫色的石板上。

潔絲與我一邊悠哉地參觀王都，一邊回到內宅。

然後我對於跟潔絲像這樣度過日常生活一事，感到不小的恐懼。

王朝圖書館是睿智與禁忌的密林。在只有一扇門扉，構造宛如監牢的建築物裡面，塞滿歷史悠久的書刊的架子井然有序地並列著。在老舊紙張的氣味與略微苦澀的墨水香氣包圍下，會自然地變成宛如賢者一般穩重的心情。因為通道狹窄，我必然地非得黏著潔絲的腳前進才行。

——就算這樣，您也用不著用臉頰磨蹭我的小腿……

在寂靜之中，潔絲用內心的聲音這麼指謫。

天啊。我一心提醒自己不要撞到書本，都沒發現臉頰碰到了潔絲的小腿。這還真是對她過意不去。

書架之間的通道有些陰暗。飄浮在天花板上，帶著紅色的魔法光芒醞釀出詭異的氛圍。潔絲用魔法讓右手指尖閃耀著白色光芒，照亮通道與腳邊。

（潔絲，那光芒也能在指尖以外的地方亮起嗎？）

我這麼問，於是潔絲看似自豪地挺起胸膛。

——嗯，那當然。可以移動到任何地方喔，像這樣子——

光芒從潔絲的指尖滑順地移動到手掌、手腕、手肘。

（那麼，就理論來說，無論是身體的哪個部分都能讓它發光啊。）

瞬間，魔法的燈光消失了。

——胸部是不會發光的。

我的內心完全被看透了……？

潔絲再次在指尖點亮燈光。

——真是一隻好色的豬先生呢。

哼——潔絲將臉撇向一旁後，認真地向我傳達。

——來尋找被封印的史書吧。畢竟我們是為此而來的。

沒錯。我們是為了尋找用來解開荷堤斯封印的史書，才特地前來夜晚的圖書館。

最為醜陋的史書在最為純潔的書刊包圍下沉睡。

假裝成生命讚歌的對生命之褻瀆。

表現出最大限度的敬意，去尋找禁忌的雙胞胎吧。

那個變態傢伙的指示在這邊也彷彿詩詞一般抽象。雖然不覺得這是拜託人找東西的態度，但他只有給這樣的提示，因此我們只能陪他玩這場解謎遊戲。

——那個，豬先生……我毫無頭緒。

潔絲在書架之間打轉了一陣子後，一臉為難地吐了口氣。看來書籍似乎按照分類整理得井然有序，但好像沒什麼被禁止的區域，也沒有感覺特別純潔的書架。

我也試著思考，但總覺得這不是靠他給我們的三句話就能解決的問題。不能只靠內容來解釋的敘述，最正統的做法就是把文章脈絡與發言者也納入考量來分析。

（指示出位於哪個書架的提示，只有「在最為純潔的書刊包圍下」這個部分而已。那個變態傢伙認為這樣就能傳達給我們，所以只能思考出題的脈絡和那傢伙的人格，合理地做出判斷。）

——脈絡與人格……

（從人格來思考就很簡單易懂嗎？潔絲對那個男人有什麼想法？）

——我覺得他是一位有些奇特的人物呢……

（妳說得沒錯。從他一直狂嗅潔絲這點也能知道，那男人很明確地是個變態。那麼接下來，文章脈絡又是如何？試著回想那泉水吧。乍看之下是很正經的解謎遊戲，然而內容卻下流到極點對吧。）

——的確，是一位感覺有點色色的人物呢。

（換言之，在這個圖書館的解謎遊戲，也稍微往色色的方向思考就行了。說到變態傢伙會稱為純潔的東西——）

我這麼傳達，忽然靈機一動。假裝成「生命讚歌」的「對生命之褻瀆」。這個對比應當是對應被「最為純潔的書刊」包圍的「最為醜陋的史書」這種構造。對生的志向與對死的志向。以我那個世界的概念來說，就是愛神厄洛斯與死神塔納托斯。

阿宅連珠炮般的思考讓潔絲歪頭露出疑惑的表情。我溫柔地向她說明。

（那男人所說的純潔書刊，就是讚美生命的東西，換言之就是色情書刊。）

——色色……色色色色情書刊？？？

即使在陰暗的圖書館裡面，也能看出潔絲變得滿臉通紅。

（內容會褻瀆生命的史書，假裝成生命讚歌——也就是假裝成色情書刊，藏在放色情書刊的架子上。我們到那裡尋找什麼「禁忌的雙胞胎」就行了。）

——呃，說到色情書刊，是指官能文學嗎……記得是在這邊……

潔絲移開視線，有些快步地走在前頭。

（官能文學是怎樣的東西啊？）

——那個，我是很少看啦……但給我的印象是露骨描寫比較多的戀愛故事，而且很多文字與圖畫放一起的書刊。

是什麼色色的輕小說嗎？

（不過潔絲，妳竟然知道書架的位置啊。既然說很少看……該不會妳曾經看過一些吧？）

——怎……怎怎怎麼可能！

甚至讓人覺得很不自然的全力否定在腦內響起。唔喔？這……

──不，那個，我完全沒有那個意思，只是，那個，我……因為好奇心…………

潔絲從髮際線到下巴前端都羞得通紅，在老舊的書架前停下腳步。嗯，就別太深入追究了吧。畢竟潔絲也已經十六歲了。

──我想您要找的書架應該就是這裡。

潔絲完全將臉撇向一旁，指著在我面前的書架。從潔絲即使伸手也搆不到的高度到非常貼近地面的位置都塞滿了書，但書架被灰塵覆蓋著，書本被拿出來的形跡感覺一隻手數得出來。這也難怪吧。據說這間圖書館只有王家的人與一部分獲得准許的王都居民才能進入。會特地跑來這裡想閱覽色情書刊的好色之徒應當幾乎不存在。

（那麼，來思考看看「表現出最大限度的敬意」的意思吧。）

我這麼提議，於是潔絲毫不迷惘地蹲了下來。

（妳在做什麼？）

潔絲就那樣筆直地看著書架，不肯與我對上視線。

──我想所謂的表現敬意，應該是指低頭叩拜這件事。試著看看書架最下面那層如何呢？的確如此。

（不曉得禁忌的雙胞胎是指什麼意思呢？）

我一邊說道，一邊也用豬的視線看了看書架最下面那層。那裡幾乎照射不到光線，蒙著厚重的灰塵。完全被遺忘的書本們。

「……愛上妹妹是不是一種錯誤呢？」

潔絲定睛凝神地看著書背，同時小聲地這麼低喃。

（咦？妳說什麼？）

——是放在這裡的書名。這是親生兄妹互相迷戀……不，那個，我聽說是他們互相迷戀的故事。是很久以前曾經流行過的著名書籍。所謂的禁忌是不是指這種東西呢？

好像輕小說一樣的書名讓我笑死。不過這下謎題就解開了。也就是血緣的禁忌。

（不過雙胞胎是什麼意思啊？他們並不是雙胞胎兄妹對吧？）

——說得也是呢……

「啊。」

潔絲發出小小的聲音，倒抽一口氣。

——豬先生，這裡有兩本書名都是《愛上妹妹是不是一種錯誤呢？》的書。

潔絲將發亮的手指靠近書架。那裡並列著兩本《愛上妹妹是不是一種錯誤呢？》。其中一邊是皮革裝訂的大本書。另一邊則是差不多大小的四方形木盒。恐怕是用來收納書本的盒子吧。換言之——

（有人特地把原本放在盒子裡的書拿出來擺放嗎？）

敏銳的潔絲慎重地拿出木盒。

——那麼，問題就在於盒子裡面裝了什麼東西。

潔絲的小手靜靜地拍掉灰塵，拿出盒子裡的東西。出現的是漆黑到讓人害怕的書。無論裝訂或內頁，都是彷彿會將光芒吸進去一般的黑色。外面什麼也沒寫。

（很難判斷啊。感覺看起來不像色情書刊呢。）

潔絲將《愛上妹妹是不是一種錯誤呢？》的盒子悄悄地放回書架上，看向這邊。

——說得也是呢，因為官能文學大多會在封面描繪色情的圖畫……

潔絲非常輕易地自掘墳墓，同時站了起來。

——豬先生，要不要試著看一下內容呢？

（就這麼辦吧。）

我們離開書架那邊，移動到用來閱覽書本的一個角落。紅色坐墊已經磨損的椅子圍著老舊的木桌。桌子正中央擺放著小小的魔法提燈，用溫暖的光芒照亮桌上。周圍是灰色的石牆，彷彿拉下黑色帷幕一般陰暗。

「妳又來了嗎？」

一個高個子的老嫗突然從黑暗當中冒了出來。她筆直的銀髮長達腰部。皮膚上刻劃著皺紋。是王都居民，身為圖書館員的比比絲。

「您好，比比絲女士。」

潔絲將漆黑的書本藏在背後，向她打招呼。

「妳拿了一本令人懷念的書來呢。是荷堤斯少爺以前經常在這裡閱讀的書。」

比比絲看來深思熟慮的臉上露出柔和的微笑。她似乎沒有漏看那本書。

「您知道這本書嗎？」

潔絲將漆黑的書放在桌上。老嫗被皺紋鑲邊的眼睛看向那邊。

「是啊，當然知道。那可以說是這棟建築物裡的書籍中最危險的書——是記載著真實歷史的史書複製本喔。」

真實歷史，恐怕是指王朝成立前的歷史。我爬上椅子，從鼻子發出小小的哼聲吸引注意後，向比比絲傳達。

（荷堤斯是想要知道什麼呢？）

老嫗緩緩地吐了口氣。

「天曉得。畢竟我可沒有不解風情到會去打擾在勤奮學習的少爺。」

（他沒有找妳商量過什麼事嗎？）

據說荷堤斯經常拜託比比絲幫忙找書。也是比比絲告訴我們那傢伙曾經在學習關於變身的魔法。如果是這個比比絲，說不定能從她口中打聽到用來得知荷堤斯過去的提示。

「關於那本書倒是有一件事。」

「是什麼呢？」

潔絲積極地這麼詢問。比比絲指著史書。

「妳打開那本書，翻幾頁看看吧。」

潔絲照她說的，從開頭的地方開始翻頁。用來製作書本的紙張都是一片漆黑，上面以白色墨水描寫著文章和圖畫。

「啊……」

潔絲的手停了下來。

（怎麼了？）

「內頁黏住了。」

一看之下，有好幾十頁黏在一起，變得像是一塊板子。

「看吧。那本書有一部分被人用魔法封印起來，只有那部分無法閱讀。少爺曾問我能不能解開這封印，但這是伊維斯大人親自封印起來的，所以我跟他說這實在不是我的魔力能解決的問題。」

被封印的史書。這肯定就是我們在尋找的東西沒錯。

被伊維斯封印，黏在一起的書本內頁。說不定沒有關係，但我心想好像在哪聽過這樣的事情。

「這樣子嗎……謝謝您。」

是一直很在意嗎？潔絲沮喪地垂下肩膀。比比絲朝她稍微揚起嘴角。

「小姑娘，記得那本書最後要好好地放回這間圖書館喔。」

隔天早上，修拉維斯立刻帶我們造訪解放軍的據點。
迎接我們的是在前院替花澆水的瑟蕾絲。黑豬就在她身旁，一邊讓瑟蕾絲替他潑水，同時天真無邪地嬉鬧著。
「潔絲小姐！」
瑟蕾絲看到這邊，表情一下子變得明亮起來。大大的眼睛與苗條的手腳，她還是一樣給人宛如小鹿般的印象。瑟蕾絲碎步跑了過來，打開大門。她的脖子上依舊戴著笨重的銀製項圈。
「啊，瑟蕾絲小姐……早安。」
潔絲打招呼的聲音聽起來有些消沉。我抬頭仰望潔絲。從今天早上開始，她的臉色似乎就不太好。雙眼底下冒出黑眼圈。
「可以請妳幫忙叫諾特先生過來嗎？關於昨天的事情，有些事要找他。」
潔絲用平靜的聲音說道。瑟蕾絲對她點了點頭，立刻跑向宅邸那邊。
（潔絲，妳看來好像不太舒服……別勉強自己啊。）
潔絲慢了幾秒後，看向這邊。從她的雙眼可以感受到疲勞。
——不，我沒事。只是有點……睡眠不足。
（妳沒事就好……）

我忽然注意到黑豬目不轉睛地盯著我看。黑豬轉了轉頭，拍動著耳朵，似乎想傳達些什麼，但他內心的聲音無法傳遞給我。

（潔絲，不好意思，妳可以幫忙讓我跟這隻黑豬說話嗎？）

豬沒辦法說人話，必須有能夠像心電感應一樣聽見並傳達心聲的人從中幫忙，否則無法溝通。

原本茫然地低頭看著草地的潔絲猛然一驚，用手摀住了嘴。

「對不起，豬先生，什麼事呢？」

（麻煩妳幫忙轉播我跟這隻黑豬的對話。）

「啊，對喔！對不起……」

是因為緊張嗎？站在一旁的修拉維斯默默地注視著有些心不在焉的潔絲。那傢伙是否察覺到什麼呢？

——蘿莉波先生，關於荷堤斯先生的事情，辛苦你了。

我聽見薩農的聲音，將注意力拉回到黑豬身上。

（你聽諾特說了呢。）

黑豬緩緩地點頭肯定。

——我也跟荷哥本人聊了很多。哎呀，他真的是一位傑出的人物。我認為那位人物是貨真價實的。

（貨真價實的變態……？）

——不，我的意思是他是貨真價實的王牌。與王朝有密切的關係，也能夠使用魔法，最重要的是他很重視我們這些解放軍，是最棒的王牌喔。對於注意到荷哥存在的蘿莉波先生，真的是怎樣也感謝不完。

黑豬在潔絲的裙子前恭敬地低下頭。

（不，請抬起頭來，因為照你那個角度，會看見潔絲的裙底風光。）

——唔喔，這還真是抱歉呢。

蘿莉控黑豬看似遺憾地扭動頭並往後退。要不要叫警察來啊？

（瑟蕾絲過得還好嗎？）

黑豬停頓了一會兒後，才點頭對我的問題表示肯定。

——跟至今一樣，剛起床時的睡迷糊表情，每天早上都非常惹人憐愛喔。

我沒問這些耶……

——只是呢……

薩農正想傳達些什麼時，宅邸的門扉開啟，瑟蕾絲與諾特，還有羅西——外貌的荷堤斯走了出來。羅西一看到潔絲，便筆直地跑了過來，撲向潔絲並將她推倒在草地上。然後開始狂舔她的臉頰。

「那，那個……呃………」

潔絲只能任憑擺布，看不下去的修拉維斯猛然走上前。

「叔父大人。你的真實身分已經穿幫了，應該盡量克制那種行為比較妥當吧。」

變態狗就那樣伸出舌頭，抬起那威風凜凜的鼻頭。

——抱歉，不小心就因為狗的習性……

你可別以為只要說是習性，做什麼都會被原諒喔？

諾特從後面追了上來。瑟蕾絲稍微保持距離，不時地偷瞄著諾特那邊。

「已經找到了嗎？動作挺快的嘛。」

諾特將手伸向潔絲。潔絲注視著他的手，露出感到不可思議的表情。

「給我水跟史書。我要用來讓荷堤斯恢復原形。」

修拉維斯從旁插嘴。

「那兩樣東西在我手上。水也就罷了，史書不是你可以看的東西。由我直接交給叔父大人。」

「是喔。」

諾特看來很不爽似的這麼說道後，俯視羅西。

「好啦，荷堤斯，快變回人類模樣吧。」

——我明白了。把水跟史書給我吧。

修拉維斯將裝著水的小瓶子與用布繩綁起來的史書遞到羅西的嘴邊。羅西張開大嘴，靈活地叼住那兩樣東西。

（荷堤斯先生，你應該會好好地恢復成人類的模樣吧？）

我這麼詢問，於是羅西點了點頭。

——只要你們確實拿了正確的東西來，我應該能順利地變回人類才對。

羅西咕嚕地轉了個方向，不疾不徐地離開我們身邊。

「叔父大人，你要上哪去？」

修拉維斯這麼叫住他，於是羅西轉過頭來，看向我們。

——變成人類的瞬間，無論如何都會變成全裸啊。為了保險起見，能不能讓我到後面變身呢？

幾分鐘後。

從宅邸後面走過來的男人，無論怎麼看都是個變態。捲曲的金髮長達肩膀，瀟灑地留著同樣顏色的山羊鬍，是個高個子的帥大叔，全身經過鍛鍊，雖然苗條但肌肉發達。但只有一個問題，就是他一絲不掛。

「讓你們久等了呢。重新自我介紹一下，我是荷堤斯。請多指教。」

瑟蕾絲滿臉通紅地移開視線。潔絲忍不住凝視荷堤斯一陣子後，發出「啊」的一聲，慌忙地用雙手掩住臉。

（呃，你到後面變身的意義是？）

我不禁這麼吐槽，於是帥大叔爽朗地露出牙齒笑。

「要是身體鬆垮下來，會很難為情吧。不過太好了。在變成狗的狀態下有好好運動，所以看來沒有衰退太多啊。」

荷堤斯轉動手臂，讓肩膀發出喀喀聲響。一般會在意那種地方嗎？

修拉維斯一臉傻眼地嘆了口氣。

「叔父大人，在這邊用手摀住臉的是我的未婚妻。請你快點穿上衣服。」

認真回覆的傢伙在這種時候特別有用。荷堤斯說了聲「是嗎」並點點頭，將雙手輕快地張開。只見空中出現大片的白布，自動纏上荷堤斯的身體。感覺就像是古代羅馬人的長袍。

「未婚妻……？」

諾特看著潔絲，這麼喃喃自語。潔絲本人雖然放下了摀住眼睛的手，但依然保持沉默，沒有要開口的樣子。

變態羅馬人優雅地走向這邊，伸手撫摸我。在他張開的雙膝之間——展開了讓人描寫不下去的光景。如果這是潔絲，會讓我興奮得嚄嚄叫就是了。

「處男小弟，讓我再次向你道謝。多虧有你，我不至於失去人生的所有。真的很謝謝你。」

儘管他的說法讓我感到有些不對勁，我仍做出回應。

（不，不用道謝。我們攜手合作，一起守護解放軍吧。）

荷堤斯看似滿足地拍了拍我的臉頰肉後，站起身來。然後他移動到潔絲面前，用手指在空中描繪螺旋。手掌尺寸的白色海螺貝殼彷彿輕飄飄地湧現一般，在那個地方出現了。

「潔絲，羅西做了很多失禮的行為呢。我先替牠向妳賠罪吧。」

呃，就算你想轉嫁責任，也是白費功夫喔……？

我從鼻子發出哼聲抗議。荷堤斯在一旁將貝殼遞給潔絲。

「這是用來跟我聯絡的貝殼。只要朝這個洞口呼喚我的名字，無論何時何地都能與我通訊。碰到困難時儘管活用吧。」

「是的……我明白了。」

荷堤斯遞出貝殼的手彷彿想摸無精打采的潔絲的頭似的動了起來，結果那隻手只是摸了摸空氣，隨即收回身體旁邊。

荷堤斯輕輕地拍了拍手。

「好啦，也得向其他人打聲招呼才行呢。我們就回到宅邸吧。」

荷堤斯將浮現血管的手放到前飼主的肩膀上。

修拉維斯咳了兩聲清喉嚨。

「叔父大人，不好意思。但如果已經使用完畢，能請你把史書還回來嗎？」

荷堤斯看似過意不去地聳了聳肩。

「……我在解除魔法時不小心傷到了書，希望可以等過陣子再歸還。雖然能修好，但修復要花一點時間。那本書還有一本吧，你們應該不會傷腦筋才對吧？」

「是那樣沒錯……然而萬一那本書從圖書館消失一事被知道，事情可能會變嚴重。」

「沒問題的。說到底，大哥根本對書不感興趣。這本書一直被藏到現在，首先就不用擔心會穿幫，而且我也打算哪天一定要還回去。我跟你約定。」

修拉維斯濃密的眉毛看似疑惑地扭曲起來，他用認真的表情點了點頭。

「這樣子嗎。我就相信你這番話吧。」

結果我們兩手空空地返回王都。

（潔絲，妳身體不舒服嗎……？）

我擔心在床上躺著的潔絲，在枕頭邊坐下。

「對不起，不是的。就像我剛才也說過的一樣，是睡眠不足……」

潔絲將棉被拉到下巴處，視線看向跟我相反的方向。那邊有窗戶，能夠眺望到秋天正午的藍天。

（那麼，睡覺吧。）

「不，我感覺實在無法入睡……」

說到底，昨晚應該有充分的睡眠時間才對。她之所以睡不著，是有什麼理由嗎？假如有，是可以詢問的內容嗎？

「……我昨晚沒睡，一直在閱讀史書。」

可以聽見微弱的聲音悄悄地傳來。那聲音簡直就像在畏懼什麼一樣。

（原來是這樣嗎？）

的確，畢竟潔絲就像個充滿好奇心的魔像。聽到什麼「真實歷史」，她不可能只是羨慕地咬手指而已。我專注於讓荷堤斯變回人類一事，根本沒有餘力去注意其他事情，但潔絲應該對歷史在意得不得了吧，所以才會埋頭看書，甚至忘了要睡覺。然後大概是書裡的內容不宜觀賞，導致她不舒服起來，結果無法入眠吧。

最為醜陋的史書、對生命之褻瀆——荷堤斯的話語在腦內復甦。

（可以問妳是怎樣的內容嗎？）

潔絲翻了個身，將臉面向這邊。

「嗯，跟豬先生說的話……或許會覺得舒暢一些也說不定。」

單薄的眉毛看似苦惱地扭曲起來。

（看來是很殘酷的歷史啊。）

「說得也是呢……雖然我已經有所覺悟，但連續發生許多人輕易喪命的事件，實在是……非常可怕。」

梅斯特利亞的暗黑時代。魔法使們用無止盡的力量不斷爭鬥，將所有種族捲入戰爭，導致有大量死者出現的時代。

「拜提絲大人創立王朝的時候，聽說梅斯特利亞有幾十萬民眾。不過書上記載著在魔法使們引起的『最終戰爭』發生前，民眾人數曾經超過一千萬。您能夠相信……這種事情嗎……？」

跟一千萬相比之下，幾十萬就像是誤差。既然只有這樣的人數存活下來，就表示剩餘的大約一千萬人……

（妳看了很辛酸的東西啊。）

潔絲的褐色眼眸目不轉睛地注視這邊。

「可是，讓我受到衝擊的並非這件事。」

（是這樣嗎？）

居然有比戰爭引起的大量虐殺更可怕的事物嗎？

「以前我應該曾經對豬先生說過。耶穌瑪要輕易賺到大錢的唯一方法——就是賣生殖器。」

那好像是剛相遇沒多久時，潔絲打算購買黑色立斯塔的時候吧。

——那個，賣——。

——妳說賣什麼？

——生殖器。

——也就是賣身對吧。

——嗯……也可以那麼說。

（賣春的確也是讓人很不舒服的事情呢。）

我自己這麼說道後，察覺到這話有些奇怪。關於耶穌瑪的兩條規則，一條是不可以讓耶穌瑪搭乘交通工具，然後另一條則是不可以侵犯耶穌瑪。

法律並不允許耶穌瑪靠賣春賺錢。換言之。

（等等，妳所謂的賣身是指……）

「沒錯，就是剖開腹部，販賣內臟。尤其能夠高價售出的是生殖器——也就是子宮。人們相信耶穌瑪的子宮從以前就具備各種效用。可以當成祕藥的材料。跟骨頭和項圈不同，能夠在不會死的狀態下賣出，因此有許多耶穌瑪會主動出售子宮。當然也有很多被人強硬地奪走子宮，或是因為不衛生的手術導致喪命的情況就是了……」

光是這樣就已經讓我感到作嘔。而且讓我理解了一件事。被囚禁在聖堂地下室的布蕾絲，她位於下腹部的傷口化膿，衰弱到甚至已經覺悟自己會死亡。恐怕她是在聖堂的地下室被人剖開腹部，奪走了子宮吧。

這種事實在讓人很不舒服。想到人類不知能變得多麼殘酷，我不禁毛骨悚然。

（可是……關於子宮的事情，潔絲原本就知道吧。）

「對。但是耶穌瑪——換句話說就是**魔法使子宮真正的用法**，我是在閱讀史書時才首次得知的。」

（會用來做什麼啊……？）

潔絲緩緩地眨了眨眼。

「魔法使的子宮似乎寄宿著可以成為生命泉源，非常強大的魔力。儘管一般人大量攝取的話，好像會受到詛咒，但據說魔法使能夠藉由大量攝取……獲得不死的魔法。」

我啞口無言。該不會……

——這身體已經攝取了數百顆果實。不會那麼輕易地毀滅。

我想起暗中活躍的術師說過的話。大約一百三十年前，從暗黑時代存活下來的魔法使。即使被灼燒、被冰凍、被擊碎仍然會復活的不死身魔法使。難道說那傢伙攝取了魔法使——攝取了**好幾百個**耶穌瑪的子宮，變成了不死身嗎……？

「據說在暗黑時代，所有魔法使都會狙擊女性魔法使，剖開她們的腹部奪走子宮。在大多情況下，魔法使似乎會因為害怕受到報復而殺掉女性，由於等女性變強後就很難襲擊，所以聽說都是經歷多次脫魔法（ecdyssa）前的年輕女性遭到狙擊之類的……」

潔絲的聲音在顫抖。

（真殘忍啊。）

我只能說出這種話。我將前腳伸直，想從棉被上碰觸潔絲的肩膀。但我改變主意，收回前腳。暫時陷入一片寂靜。

我忽然想到一件事。

（嗳，潔絲，拜提絲讓敵對的魔法使全滅了對吧。）

「……是的。」

（在敵人當中應該也有獲得不死魔法的人吧……既然這樣，拜提絲**究竟是怎麼殺掉不死身的魔法使**？）

某個少年的過去

尚且年幼的少年在旅程終點到達的場所，是附著大量血液，昏暗且狹窄的房間。地板和牆壁都是以平坦的黑色石頭構成，似乎偶爾會用水清洗。儘管如此，好像還是無法把在這個房間流出的所有鮮血當作不曾存在過一般。

少年把微胖的男人壓在散發臭味的地板上，將短劍的利刃貼在男人脖子上。

「給我從實招來。不說就劃破你的喉嚨。」

這個少年沒有膽量殺人，處於變聲期的嘶啞聲音奇妙地顫抖著。

「我……我也不是喜歡才這麼做的啊。我是受到威脅，把這個場所借給他們用。我只是會分到剩下的內臟……動手的是地位更高的傢伙啦。」

內臟──這個詞彷彿要挖開少年腹部似的迴盪著。

「還活著嗎？」

這麼質問的少年讓男人露出無法理解的模樣，瞠大雙眼。

「咦……？」

「我在問你前天被帶到這個房間來的耶穌瑪是不是還活著。」

暫時的沉默足以讓少年的心臟因絕望而縮緊。

「……就算撒謊也沒用，我就老實說了，小兄弟。這裡是解剖耶穌瑪的地方，會砍掉她們的頭、切開她們的腹部，從骨頭把肉削下來。根本沒有耶穌瑪能活著出去。」

胃裡的東西彷彿要從突然縮緊的胃溢出，少年在千鈞一髮之際忍了下來。原本拿著的短劍從手中掉落，發出喀噹的清脆聲響。微胖的男人趁機急忙地站了起來，移動到出口那邊，然後用憐憫的眼神轉頭看向少年。

「小兄弟，你的名字該不會叫諾特吧？」

少年一邊流著苦悶的淚水，一邊抬起頭來。男人接著說道。

「我聽見了吶喊聲啊。反正那些傢伙八成什麼也不記得吧……但那個耶穌瑪臨終前說的話，一定是小兄弟的名字吧。」

少年這次終於忍不住嘔吐了。眼淚與鼻涕與嘔吐物摻雜在一起，從下巴滴落。

男人匆匆忙忙地離開，留下可憐的少年獨自一人。

深陷於絕望中的少年，後來與一隻白狗相遇。

少年成功奪回項圈與僅剩的一點骨頭，是那次相遇三天後的事情。

第二章 處男一定有原因

睡個午覺後，到了傍晚，我跟潔絲等待著訓練完的修拉維斯出來。從建造得十分牢固的廣闊訓練場走出來的修拉維斯，穿著寬鬆的藏青色長袍。雖然吹著涼爽的風，他白皙的臉龐卻因汗水而濕透。

「怎麼了，有緊急的事情嗎？」

修拉維斯一邊快步走著，同時這麼詢問潔絲。

「嗯，關於那本史書，有一點事情想找您商量。」

「可以等晚點再談嗎？父親大人找我。」

（我們有事情要拜託那位父親大人。）

我這麼傳達，於是修拉維斯停下腳步，俯視這邊。

「拜託父親大人？有什麼事？」

（今天早上交給荷堤斯的史書是複製本，有一部分內容被前代國王伊維斯封印起來了。既然是複製本，就表示某處應該有原本吧。考慮到封印跟伊維斯相關，自然會認為史書的原本是由國王代代傳承。我們想看那本原本，想閱讀看看被封印起來的部分記載著什麼。）

修拉維斯思考一會兒後，再度邁出了步伐。我們追在他後面。

「修拉維斯先生？」

潔絲像在察言觀色似的說道。我們是否不小心說了什麼會讓他心情變差的話呢？

「為何你們想看被封印的部分？」

修拉維斯依然面向前方，這麼問道。

（因為那裡說不定記載著可以擊斃暗中活躍的術師的方法。）

這是我跟潔絲互相討論後得到的結論。從前後的時間序列來思考，可以推測史書被封印的部分記載著拜提絲統一天下的來龍去脈。只要能解讀那個部分，說不定能找到可以擊斃不死身魔法使的方法。

「原來如此。」

修拉維斯這麼說道後，只將臉面向這邊。

「看來你們的想法跟父親大人一樣。父親大人讓母親大人解讀從爺爺大人那裡繼承的史書，得知了梅斯特利亞的至寶之一，破滅之矛的所在處。我接下來要去見證他們回收那把矛。」

「破滅之矛？」

潔絲發出驚訝的聲音，然後在意起周圍狀況，東張西望地環顧四周。她壓低音調，接著說道：

「那將會成為打破不死魔法的關鍵呢。那把矛究竟在哪裡呢？」

「馬上就要到了。你們一起來吧……只是千萬記得在父親大人面前要小心自己的思考。」

聽到他這麼說，我想起我們在隱瞞荷堤斯相關事情的對象是能夠看透內心獨白的魔法使。不過沒問題。我有個**珍藏的專用對策**。

諸位看好了。有個方法可以讓馬奎斯和維絲都不會再看我的內心獨白。

修拉維斯前往的地方是金之聖堂，用光澤亮麗的黑色大理石建造而成的巨大聖堂，各處施加著金色裝飾。是散發著威嚴的建築物，同時也是包括伊維斯在內的前代國王們長眠的場所。

聖堂的門扉沉重地發出嘎吱聲響打開了。穿著合身法衣的國王馬奎斯與身穿飄逸白色禮服的王妃維絲站在正面深處。

修拉維斯快步前往那邊。

「太慢了。訓練這麼好玩的話，要不要我親自指導你戰鬥的方法啊？」

馬奎斯用閃耀著凶狠光芒的灰色眼眸看向兒子。往後梳的金髮與苗條的體型，醞釀出彷彿幹練的證券營業員一般，不能掉以輕心的強者氛圍。國王馬奎斯是梅斯特利亞最強的魔法使。從還在訓練中的修拉維斯來看，應該是他最不想應付的人物吧。

「對不起。雖然我準時到達，但還是向您道歉。」

這小小的諷刺讓馬奎斯不屑地哼了一聲。

「為何女人跟豬也在？」

他不禮貌的說法讓修拉維斯的臉頰僵了起來。

「無論我帶未婚妻到什麼地方，都不會對父親大人有負面影響吧。」

馬奎斯面對這麼頂嘴的兒子，像是感到厭倦似的嘆了口氣，然後轉頭看向妻子那邊。

「維絲，妳說明一下步驟，讓笨蛋也能聽懂。」

維絲露出微笑。這位是胸部很大的金色長髮美女大姊姊。諸位記得向日葵與紫羅蘭的故事嗎？即使是喜歡彷彿紫羅蘭一般嬌小花朵的男人，要是看到宛如向日葵一般巨大的花朵綻放，也會忍不住被吸引目光的那個故事。雖說是有小孩的人妻，但要比喻的話，維絲這名女性就像是在燦爛閃耀的太陽底下盡情張開美麗花瓣的向日葵。雖然她應該有一把年紀，但無論是那端正的知性臉龐，還是燦爛閃耀的向日葵肉體（body），至今都仍未喪失年輕迷人的魅力。可以說是好萊塢名流等級的女性吧。

就在我思考這些長篇大論的期間，馬奎斯將視線從這邊移開，維絲咳了兩聲清喉嚨。

維絲指示著祭祀在聖堂正面的祭壇上的巨大石棺。是王朝之祖拜提絲的遺體長眠的棺材。

「據說只能使用一次，但可以確實奪走任何性命的破滅之矛，被封印在這裡。」

潔絲在我身旁倒抽一口氣。

「根據史書記載，矛似乎被藏在石棺的蓋子裡。然後能夠解開那封印的，在梅斯特利亞僅有一人。王朝正統的繼承者——流著拜提絲大人血脈的最年少者。換言之，修拉維斯，就是你。」

就彷彿修拉維斯的心跳聲在寬敞安靜的聖堂裡迴盪一般。看來相當緊張的修拉維斯邁步走向雙親中間——走向王朝之祖的石棺。

我也靠近棺材，觀察它的蓋子。雖然不醒目，但我發現蓋子邊緣刻劃著細長的箭頭符號。是矛就藏在這裡的標記嗎？

修拉維斯慎重地開口說道：

「我……該怎麼做才好呢？」

「聽說只要一邊祈求想獲得破滅之矛，一邊碰觸蓋子就行了。」

修拉維斯看向父親那邊。馬奎斯用下巴催促他。

修拉維斯對著擺在祭壇上的拜提絲雕像行禮之後，緩緩地將右手伸向石棺上面。位於聖堂裡的所有視線都集中在那隻手上面。

浮現出粗壯骨頭與粗壯血管的手輕輕地碰觸蓋子。

微弱地響起了厚重石板震動的嘎吱聲響。但除了那聲響以外，什麼也沒有發生。

「你在做什麼？好好祈求，再重來一次。」

修拉維斯回應馬奎斯焦躁的聲音，再一次碰觸蓋子。

蓋子再次震動，但果然還是什麼也沒發生。

陷入一片寂靜。

馬奎斯猛然闊步逼近維絲面前。

「這不過是在確認——」

「……是的。」

「修拉維斯是我的孩子嗎？」

空氣凍結住了。

「……咦？」

「我是為了排除可能性才這麼詢問。妳生下來的孩子是王朝正統的繼承者，也就是我的孩子沒錯吧？」

維絲感到畏懼似的縮起脖子。

「那當然！難道你認為我會跟你以外的人——」

那一瞬間，修拉維斯的身體彷彿被撞飛似的往上跳起，以大大張開四肢的狀態在空中被釘住。馬奎斯將手朝向那邊。

「你這是做什麼，父親大人——！」

修拉維斯平常酷帥的臉龐因痛苦而扭曲起來。馬奎斯將張開的手宛如鉤爪一般握住，於是修拉維斯的喉嚨被看不見的手勒住，那張臉的白皙肌膚立刻變紅起來。

「老公，你做什麼！」

維絲試圖阻止，但她的身體撞上看不見的屏障，被彈開了。

「假如修拉維斯是我的孩子，那並非我孩子的你是誰？」

眉頭深鎖的馬奎斯不只是魄力，還散發出驚人的氣場。周圍的牆壁彷彿隨時會裂開，那是壓倒性的威壓感，讓人有種彷彿會崩塌的錯覺。

修拉維斯就這樣呈大字形地懸空，因痛苦而發出呻吟。

我什麼也辦不到，只能像炸豬排店的店頭裝飾一樣僵在原地。

「馬奎斯大人！」

這麼出聲喊道的是潔絲。

「說不定是有哪裡弄錯。請您不要再勒住他脖子了！」

燃燒著怒火的雙眼凶狠地看向潔絲。潔絲的腳在旁邊往後退一步。

「弄錯嗎？舉例來說，有怎樣的可能性？說來聽聽。」

潔絲無法回嘴。我下定決心上前一步，從鼻子大聲地發出呼齁聲響。

（說不定是步驟弄錯了。說不定是以前有人早已經拿出來過。就算不勒住他的脖子，你應該也有一堆方法可以確認修拉維斯是不是正牌的。還是說，**你的魔法就這種程度？**）

我更進一步地從鼻子發出哼聲挑釁他。馬奎斯感到厭煩似的將視線看向上面後，很乾脆地放下了手。修拉維斯伸直四肢，就那樣飄浮在半空中咳嗽起來。

「真是一隻囂張的豬啊。要不要把你烤熟吃掉啊？」

他不會生吃的嗎？

「不過，我的魔法確實並非就這種程度。讓我來試試看一招吧。」

馬奎斯握住手，讓手指發出啪嘰的聲響。下個瞬間，他氣勢猛烈地揮出右手，筆直地朝向修拉維斯。

咚一聲的衝擊波撼動空氣。修拉維斯的身體向後仰，就那樣掉落到石頭地板上。

「修拉維斯！」

維絲飛奔到他身邊，只見修拉維斯抬起身體。

「我沒事，沒有問題。」

他的聲音十分嘶啞。

家暴男看向兩人，從嘴裡微微吐了口氣。

「我使用了解除變身的魔法，但看來好像無效啊。似乎是有哪裡出錯了。你們調查清楚原因，再來向我報告。」

馬奎斯就那樣一臉不悅似的走掉，一次也沒有轉頭地離開了聖堂。

（修拉維斯，你還好嗎？）

我飛奔靠近，於是鳥窩頭型男笨拙地笑了。

「你應該沒有看我穿什麼內褲吧。」

修拉維斯穿的藏青色長袍，衣襬彷彿裙子一般擴展開來。

（呃，我對男人的內褲沒有興趣……）

就在我這麼傳達時，維絲用冷淡的眼神看向我。唔喔。這說法簡直就像我對女性的內褲有興趣一樣，會引人誤會啊。我感興趣的只有潔絲的內褲而已。

維絲擦拭滑過臉頰的汗水，開口說道：

「關於你用不檢點的視線打量我兒子未婚妻這件事，這次就不追究了。你勇敢的發言幫了我們大忙。十分感謝你。」

（別這麼說，這沒什麼。）

我忽然浮現一個想法。

（話說回來，大姊姊現在手上有王家代代相傳的史書對吧。）

「是那樣沒錯。」

（妳全部看完了嗎？）

我的質問讓維絲歪頭露出疑惑的表情。

「不，我只看了一部分而已。因為外子特別關注的是破滅之矛，他要我解讀那部分……我趁工作空檔查明了隱藏地點與拿出來的方法。因為沒什麼時間，我並沒有閱讀其他部分。」

因為前代國王伊維斯之死，據說被留下來的人目前都專注於王朝的工作上。被業務追著跑的話，大腦能夠分給其他事情的資源也會受到限制。

（我有個提議，能不能把後續的解讀交給我與潔絲呢？說不定關於拿出破滅之矛的方法，還有在其他部分隱藏著提示。）

維絲思考起來。那宛如女演員一般美麗的容貌上，雙眼下方的黑眼圈十分醒目。

「這提議不壞。只不過史書的內容極為殘酷，會令人感到不快喔。就算你無所謂，但潔絲能夠承受那些內容嗎？」

「當然可以！」

潔絲立刻這麼斷言。維絲感到佩服似的看向潔絲。

「這樣子嗎？最近也沒能好好地指導妳魔法呢。潔絲，請妳試著跟豬先生一起專心致力於解讀史書，這樣應該也能學到不少吧。」

「是的！」

潔絲看似開心地這麼回答。維絲將放在祭壇旁邊的史書交給她。

「情報有時是比魔法更加強力而且危險的東西。請妳多加注意，謹慎地解讀喔。」

維絲溫柔地對潔絲這麼說道後，俯視著我。

「請你多加留意自己的言行，以免晚餐突然多了一道菜。只要有我這種程度的魔力，要將一隻豬做成烤全豬是輕而易舉。」

看來王家的人就算賭氣也不會生吃豬肉。真聰明啊。

（我知道了。我一根手指也不會碰潔絲的。）

「不，豬沒有手指吧。」

爬起來坐在地板上的修拉維斯立刻這麼認真回覆。可惡，我想鑽理論漏洞的計畫泡湯了。

（放心吧，我不會對潔絲出手的。）

雖然豬也沒有手啦！

「……你再稍微留意一下，別讓內心的聲音都洩漏出來如何啊？」

修拉維斯有些傻眼似的笑了。嗯，這樣總比痛苦的表情好吧。

我重新面向維絲，用鼻子指示潔絲拿的史書。

（那麼，我們就暫時借用這本書。潔絲，立刻來解讀吧。）

「是的！」

潔絲的手看起來像在蠢蠢欲動，巴不得早點翻開史書。

「果然步驟就是那樣沒錯。破滅之矛會不會是已經有某人拿出來了呢？」

深夜，趴在床上的潔絲對就在旁邊的我這麼說道。

要是讓人誤會就不好了，所以我先說清楚，我們並沒有在做什麼虧心事。能夠讓豬跟人類同時看一本書的姿勢並不多。只不過趴著的少女胸前，該怎麼說呢，實在是絕景。因重力而被強調的那道曲線，讓人聯想到天地顛倒過來的深山祕境。

「呃，請您看書好嗎？」

（抱歉，因為豬的視野比人類廣闊。）

「如果是那樣就沒辦法……但請您小心一點喔。剛才在聖堂也是，因為您在馬奎斯大人的眼前開始思考關於維絲小姐胸部的事情，讓我嚇出一身冷汗呢。」

喔，那個啊。

（那可是戰略喔。為了不讓馬奎斯讀心的戰略。）

「咦咦咦，原來是那樣嗎！」

（當然了。馬奎斯原本就對身為豬的我沒什麼興趣。只要我一直思考下流的事情，他就會感到厭煩，避免去看我的思考吧。一方面也是為了不被他探查到祕密，我才故意不斷思考一堆下流的事情。）

「原來如此，是這麼一回事呀……我還以為您是一隻見異思遷的豬先生。」

（怎麼可能。我喜歡的只有潔絲的胸部。相信我。）

「那樣也是挺……您這麼期待的話，我會有一點傷腦筋……」

潔絲一邊在意著胸前，一邊翻了幾頁漆黑的史書。

「回到破滅之矛的話題上吧。我還是認為應該是某人已經拿出來了。」

我也將視線從潔絲的雙峰間拉回到史書上。

（唔嗯，但是有一點奇怪呢。書上記載著破滅之矛是拜提絲在自己臨死前封印起來的對吧？與拜提絲敵對的魔法使在那之前就已經全滅了，所以後來的王族根本沒有理由要拿出矛。如果是魔法使，除非有不死身的魔法使出現，否則就算沒有什麼矛，也能夠殺掉任何人啊。）

也就是能夠拿到矛的人，並沒有要拿到矛的理由。

「的確是這樣沒錯呢。」

潔絲將手貼在下巴，看來正在煩惱的樣子。

（唯一有動機要拿出矛的人，應該就是荷堤斯吧。只要有破滅之矛，他就能比強大的哥哥占優勢。但也很難想像荷堤斯能夠拿出矛。）

潔絲點頭同意。

「畢竟拿出矛的方法，在荷堤斯先生閱讀的史書中，是記載在**伊維斯大人封印起來的部分**呢。追根究柢，荷堤斯先生應當不曉得拿出矛的方法才對。」

那麼，是誰拿出了矛呢？說到底，矛真的被拿出來了嗎？

（算啦，這個謎題遲早會解開吧。現在先來調查有希望打破暗中活躍的術師那不死身魔法的其他計畫吧。）

「剛才豬先生好像靈機一動——」

（沒錯，就是契約之楔。）

潔絲翻開符合的頁面。這也是伊維斯封印起來的部分。三大至寶被人用簡單的圖描繪在書上。

施加了螺旋狀裝飾的細長矛，這就是破滅之矛。上面記載著這是僅限一次，能夠奪走任何生命的矛。接著是救濟之盃，那是個裝飾著各式各樣寶石的小杯子，聽說僅限一次，能夠拯救任何生命。然後最後一個是銳利的三角錐玉石——契約之楔。據說僅限一次，能夠給予任何生命奇蹟之力。

（破滅之矛與救濟之盃，無論哪邊都是打從一開始，在這個梅斯特利亞就只存在著一個。但契約之楔不一樣對吧。）

潔絲立刻翻開我提到的部分。

「『女王將隱藏在梅斯特利亞的數十個契約之楔一個不漏地找出來，除了一個以外全部使用。最終戰爭在此劃下句點，被留下來的楔子成為唯一』……上面這麼寫著。拜提絲大人是耗費有好幾個的契約之楔，稱霸了暗黑時代的最終戰爭呢。」

（雖然這史書很不親切，沒有詳細記載她是怎麼使用楔子的，但可以推理出來。）

「……能夠推理出來嗎？」

（是啊。來整理一下契約之楔是怎樣的道具吧。）

我看看——潔絲一邊這麼說，一邊認真地翻回前面的頁面確認。

「契約之楔刺入胸口便會化為光芒消失，給予被刺入者魔力——上面這麼寫著。」

（是那樣沒錯呢。那麼，要怎麼利用那種效果在戰爭中獲勝？）

「嗯……是組織了會為自己而戰的魔法使軍團嗎？」

（拜提絲在最終戰爭裡，把自己以外的魔法使都——雖然要扣掉暗中活躍的術師——殺掉，不然就是變成奴隸。照潔絲的意見來看，會跟這個事實無法吻合呢。明明只想讓自己變成魔法使，卻增加魔法使的數量，不是很奇怪嗎？）

潔絲一邊發出同意的沉吟，同時思考起來。

「追根究柢，我一直聽說拜提絲大人是經歷四十三次脫魔法而獲得最強之力，終結了暗黑時代。利用契約之楔這點我是第一次聽說。嗯……」

（假如這兩種主張其實是在說同一件事呢？）

「同一件事……？」

潔絲這麼說，接著猛然露出靈光一閃的表情。

「原來如此！也就是說契約之楔**由魔法使來使用**的話，可以引發脫魔法呢！所以拜提絲大人才能經歷多達四十三次的脫魔法。」

（我認為是那樣沒錯。就連那個最偉大的魔法使伊維斯，都只有經歷二十一次脫魔法對吧。四十三次是個異常的數字。）

所謂的脫魔法，就類似魔法使的脫皮，會彷彿疾病發作似的襲擊年輕魔法使，本人將失去意識，所有魔法都變成白紙，之後醒來的魔法使會變得能夠使用比以前更加強力的魔力，可以說是比較誇張的升等方式吧。雖然也要看資質和訓練量，因此不能一概而論，但經歷脫魔法的次數愈多，就會是愈強的魔法使。

（契約之楔不只是讓並非魔法使的人變成魔法使而已。倘若由魔法使來使用，還能強制引發脫魔法，獲得更強大的魔力。拜提絲就是一直重複這些行動，經歷好幾次脫魔法，變成了最強。）

就好像某處的神奇糖果一樣啊。

但潔絲感到疑惑。

「呃……我明白拜提絲大人是如何在暗黑時代中戰勝到最後的了。但那要怎麼連接上擊斃暗中活躍的術師的方法呢？就算馬奎斯大人使用最後一個契約之楔，也只是至今合計十九次的脫魔法次數變成二十次而已對吧。不曉得那樣是否能擊斃暗中活躍的術師……」

我秉持著自信，向看似不安的潔絲傳達。

（不對。最後一個契約之楔不是給馬奎斯用，而是要**用在暗中活躍的術師身上**。）

「咦咦咦！讓敵人變強沒問題嗎？」

我向一臉驚訝的潔絲說明。

（希望潔絲可以回想一下妳之前替我接收詛咒，差點死掉時的事情。）

「是的……」

（那時潔絲是怎麼從甚至能徹底殺掉伊維斯的詛咒中生還的？）

「我想找回被伊維斯大人封印起來的記憶，結果發生脫魔法——啊！」

她一點就通，真是幫了大忙。

「發生脫魔法時，所有魔法會從魔法使的身體上消滅。這表示暗中活躍的術師的不死身魔法，也能夠用這種方式移除掉呢！」

（正是如此。只要把契約之楔刺在暗中活躍的術師身上，趁那傢伙發生脫魔法後，把他毫無防備的身體葬送掉就行了。這樣就能徹底殺掉他。實際上拜提絲應該也是這樣殺掉敵對的不死身魔法使們吧。強化自身與打破不死——拜提絲正是將契約之楔以這兩種用途來使用，讓暗黑時代劃下句點的。）

潔絲雙眼閃閃發亮地說道：

「暗中活躍的術師之所以在攻擊層面上欠缺破壞力，說不定也是因為不想失去自己不死身的魔法，一直抑制脫魔法發生的關係呢。」

（原來如此，這麼一想，就說得通了呢。）

情報在各種地方都吻合起來。可以認為這就是答案了吧。

「那麼立刻向馬奎斯大人報告吧！就算沒有破滅之矛，只要能找出據說只剩下一個的契約之楔，就可以擊斃暗中活躍的術師！」

…………

（不，先等一下。）

我這麼傳達，看向潔絲的雙峰——潔絲的臉。

（契約之楔靠我們自己尋找吧？）

「咦……？」

（只有我們兩人感覺很不安，或許也可以拜託修拉維斯幫忙。但不能讓馬奎斯知道。）

「為什麼呢？」

（妳想想看吧。解放軍有荷堤斯這張王牌，但並不是湊齊了與王朝的交涉材料，那終究只是與王朝關係密切的人願意當同伴而已。倘若這時有個能擊斃暗中活躍的術師的至寶出現，會怎麼樣？）

潔絲壓低聲音說道：

「說得也是呢，會變得更加有利。」

（目前解放軍的存續可以說還是全部賭在荷堤斯一人身上也不為過。要是荷堤斯被馬奎斯籠絡，解放軍便會淪為用過即丟的道具。只要馬奎斯覺得解放軍有點礙事了，就算所有人都被殺掉也不奇怪。所以為了避免演變成那種情況，我們要為了解放軍獲得另一張王牌。）

「也就是要將契約之楔當成交涉的材料使用呢。」

（沒錯。就像修拉維斯拿自己當人質，讓王朝與解放軍的同盟成立一樣，要讓現在的梅斯特利亞動起來，需要有價值的東西與謀略。要靠我們自己來做這件事。）

潔絲用力地握緊拳頭。

「來做吧。為了讓王家和解放軍都能獲得幸福的未來，一起尋找契約之楔吧！」

（就這麼決定了啊。只要研讀史書，似乎便能知道獲得最後一個契約之楔的方法。蒐集一下線索，明天就準備出發吧。要不要也找修拉維斯同行？）

潔絲露出有些迷惘的模樣。

「呃……豬……豬先生有什麼看法呢？」

（當然是修拉維斯也在會比較安心吧。他是能夠信賴的認真回覆傢伙，有他在不會是什麼壞事。硬要說的話，大概就是可能會比較容易被馬奎斯發現吧。）

「說得也是呢！對不起，也找認真回覆先生——不對，也找修拉維斯先生同行吧。」

為什麼要道歉啊？

（打鐵趁熱，我想明天一早就去找那傢伙商量。希望可以在那之前成功解讀史書，推測出該去哪裡尋找契約之楔。潔絲，妳還能再努力一下嗎？）

只見潔絲在胸前握拳，擺出要好好加油咧的姿勢。

「那當然了。豬先生沒問題嗎？」

（嗯，因為我也跟潔絲一起睡了午覺嘛。夜晚接下來才要開始。）

潔絲縮起纖細的肩膀，像在惡作劇似的揚起嘴唇笑了笑。

「今晚我不會讓您睡喔，豬先生。」

「換言之，你們想從母親大人那裡問出『誓約岩窟』的地點。」

剛睡醒就有人來突擊房間的修拉維斯，在蓬鬆的頭髮變得更加蓬鬆的狀態下這麼說了。家具雖然讓人感受到高雅的品味，但都是以木製的樸素款式湊成一套，沙發和窗簾也統一成灰色的素色款式。其中一面牆壁成了塞滿各種大小書本的書架，還有另一面牆整齊地裝飾著武器和防具。

我心想以王子來說，這房間還真是樸素啊。

潔絲毫不介意修拉維斯似乎很愛睏的呵欠，開口說明。

「沒錯。史書上記載著那裡藏有用來尋找契約之楔的道具。」

史書的記述相當明確。拜提絲用來蒐集契約之楔的「路塔之眼」這項道具，似乎被安置在「誓約岩窟」裡。只不過，我們翻遍書本各處，也找不到那個岩窟的地點，只知道那裡是王家的人締結婚姻誓約時會利用的場所。

修拉維斯發出沉吟。

「我聽說誓約岩窟的地點，一般是王家的人在即將結婚前才會得知。要是不編造個合情合理的理由，母親大人恐怕是不會告訴我們的吧。」

（只要撒謊說為了得到破滅之矛，需要知道地點就行了。）

「呃，就算你叫我撒謊……」

修拉維斯一邊用手指梳理頭髮，同時移開視線。潔絲開口詢問：

「……有什麼不方便的地方嗎？」

「母親大人是非常聰明的人物。身為兒子的我撒的謊，都會被她看穿。」

（那麼，乾脆去問馬奎斯吧。如果是他，謊言應該會稍微管用點吧。）

修拉維斯苦澀的表情看向這邊。

「你看到昨天那光景，還講得出這種話嗎？謊言或許不會穿幫，但他原本就變得很不高興，對母親大人和我抱持著懷疑的眼光了。萬一穿幫的話，我會被他殺掉。被母親大人打屁股還好一點。」

（要是撒謊，會被維絲打屁股嗎？）

既然那樣，由我來撒謊看看好像也不錯啊。

是說溜了嘴嗎？修拉維斯閉口不語，蹙起眉頭。看來他的確很不擅長面對面的撒謊啊。

（算啦，沒關係。只要把在尋找契約之楔這件事，改口說成是在尋找破滅之矛就行了。要撒的謊言就僅限這件事吧。碰到麻煩的話我會幫忙打圓場的。）

「真的嗎？母親大人可不像父親大人那樣好應付。」

修拉維斯有著翡翠般顏色的眼眸看向這邊。

（放心吧。你以為我是誰？）

沒有任何人說一句話。

……我可是四眼田雞的瘦皮猴混帳處男喔。

修拉維斯蹙起眉頭。

「就算面對的是像你這樣的混帳處男，母親大人也不會因為輕視而漏看論理上的瑕疵。要是謊言穿幫，契約之楔的事情八成會傳入父親大人耳裡，一旦遭到追究，說不定就連叔父大人的祕密都有被發現的危險。你真的有不會失敗的自信吧？」

被男人稱呼混帳處男的話，讓人有一點火大呢。

（沒問題的。真有什麼萬一時，我還有王牌。拜託你相信我，協助我們吧。）

修拉維斯暫時盯著我看，然後點了點頭。

「好吧。跟我來。」

修拉維斯彈響雙手的手指，於是他睡亂的蓬鬆頭髮在一瞬間變整齊了。

我們離開修拉維斯的房間，前往維絲的書齋。

維絲的書齋跟國王馬奎斯的書齋位於不同的場所。因為馬奎斯主要處理的是極機密案件，基本上都會閉關在王宮的中心部分。但維絲主要處理的是與王都居民相關的事情，所以會待在能夠與王都居民接觸的王宮外圍。

我們兩人與一隻被迎接到建造給王都居民用的接待室裡。馬奎斯的書齋是以黯淡顏色的木材為基調，散發著穩重的氛圍；這邊的接待室則是以白色與金色點綴而成，有著華麗鮮豔的內部裝潢。家具就連細節部分都施加了雕刻，且貼著金箔。用寶石裝飾的玻璃架子上，堆積著好幾十個耶穌瑪的項圈。是想對外部的人虛張聲勢嗎？我們坐在鬆軟的巨大沙發上，與一臉疲憊的維絲面對面。

「可能的話麻煩你們長話短說。」

維絲從小小的玻璃高腳杯裡稍微喝了點冒煙的神祕藍色液體，坐到跟我們面對面的沙發上。

修拉維斯慎選用詞地說道：

「能請母親大人告訴我們誓約岩窟的地點嗎？」

原本在喝神祕液體的維絲瞬間嗆到，不小心將液體從高腳杯裡灑了出來。地毯的布料發出滋滋聲響融化了。

維絲大口地吸了一次氣，恢復成一如往常的冷靜且美麗的微笑。她揮了幾次手，於是彷彿時間倒流一般，融化的地毯逐漸被修復。維絲將高腳杯放到桌上。藍色液體依然不斷冒著煙。

「誓約岩窟……你是認真的嗎？究竟是為了什麼？」

修拉維斯在旁邊蠢動，重新坐正。

「因為關於獲得破滅之矛的方法，那裡說不定隱藏著線索。」

維絲稍微陷入思考。

「史書上那麼寫著嗎？」

是疑問形。修拉維斯沒有說話，因此換潔絲說道：

「沒錯。是我跟豬先生解讀出來的。」

「既然這樣，那原本是我該做的工作。由我去那裡找線索吧，請你們告訴我記載在史書的哪一部分。」

這次換潔絲也不開口了。我從鼻子發出嗯齁聲。

（其實並不是在史書上有明確的記述。這是我突然冒出來的想法，因此很有可能會是白跑一趟。妳明明這麼忙碌，讓妳做到那種地步實在過意不去。）

「那個場所是王族的人去結為夫妻的地方。」

維絲嘆了口氣，喝光高腳杯裡的液體。

「不是像你這樣的局外人，和連結婚的計畫都還沒決定好的人該去的場所。」

（在連王家的存續都令人擔憂的時候，妳還要在意那種事嗎？）

我語帶挑釁地這麼傳達，於是維絲稍微彎起細長的眉毛，看向了我。

「這對外子說不定有效，但挑釁對我是不管用的喔。我可沒有愚昧到會因為那種言詞喪失判斷力。」

在視野的角落，可以看到修拉維斯的屁股坐立難安似的動起來。

「豬先生，你似乎有什麼想要否定我提議的理由呢。要是你一直隱瞞著那一點，我實在不想認真地理會你們。請你老實地說出理由看看吧。」

看來她不好對付啊。我做好覺悟，回看維絲。

（理由之一是就像我最初說的一樣，我只是不想讓自己連是否正確都不曉得的突如其來的想法，妨礙到忙碌的大姊姊而已。還有另一個理由，但倘若妳並非無論如何都想知道，我不是很想現在說出來。）

「說來聽聽。」

維絲用凜然的態度蹺起苗條的美腿。我稍微停頓一會兒後，向她傳達。

（是為了讓排斥結婚的修拉維斯與潔絲有那個意思。）

「啥？」

「咦咦咦？」

從我的兩旁發出驚訝的聲音。

（都這種時候了，我就直說了，他們兩人完全沒有要結婚的意思喔。修拉維斯是為了讓潔絲留在王族；潔絲則是因為我叫她那麼做，才不得已地接受未婚妻這個身分。）

沉默。打破沉默的人是維絲。

「你們……這是真的嗎？」

潔絲和修拉維斯都不發一語。事實勝於雄辯。

我從沉默的兩人中間傳達。

（我認為去結婚的誓約之地，應該正適合用來突破這種膠著狀態……但假如是我估計錯誤，實在抱歉。是我太雞婆了。）

維絲微微地張開嘴，呆愣在原地。過了一陣子後，她開口說道：

「……這樣子嗎？你這麼誠實很好。實際上這一點也是自從你回到潔絲身邊後，我一直在擔心的事情。」

潔絲像要抗議似的想張嘴說話。但是找不到反駁的話嗎？她什麼也沒說地閉上了嘴。

「當然我並不認為只是去了誓約岩窟，心意就會改變……不過我明白了。我忙不過來這點是事實。只要能夠留意安全，你們能替我去是最好的。」

修拉維斯鬆了口氣，開口問道：

「那麼，母親大人願意告訴我們岩窟的地點對吧。」

「好吧。畢竟是你們遲早要前往的場所。」

維絲回到書齋，然後帶了小張的地圖回來。

「誓約岩窟位於拜提絲大人與配偶路塔結為夫妻的洞窟深處，地點在十字架岩地的外圍。」

纖細的手指指向地圖的一處後。只見有墨水滲入那裡，冒出紅點。

「這個場所只有王族的人能造訪，而且能夠打開岩窟的，只有流著拜提絲大人血脈的子孫，我想應該很安全。但還是請你們多加小心。」

修拉維斯迅速地站起身來，微微地低頭行禮。

「非常謝謝妳，母親大人。」

然後他催促我們一起離開了房間。

無論是搭乘龍前往岩地的時候，還是從龍身上下來，徒步前往目的地的洞窟時，潔絲都一直低著頭一言不發。為了催促兩人結婚這番話是為了轉移維絲注意力的謊言，我也這麼向兩人解釋過，但似乎仍在微妙的地方讓潔絲不高興了。

（噯，潔絲。）

在許多岩石的森林裡面。即使我加上括號向潔絲搭話，她也是哼一聲地將臉撇向一旁。

因為已經知道洞窟大概的地點，潔絲朝著那邊的方向——朝著溪流那邊一個人不斷往下走。

她讓伊維斯遺留下來的防禦用黑色長袍隨風擺動，絲毫沒有轉頭看向這邊。

「潔絲竟然會氣成這樣，還真是稀奇啊。」

修拉維斯來到我旁邊，小聲地這麼說了。他也穿著點滿防禦力的長袍。

（該說稀奇嗎？說不定是第一次。）

無論我怎麼看她的小褲褲都不會生氣、無論我在腦內思考多下流的事情，都願意笑著聽過就算了的潔絲。明明是有理由才那麼做的事情，但我沒想到只是隱約暗示想讓潔絲跟修拉維斯結婚，就會讓她變得這麼不高興。

「嗯，我覺得你應該停止看她內褲的行為比較好就是了。」

從旁邊飛來認真的回覆。真是慚愧。可是，誰教我是豬，這也沒辦法啊。

「你的藉口跟叔父大人一樣啊……明明不是有著動物外表，就可以被原諒的事。」

他再度以認真的音調吐槽。

（希望你可以不要太在意我的內心獨白啊。）

我這麼傳達，於是修拉維斯微微點頭後，改變話題。

「嗯……我認為你做的事情很正確，而且腦筋轉很快。要是我根本不可能有辦法閃避母親大人的追究。」

修拉維斯笨拙地讓嘴角露出笑容。看來他似乎是在鼓勵我。

（我只是利用了母親替自己孩子著想的心情而已。不是什麼值得稱讚的事吧。）

修拉維斯暫時陷入思考，然後開口反問：

「母親替自己孩子著想的心情……？」

（是啊，維絲希望你能過得安穩無虞。她似乎也很中意潔絲，肯定很期盼你們的婚姻成立。我暗示她那場婚姻可能有危機，但我想要設法做點什麼——我讓維絲這麼認為，藉此突破她的心防。）

「原來如此啊，是這麼回事嗎？我還在想母親大人怎麼會如此乾脆就接受了我們的說法。」

我們追逐著潔絲，暫時默默地前進。

「……噯，豬。」

修拉維斯儘管嘴巴這麼說，依然面向著前方。

「你真的會消失不見嗎？」

涼爽的風吹過森林，在搖響樹枝的同時吹掉枯葉。

（對，我會消失不見。）

儘管對秒答的自己感到驚訝，我仍咚咚地沿著岩石之間前進。

（畢竟我對原本的世界還有眷戀，而且也不打算一輩子當一隻豬。）

「那麼，假如可以用魔法變回人類，你會怎麼做？叔父大人能夠變化成狗。雖然我並非知道有這樣的前例，但說不定也能讓豬變化成人類。」

這話還真是強人所難。

（要是變回原本的模樣，潔絲一定會對我幻滅。因為是豬才能獲得疼愛，假如變成人類模樣，我就只是個四眼田雞瘦皮猴混帳處男而已。）

「我認為潔絲應該不會在意外表就是了——」

（而且伊維斯叫我回去。他要我在應該歸去時回去。）

「……有人叫你去死的話，你就會去死嗎？」

修拉維斯依然面無表情地面向前方，平淡地逼問我。

「為何不考慮你們自己的幸福？你喜歡潔絲對吧。而且潔絲應該也對你有好感。為何不讓這種單純的構造完成？」

我哪知道啊？

（要是我沒有又跑來，潔絲應該會跟你結婚，以王族身分獲得幸福才對。我果然還是沒膽把那種幸福作為代價。）

「但就現狀來說，潔絲對我毫無感覺。讓喜歡的女人跟那種男人結婚真的好嗎？倘若跟身為王家末裔的我結婚，遲早也得生小孩。」

……我哪知道啊？

（還不曉得潔絲之後會怎麼想吧。反正她對我的感情八成是暫時性的，說不定也會喜歡上你。你是個好傢伙，雖然很不會開玩笑，認真回覆也讓人頭痛，但你是個正經又老實，懂得體諒人的男人，長得也英俊。要是能跟這樣的王子大人結婚，她總有一天會忘記我這種下流豬的。）

「母親大人她——」

修拉維斯俯視這邊。

「母親大人常對我這麼吐露心聲。她說女人只會喜歡自己喜歡上的人。」

（說什麼啊？）

不僅限於女人，那是理所當然的吧？

「母親大人與曾經喜歡的人訣別，以耶穌瑪身分隻身到達了王都。她的堅強與聰明，以及**沒有對象**這點獲得很高的評價，而被選中當父親大人的伴侶。」

（……原來不是戀愛結婚的啊。）

「對。母親大人常對我說『在這個世界上我愛的只有你』，我是聽著這句話長大的。」

我察覺到修拉維斯想講什麼，說不出話來。

「我不認為嫁入王家是一種幸福。你最好更認真地面對這件事，思考應該怎麼做。你太急著下結論了。」

回過神時，我們已經到達谷底的溪流了，陽光沒有照射到這裡，地上躺著許多黑色岩石。潔絲在有水涓涓流出的小型洞窟前等候著我們。她像在發呆似的在胸前雙手合十，臉部面向下方。

「看來就是這裡沒錯啊。」

修拉維斯確認地圖，這麼說了。

「要進去嘍。這裡很暗，你們盡可能地別離開我。」

修拉維斯將左手朝向上方，在那裡點亮了溫暖的魔法燈光。潔絲咬著下唇的憂鬱側臉被暖色的光芒照亮。

洞窟的寬度大概是兩個人類並肩走的話會有一點狹窄的程度。我們以修拉維斯帶頭，然後我跟潔絲並肩前進的形式走了一陣子。漆黑的小石頭堆積在腳邊，水彷彿要緩慢滋潤那些石頭似的流動著。潔絲的長袍長度很長，甚至到腳踝那邊，因此潔絲的——不，沒什麼。

潔絲看向這邊。她的表情與其說是在鬧彆扭或生氣，反倒更像——倒不如說完全是——感到悲傷的表情。簡直就像被一直相信的人背叛，或是戀人突然提出要分手一樣。

「前面沒路了。」

修拉維斯讓光球高高浮起，照亮這一帶。雖然洞窟盡頭變得稍微寬敞一點，但好像沒有可以從這裡前進的道路。

（誓約岩窟只有王家的人才能進入對吧。應該是在某處有類似生物辨識——就是會辨識身體特徵的機關吧。）

「說得也是。我來找找看。」

修拉維斯將臉靠近岩石牆壁，開始探索周遭。

潔絲在我旁邊暫時默默地裝作在環顧牆壁，但她不時地偷瞄這邊，然後蹲下來開口說道：

「那個……豬先生。我…………對不起。」

雖然小聲，在洞窟裡卻十分響亮。修拉維斯的背有一瞬間做出反應，不過個性認真的王子就那樣繼續探索。

（怎麼了，怎麼突然道歉？）

「不，我……實在過於情緒化了。明明豬先生沒有做錯任何事。對不起，請跟我和好。」

潔絲面帶笑容。不知何故，我想起了剛相遇那時。

（我可能也說了很沒神經的話。抱歉。）

「沒關係的。」

這時傳來輕微的咳嗽聲，我面向那邊。

「找到魔法的痕跡了。好像能從這裡進入。」

修拉維斯一邊說，一邊將右手按在濕潤的岩石表面上。巨大的岩盤彷彿旋轉門一般滑順地動了起來，開啟了可以讓人通過的入口。這是只有王族的人才能打開的隱藏門吧。

「準備好了嗎？」

我們點了點頭，跟在修拉維斯後面。

將腳踏入隱藏門的前方後，金子與玻璃製的老舊提燈接連點亮，從牆壁開始照亮狹窄的室內。

那裡是用粉彩壁畫裝飾，設有祭壇的房間。沒有窗戶的岩石牆壁包圍住上下左右前後的所有方向，是個悶塞感相當強烈的地方。儘管如此，卻不會覺得沉悶，是因為有五彩繽紛的壁畫吧。壁畫寫實地描繪著金髮女性與黑髮男性相遇、加深感情，然後到達這個岩窟的模樣。

設置在房間中央正面的祭壇上，擺放著將左手貼在胸前，筆直地高舉右手的女性雕像。是王朝之祖拜提絲。

「這些壁畫畫的是拜提絲大人與她的配偶路塔吧。」

修拉維斯這麼分析。

「王家的人與其結婚對象會來這裡向拜提絲大人祈禱。」

聽到這番話，潔絲悄悄地將視線從修拉維斯身上移開。

（來到這裡做的事情，就只有那樣嗎？）

我這麼詢問，於是修拉維斯將手貼在額頭上。

「天曉得。畢竟是要結為夫妻，我想應該不是只有祈禱。照理說有什麼儀式才對。」

我們聚集在一起站著，環顧房間裡面。被厚重岩石包圍的房間安靜無聲，從豬的臉部高度也能清楚聽見潔絲和修拉維斯的呼吸聲。

潔絲從包包裡看似寶貝地拿出史書。

「書上記載著指示契約之楔所在處的『路塔之眼』，被埋在最深處的牆壁裡。所謂的最深處究竟是哪裡呢？」

「表示有比這房間更裡面的地方嗎？」

修拉維斯環顧牆壁。我們進來的門已經關上了，所以這個空間變得彷彿長方體的密室一樣。

雖然這裡看起來就像是盡頭了……

（壁畫看來像是在說故事啊。）

我這麼傳達，於是潔絲表示同意。

「嗯，跟史書說的一樣。兩人在瀑布潭相遇，在果樹園談心，在岩地戰鬥，逃往森林，在洞窟結為夫妻——拜提絲大人與路塔先生經歷的場面，似乎忠實地重現在這些壁畫上。」

「原來如此。」

修拉維斯指著入口附近的圖畫。

「這就是瀑布潭的圖。然後——」

他沿著牆壁朝右邊前進，觸摸下一張圖。

「這就是果樹園。而且旁邊就是岩地。森林。然後是洞窟。壁畫描繪著直到他們進入這個洞窟的過程。」

位於修拉維斯視線前方的是女人牽著男人的手在洞窟裡前進的圖。

潔絲注視著那張圖的旁邊。那裡設置著祭壇，並沒有圖畫。

「沒有他們結為夫妻這個最關鍵的場面呢。」

（那張圖應該還有後續吧。在某個看不見的地方。）

用不著我說，修拉維斯便前進一步，用手觸摸洞窟的圖畫。

發出了喀哩的聲響。只見岩石牆壁切割出四角形，準備往裡頭打開。

「猜對了啊。看來還有隱藏門。」

修拉維斯就那樣用手推動牆壁，打開了隱藏門。裡面只充斥著黑暗。

就在我這麼心想時，金子與玻璃製的提燈在黑暗中接連地亮起，開始照亮延伸到前方的筆直通道。那是一條漫長狹窄的通道，無法看見前方通往哪裡。

「我們走吧！」

儘管努力克制，卻仍有些興奮的潔絲這麼一喊，我們便點了點頭。有一種正逐步接近路塔之眼的真實感。

鑽過門扉後，可以得知在漫長的通道上也有壁畫繼續描繪著故事。在第一張壁畫上，一對男女正火熱地接吻著。

結為夫妻這個片語讓我的處男天線敏銳地產生反應。然後我回想起來。想起在修拉維斯試圖問出這個場所時，維絲感到動搖，不小心嗆到這件事。

——修拉維斯……你是認真的嗎？究竟是為了什麼？

維絲已經跟馬奎斯結婚。她應該曾經造訪過這裡一次。她在那裡看見了什麼呢？這條通道的深處描繪著什麼呢？

（……潔絲，這條通道感覺很狹窄，說不定讓我跟修拉維斯去就行了。說到底，這裡是為了只讓兩個人進入而建造的吧。怎麼樣？畢竟太擁擠也不好，潔絲要不要在設有祭壇的房間等待？）

潔絲看似不滿地試圖往前進。

「為什麼呢？我也想看前方有什麼。」

「有什麼問題嗎？」

被兩雙純粹的眼眸注視，我感到困惑。純潔的傢伙就是這樣才傷腦筋。

（算了，好吧。但就算後悔我也不管喔。）

我讓出道路。兩人似乎沒有察覺到危險的氛圍，毫不猶豫地向前進。

通道十分狹窄，修拉維斯縮起脖子以免摩擦到頭部。他走在前頭，興奮期待的潔絲跟在他後面，我則是殿後。被塗成白色的牆壁上有剛才那些圖畫的後續。男女都衣衫不整，衣服逐漸掉落的過程宛如分鏡一般連接下去。

走了一陣子後，壁畫上的男女完全變成裸體了。無法回頭的修拉維斯耳朵通紅地默默前進，潔絲似乎也總算注意到了，她看著地面向前走。

這讓我聯想到在健康教育課忘了課本的男生，與借課本給他看的隔壁座位的女生，真是可愛啊。到了我這種等級，就憑這種程度的圖根本不覺得有什麼。

這條色色通道最終來到了比剛才的祭壇房間更加小間的石室。地板上鋪設著厚厚的地毯，牆壁上大剌剌地描繪著裸體交纏的男女身影。

潔絲注意到那壁畫後便僵住了。修拉維斯十分明顯地動搖起來，他急忙別過臉去，將身體朝向這邊。明明是涼爽的洞窟內，兩人卻都漲紅了臉，甚至還流著汗。真是的，所以我才那麼警告了嘛。

「既……既然你察覺到了，不能先說一下嗎？」

修拉維斯端正的臉龐因羞恥而扭曲起來，這麼對我說。

（我應該說過就算後悔我也不管吧。）

我淡淡地這麼回應。修拉維斯的嘴一張一合，似乎想反駁些什麼。不過，我沒想到平常那麼冷靜的修拉維斯居然會動搖成這樣，是處男嗎？

「處……處……處男錯了嗎！」

型男王子大人氣沖沖地反駁，讓原本就面臨極限的現場氣氛凍結住。

潔絲低頭看向腳邊，似乎想盡可能地消除存在感。

「身為國王的血親，生子這種行為必須與適合的女性在適合的時機進行。拜提絲大人的血是神之血，假如出了什麼錯誤，那也可能會威脅到王家本身。而且要是我到處留情，就無法對身為國王之弟而被禁止愛上女性的叔父大人有個交代吧。我並不是像你一樣因為情非得已才在當處男，我是因為責任感而約束自己當個處男。」

修拉維斯滿臉通紅，彷彿機關槍似的這麼辯解，不知何故讓我湧現了親近感。

（呃，抱歉，我知道了……是我不好，可能的話麻煩你無視我的內心獨白……）

擅自偷窺我的腦內然後感到不快，這也讓我很傷腦筋。

修拉維斯瞥了潔絲一眼，發現潔絲正觀察著這邊的情況並露出苦笑。他呼一聲地吐了口氣，讓呼吸平穩下來。

「……呃，那個，我才應該道歉。不小心就發脾氣了。」

是啊，同樣是處男，我們就好好相處吧。

修拉維斯避開地毯，抬頭挺胸地邁步前進到房間深處。不難想像在男女結為夫妻的這間密室的地毯上會進行著什麼事情。

（潔絲想回去的話，回去也沒關係喔。）

我向在入口處扭扭捏捏的潔絲這麼傳達，於是潔絲用力搖了搖頭。

「我沒事，只是稍微嚇了一跳而已。」

結果我和潔絲跟在修拉維斯後面，站到交纏在一起的男女壁畫前。

「沒有呢。」

修拉維斯只說了這句話。路塔之眼——我注目著壁畫裡的男人臉部。理應描繪著眼睛的部分，牆壁被挖了特別深的洞。

「咦咦咦……這表示有人先拿走了嗎……？」

潔絲發出蘊含著失望的聲音。

「嗯，畢竟是記載在史書上的事情嘛。說不定是爺爺大人早已經拔出來了。」

（或者是比那更早之前嗎？）

我這句話讓修拉維斯搖了搖頭。

「不，我聽說那本史書被拜提絲大人長年封印起來，解開封印的是爺爺大人。據說正本直到爺爺大人去世為止，都是由他親自嚴格地管理，史書的複製本也是，關於三大至寶的部分都被爺爺大人封印起來了對吧。」

修拉維斯與色色的壁畫面對面，冷靜地這麼考察。

「能夠比我們先到達這裡的，就只有爺爺大人而已。恐怕是爺爺大人早已經拿到路塔之眼，藏在某個地方了吧。」

我也看向色色的壁畫，注目男人被挖掉的眼睛。我將視線移向那下方——

（又或者是就在最近，有人來過這裡也說不定呢。）

兩人看向這邊。

「可是，如果是伊維斯大人死後，我們應該是最先到的吧……？」

聽到潔絲這麼說，我用鼻尖指著修拉維斯的腳邊。

（看看這裡吧。挖開牆壁時的石屑還掉落在這裡，沒有散開。）

如果是豬的視點就能看得很清楚。看起來像是最近才飄落堆積的細微碎片。

（其實另外還有一個人，能夠比我們更先到達這裡吧？）

修拉維斯感到疑惑。

「除了我們以外，應該只有父親大人與母親大人看過傳承下來的史書。但他們兩人一直待在王都，而且根本沒理由要瞞著我已經找到路塔之眼一事。」

（另外還有一個曾經拿到史書的人吧。）

潔絲猛然察覺到。

「是荷堤斯先生嗎？」

（沒錯。之前因為專注於色色的解謎遊戲而看漏了，但仔細一想，其實有奇怪之處。為何要變回人類模樣需要**水跟史書**？這兩樣東西要搭在一起是很奇怪的組合，根本一點關係也沒有。無論哪個都是必須進入王都才能拿到的東西，而且是只要進入王都，就能比較輕易入手的東西。明明如此，有必要特地把解開腳環的鑰匙設定成兩個嗎？）

潔絲將手貼在下巴。

「呃，也就是說……其實只有水也能變回人類模樣。但他想要史書，才撒謊說鑰匙有兩個是嗎？」

（沒錯。要恢復成人類時，荷堤斯說什麼會變成全裸，躲到某個地方了對吧。然後在恢復成人類後，他也說什麼不小心弄傷了，沒有把史書還回來。這不是很可疑嗎？）

他在派我們去取泉水時，順便要我們把其實變身用不到的史書帶過來。

潔絲與我是被無法進入王都的荷堤斯當成用來從王都帶出史書的手腳，巧妙地遭到利用了。

修拉維斯一邊歪頭感到疑惑，同時看向我。

「你說的話也有一番道理。但說到底交給叔父大人的史書是複製本，關鍵部分也被爺爺大人封印起來了對吧。叔父大人應當無法閱讀記載著關於至寶所在處的部分。」

說不定並不是那樣。

（麻煩你們回想一下潔絲的記憶。）

「我的記憶……？」

我點頭肯定。

（沒有撕掉內頁而是封印起來，就表示他其實在期待封印有一天會被解開。你們認為那個伊維斯會施加在自己死後也一直封印住史書的魔法嗎？）

潔絲立刻開口：

「也就是說他在施加魔法時，已經設定成封印會在他死後變得容易解除對吧。」

「……原來如此。的確很像爺爺大人的作風。叔父大人是技巧派的魔法使，如果是要解除在爺爺大人死後會變弱的封印魔法，他就算辦得到也不奇怪。」

（那麼，來對答案吧。）

我走到修拉維斯的腳邊，嗅著地面。在石頭氣味的另一頭——確實摻雜著有些熟悉的氣味。是狗的氣味。到達這裡的通道十分狹窄，這表示他並非用高大的人類模樣，而是以能靈活應變的狗的姿態來到了這間石室吧。

（猜對了。荷堤斯最近才造訪這裡，甚至連氣味都還沒消失。）

我們到達解放軍宅邸是中午過後的事。

「果然不在嗎？」

修拉維斯隔著大門對諾特這麼說道。諾特瞥了我們一眼後回答：

「對。荷堤斯說他有點事情要辦，會暫時消失一陣子。我還以為他一定是跑去你們那裡了。」

「從他在昨天早上恢復成人類模樣後，那是他第一次出門嗎？」

「不，昨天下午他也不在這裡。他晚上回來，今天中午前又出去了。」

出門兩次。假如他是昨天解讀拿到的史書後立刻去尋找路塔之眼，今天則是出門尋找契約之楔，這次數剛好可以說得通。

修拉維斯跟我們互相對望之後，向諾特點了點頭。

「……這樣啊，多謝幫忙。沒有其他事了。」

「等等。我都回答你們的問題了，你們也該說明一下到底發生什麼事。荷堤斯不是拿了貝殼給潔絲嗎？為什麼不用那個跟他聯絡？荷堤斯去哪裡做了什麼？」

諾特一邊將黑色披巾拉高到下巴處，同時用銳利的眼神這麼詢問。看來他完全不信任荷堤斯，畢竟他說不定是王朝派來的間諜。

修拉維斯靠近大門一步，屏息說道：

「叔父大人是單獨行動的。雖然他好像有什麼企圖，但他不只是瞞著你，也沒有對我們說。

那說不定是會對王朝不利而對解放軍有利的事情。」

「所以說，你們想要搶先一步去阻止他嗎？」

諾特也靠近大門一步。

這些傢伙明明長得不錯，對話卻笨拙得要命。我感受到一觸即發的氛圍，走向兩人的腳邊。

（諾特，恰巧相反。倘若是對解放軍有利的事情，我們想要協助。但是，我還無法信任荷堤斯這個男人。我感覺他為了自己方便在操控我們，獨自因為某種意圖在行動。）

諾特蹙起眉頭。

「的確，感覺那個變態傢伙在不正經的態度背後隱瞞著什麼重大的祕密啊。薩農也叮嚀我不要過於信任他。」

（我跟他同意見。我們目前正在尋找可以讓解放軍的立場居於優勢的寶物，但被荷堤斯給搶先了。）

「讓解放軍居於優勢？是怎樣的寶物啊。」

（簡單來說，就是用來殺掉暗中活躍的術師的道具。）

諾特再次將領巾往上拉到下巴。他是會冷嗎？

「原來如此啊。你們打算盡量讓王朝與解放軍的力量對等嗎？所以不想被來歷不明的變態傢伙搶走那東西是吧。」

（我認為荷堤斯是站在我們這邊的，但為了以防萬一才這麼警戒。不能過於信任背負著祕密在行動的人。）

「我知道了。我也會多盯著他。」

諾特看來似乎理解了，因此我提議一件事。我請他讓我們進入庭院，三人加上一隻一起從那裡聯絡荷堤斯。聯絡方法就是使用潔絲從荷堤斯那裡收到的貝殼。

（修拉維斯，這種通訊方式不會被看透思考對吧。）

我這麼詢問，於是修拉維斯看向潔絲拿的貝殼。

「只要不講出來就沒問題。說到底，除非有相當特殊的條件，否則沒有接近並注意到的話，心之力是不會發生的。」

我想起以前從這個繆尼雷斯的郊外傳遞給潔絲的祈禱之聲。相當特殊的條件嗎？嗯，這次應該不適用吧。

在被柏木包圍的庭院中，我們在修剪整齊的草地上圍成一圈坐下，潔絲手拿著從荷堤斯那裡收到的白色海螺貝殼。

「那麼，我要開始嘍。」

潔絲看向我們之後，將臉湊近貝殼。

「荷堤斯先生！」

潔絲這麼呼喚後，大約經過三十秒。正當我們動也不動地等著時，原本白色的貝殼瞬間變化成紅褐色。一個男人的聲音回應呼喚。

『嗨嗨，潔絲。開始想我了嗎？』

從聲音的後方傳來某些轟隆隆的噪音。似乎不是在這附近。

「呃，那個……雖然不到想念您的程度……」

潔絲這麼認真地回應後，他停頓了一會兒，大概是在沮喪地垂下頭吧。

『有什麼事找我嗎？』

他轉換得很快。

我跟諾特與修拉維斯屏住呼吸，聽著他們的對話。

「有一件事想找您商量……請問荷堤斯先生您現在人在哪裡呢？」

『要形容很困難啊。我正以一絲不掛的姿態與大自然合為一體。』

被敷衍過去了。

「您沒有跟解放軍的成員待在一起嗎？」

潔絲按照我們事前討論的那樣，向荷堤斯套話。對話停頓了一陣子，只有神祕的轟隆聲響從貝殼迴盪過來。潔絲用有些不安的視線看向我。

（不要緊的。碰到麻煩時我一定會幫忙。）

這番對話沒有實際講出來，另一頭應該聽不見才對。

潔絲感到安心似的放鬆了肩膀的力量。

『唔嗯。看來妳背後似乎有誰在呢。我認識的那個純真的潔絲，是不會像這樣試圖欺騙人的。是處男小弟教唆妳的嗎？』

不只是我，就連修拉維斯——還有諾特也對這句話產生反應，抽動了一下身體。笑死。

（呃，冷靜一點。所謂的處男是指我啦。潔絲，說是豬跟妳在一起。）

「那個，是豬先生跟我在一起。」

『沒錯。但真是奇怪呢。既然妳人在解放軍的宅邸，應該從諾特那裡聽說了我的事吧。而且既然來到外面，應該與之前一樣，修拉維斯也跟妳在一起才對。』

糟了，原來貝殼被設下了位置魔法嗎？這表示我們今天早上離開王都後的行動都被他看透了。

諾特用冷靜的眼神看向我。另一方面，修拉維斯則是手按著眉頭間。

必須在一瞬間想出說詞，否則無言的時間會讓他起疑吧。我思考著可以揭露的事實，盡可能維持我們在情報上的優勢。

（說只有修拉維斯也在一起。就當作是瞞著諾特在跟他聯絡吧。可以承認妳從諾特那裡聽說了他的事。）

「那個，對不起……修拉維斯先生是在現場沒錯。」

『諾特小弟不在現場嗎？』

「我們瞞著諾特先生跟您聯絡。」

『這樣啊、這樣啊。那麼，潔絲你們直到剛才都待在色色房間裡的事情，說出來也沒關係呢。』

諾特一臉疑惑地看向我們。修拉維斯手按著額頭。荷堤斯這個男人是相當有一套的高手，他隱約暗示自己會喋喋不休地講出王朝的祕密，藉此威脅我們假如諾特就在附近，情勢可能會變得對我們不利。

但是，就算荷堤斯真的開始講起王朝的祕密，諾特也是能夠信任的傢伙，所以沒有問題。反倒可以當作是我們共有了祕密，加深諾特對我們的信賴吧。

（沒有必要屈服於威脅。修拉維斯，你主張諾特不在現場。）

「叔父大人，諾特他並不在現場。」

認真回覆傢伙這麼說的話，莫名地充滿說服力。

荷堤斯像是暫時陷入思考一般，詭異地停頓了一陣子，然後他這麼回答：

『你們好像不怎麼信任諾特小弟呢。他是個值得信賴的男人喔。他養的狗都這麼說了，不會錯的。』

（潔絲，總之妳詢問他人在哪裡吧。）

我這麼傳達，於是潔絲用認真的眼神點了點頭。

「荷堤斯先生，請問您現在人在哪裡呢？」

『妳問這種事要做什麼呢？』

「荷堤斯先生跟我們在尋找的東西應該一樣才對。我們不要再個別行動，一起同心協力好嗎？」

潔絲的回答跟計畫的一樣。

『如果妳願意再讓我嗅大腿，我就考慮看看吧。』

「叔父大人！」

修拉維斯代替我發出憤怒的聲音。

「我們在談正經事。請你認真地回答。叔父大人在尋找契約之楔對吧。然後你已經獲得了會指示出所在處的路塔之眼。請你告訴我們你現在正前往哪裡。」

嗯——從貝殼響起他這麼沉吟的聲音。

『你們要過來也沒有問題，無奈的是這裡距離那邊相當遙遠呢。要請你們特地前來實在過意不去。靠我一個人應該也足夠應付了，楔子的事情能不能就交給我處理呢？』

我沒有看漏跟不上話題發展而蹙起眉頭的諾特對這番話產生反應，抽動了一下身體。

（表現得強硬點吧，修拉維斯。就說一方面也是為了可以信賴彼此，我們要去見他。）

修拉維斯面不改色地點了點頭打暗號。

「叔父大人，現在為了可以信賴彼此，我想先見一次面，跟你一起尋找楔子。無論距離多遠，我都會搭乘龍前往。請告訴我地點。」

又陷入沉默一會兒後，荷堤斯變低一階的聲音響起。

『不好意思，但我不能讓後台是大哥的人們握有鑰匙。別怨我啊，修拉維斯。這是我一個人的戰鬥。』

在他說完話的同時，原本變成紅褐色的貝殼恢復成白色，轟隆隆的雜音也消失了。

「叔父大人！叔父大人！……荷堤斯大人！」

即使修拉維斯這麼呼喚，貝殼依舊白色無聲。

我們面面相覷。

（好像被掛斷了啊。雖然也不是不懂那個變態的主張，但感覺更可疑了。）

我向三人這麼傳達，然後面向諾特那邊。

（我想確認一件事。貝殼就放置在這裡，我們能不能到室內談談？）

由於我的提議，我們一言不發地進入了宅邸裡面。壁紙的白色與地板木材的暗褐色形成寧靜對比的內部裝潢。那是個感覺很舒適的空間，有個不知是派還是什麼的香味飄散過來。瑟蕾絲孤伶伶地站在玄關旁的窗邊。一旁可以看到黑豬的身影。

「諾特先生、各位，是有什麼事情……」

瑟蕾絲一臉擔心地看向這邊。既然她站在窗邊，就表示她一直在觀察外面的樣子吧。一看到瑟蕾絲，潔絲便暫且停下腳步，微微低頭致意。

但諾特沒有停下腳步地說道：

「不好意思，是祕密案件。麻煩妳通知大家，不管是誰都別進入我的房間。」

諾特就那樣沿著走廊前進，帶領我們到盡頭的門扉。是諾特的辦公室吧。明明是很寬敞的房間，卻只有單調的桌椅，還有掛衣服的簡單架子等最起碼的家具而已。

「抱歉要站著談，你們要說的事情是什麼？」

諾特朝著這邊，一屁股坐在桌子上。

（剛才荷堤斯說『要請你們特地前來實在過意不去』時，諾特稍微做出了反應對吧。有什麼奇怪的地方嗎？）

「喔，你說那件事嗎？」

諾特蹺起二郎腿。

「荷堤斯他在中午前出發，說他要去附近一下，會在太陽下山前回來。但就他剛才的說法好像是在相當遠的地方，讓我覺得有點奇怪。」

原來如此。

「這表示他相信諾特先生不在場這件事，說了諾特先生在的話會穿幫的謊言嗎？」

潔絲這麼推測。

（那個可能性很高。幸好有事先隱瞞諾特的存在。他撒謊了這個事實，跟那個謊言的內容，也可能成為重要的線索。謊言與沉默會雄辯地述說出真實。）

我用豬腳在鋪設著木板的寬敞地板上四處走動，同時思考起來。

（為何他要撒謊呢？因為他不想讓我們找到所在處。那麼，他撒謊說相當遙遠的理由是？應該是**為了隱瞞所在處並沒有多遠的事實**吧。）

潔絲拿起史書，開口說道：

「豬先生，有一件事我很在意。」

（怎麼了？）

「書上寫著路塔之眼會指示楔子的方向。**就憑只會指示方向的道具，可以在出門前得知距離嗎？**」

原來如此，真是敏銳。只不過……

（荷提斯昨天在那個岩窟拿到路塔之眼，然後回到了這間宅邸。如果契約之楔就在附近，有那種程度的移動，就有可能計算出距離。）

「呃，是這樣子的嗎……？」

是很簡單的算數。

（修拉維斯，你凝視潔絲的胸部。）

我這麼傳達，於是修拉維斯一臉正經地看向這邊。

「我不會看喔？」

（這是為了說明。覺得害羞的話，看臉也可以。）

於是純情處男看向潔絲的臉。我稍微拉開跟修拉維斯的距離，凝視潔絲的胸部。從白色上衣內側溫和地主張存在的平緩雙丘。那簡直就宛如樂園——現在不是想這些事的時候。

（現在我跟修拉維斯站在不同的地方，各自看著潔絲的胸部。假設把潔絲的胸部當成寶藏，我跟修拉維斯的臉部方向就是在表現路塔之眼指示的方向。）

「不，我並沒有在看胸部……」

我無視他的認真回覆，繼續說明。

（如果只有其中一邊的情報，便不曉得潔絲的胸部位於那視線上的何處。但假如有兩道視線，就可以知道潔絲的胸部位於那些視線的交叉點上。荷堤斯也是，只要有某種程度的移動，便能夠大略計算出寶物所在的地點。當然，假如契約之楔在遠方，路塔之眼指示的方向也不會有太大的變化，會很難計算出來吧。）

我一邊合法地凝視潔絲的咪咪，同時這麼傳達，於是潔絲像是已經放棄似的點頭回應，表示可以理解。然後她拿出地圖，為了我將地圖攤開在地板上。

「也就是說，契約之楔的所在處果然距離這裡並不遠呢。」

「原來如此啊。」

修拉維斯是因為惰性嗎？他看著潔絲的側臉這麼說了。

是看到了我的內心獨白嗎？修拉維斯迅速地別過臉去。

「那麼，可以推測出叔父大人的所在處嗎？有沒有其他線索？」

我思考起來。是否有其他情報呢？

（荷堤斯在中午前出門時，好像說過他會在太陽下山前回來啊。如果只是知道大略的地點，能夠產生很快就能回來的自信嗎？在他計算出大略的地點時，應該有什麼顯眼的目標——有什麼感覺就隱藏著契約之楔的地標吧？）

潔絲思考起來。

「意思是一看就知道『就是這裡！』的地方嗎？」

我們將頭湊近地圖，注目繆尼雷斯附近。在感覺可以當天來回的地方，有像是地標的東西。

不過……

（是聲音。）

我的靈光一閃讓潔絲有些興奮地回答：

「對了！貝殼另一頭一直有轟隆隆的聲響呢。」

（聲音會那麼吵的地方應該有限吧。以這附近來說的話——）

「就是瀑布啊。」

修拉維斯指著地圖的一處。那似乎是大型瀑布，位於繆尼雷斯附近的「油之谷」上流。修拉維斯的深綠眼眸難得地看起來像是興奮地發亮。

「這是『邂逅瀑布』，據說是拜提絲大人與路塔相遇的場所。」

我們決定立刻前往邂逅瀑布追逐荷堤斯，移動方法是王朝的龍。聽說無法讓諾特進入王朝軍的領地，因此龍是由修拉維斯幫忙搬運到這間宅邸的庭院。

諾特立刻披上外套，到外面的庭院。但潔絲在玄關前停下腳步，東張西望地環顧周圍。

（怎麼了，在找洗手間嗎？）

我這麼詢問，於是潔絲搖了搖頭。

「不，我是在想瑟蕾絲小姐不知在哪裡……」

從右手邊延伸出去的走廊盡頭傳來了說話聲。

（應該在那邊吧。妳有事要找瑟蕾絲嗎？）

「雖然稱不上是要緊的事，但我希望能跟她稍微聊聊。」

潔絲窺探著走廊盡頭。

（妳就去看看如何？修拉維斯要帶龍過來還得花上一點時間吧。）

「說得也是呢。我去去就回。請豬先生在外面跟諾特先生一起等待。」

我知道了——我本想這麼說，但改變了主意。

（不，我也一起去吧。）

「可以嗎？那麼，我們一起去吧。」

我們沿著鋪有地毯的走廊前進，前往聲音傳來的方向。有小麥和肉烤熟的香味飄散過來。

我哼哼地吸氣，摸索空氣的流動。味道傳來的方向就在附近。我因為好奇偷窺了一下敞開著的門扉，只見瑟蕾絲在大間的廚房裡，孤伶伶地站在磚造烤爐前。黑豬坐在她的旁邊。

「瑟蕾絲小姐！」

潔絲跟我一起窺探廚房，很開心似的出聲喊道。

「啊，潔絲小姐……還有**混帳處男**先生。你們好。」

瑟蕾絲禮貌地鞠躬。

混帳處男的稱呼讓潔絲有一瞬間露出不滿的表情，但她立刻鞠躬回禮。

「妳好。妳在烤派嗎？」

潔絲進入廚房，窺探著烤爐。

「是的，我在烤兔肉派……是諾特先生愛吃的食物。」

不是豬肉嗎？就在我這麼心想時，潔絲用手摀住嘴。

「對不起。諾特先生等下就要跟我們一起出門了……」

瑟蕾絲的大眼睛稍微瞠大，但她立刻像沒事一樣露出微笑。

「這樣子嗎，那麼諾特先生的份我就幫他保留到晚餐。」

「咦咦咦，可是機會難得，妳應該很想款待他剛烤好的派吧？畢竟是很費功夫的料理。」

瑟蕾絲對這麼顧慮的潔絲用力搖了搖頭。

「不能因為我的自私妨礙到諾特先生。派也只是我自己喜歡才擅自烤的。」

「是這樣嗎……？」

潔絲看向調理台。我也將頭伸向那邊。豬的角度無法看得很清楚，但調理台上放著散發肉汁香味的鍋子，稍微超出調理台的砧板上散發出似乎切了香菇和香草的氣味。要說是一個人擅自在做料理，感覺也太用心了。

「因為沒有其他事情可做……」

瑟蕾絲欸嘿嘿地笑了笑，將手貼在纖細的脖子上。

「那個，瑟蕾絲小姐。」

潔絲猛然上前，靠近瑟蕾絲。黑豬看向潔絲那邊，開始抽動著鼻子，因此我連忙挺身防禦，保護好潔絲。不能讓潔絲變成變態豬的獵物。

潔絲毫不介意我們的攻防，將手輕輕放到瑟蕾絲肩上。

「我老是給瑟蕾絲小姐添麻煩呢。」

瑟蕾絲一臉困惑。

「呃……沒那種事。」

「不，有的。諾特先生會離開巴普薩斯是我造成的，而且諾特先生之所以會被北部勢力追殺，也是因為他為了保護我而戰……接下來要出門，也是因為我帶了事情過來。瑟蕾絲小姐明明只是想跟諾特先生和平地生活……對不起。只有這點我無論如何都想跟妳道歉。」

瑟蕾絲彷彿想說言重了一般，她又用力搖了搖頭否定。

但潔絲毫不在乎，繼續說道：

「我非常明白瑟蕾絲小姐的心情。」

潔絲一言不發，目不轉睛地注視著瑟蕾絲。於是瑟蕾絲抽動了一下肩膀，瞥了我一眼，然後重新面向潔絲。

「那個……可是我跟潔絲小姐的立場實在相差太多……」

潔絲似乎用心之力向瑟蕾絲傳達了什麼事情。她緩緩地搖了搖頭，否定瑟蕾絲。

「瑟蕾絲小姐，請妳更有自信一點。能夠在相同的時代活在相同的世界，是彷彿理所當然，但光是這樣就足夠美好的奇蹟喔。」

瑟蕾絲用認真的表情眨了眨眼。

因為窗外變暗，我將目光移向那邊，只見龍正緩緩地一邊振翅一邊在庭院著陸。我感覺有些如坐針氈，離開潔絲身邊。

（潔絲，我先過去。妳話講完後立刻過來庭院吧。）

然後我幾乎像在逃跑似的離開了廚房。

我一邊朝著玄關前進一邊思考。我不知道潔絲一言不發地向瑟蕾絲傳達了什麼。但總覺得是在說關於我的事。

——不會被奪走重要的人、不會喪失記憶、不會被捲入戰火、不會有人想殺害自己的和平生活……豬先生不會覺得嚮往嗎？

我想起前天潔絲對我說的話。像是待在諾特身旁卻無法跟諾特在一起的瑟蕾絲讓潔絲產生共嗚，並感到同情吧。然後她對自己占很大原因一事感到過意不去，而向瑟蕾絲道歉。

我知道瑟蕾絲因為得不到諾特的關注，一直感到很難受。而且我也知道我讓潔絲有類似的感受。我不應該在潔絲面前說什麼我打算促成修拉維斯與潔絲的婚姻。

但是，我選擇那麼說。

我選擇推開僅僅一人，對我說喜歡我的少女——推開與我不相配的優秀女性。因為我知道我注定遲早得離開這裡。

因為我知道要是讓離別的悲傷變得比現在更深沉，將會無法忍耐。

而且最重要的是，因為我知道就憑我無法讓潔絲幸福。

諸位也這麼認為對吧？倘若是阿宅，只要盼望力推對象能獲得幸福就好。明明沒有可以接受力推對象的器量，絕不能說什麼任性的話。

我不是能讓潔絲獲得幸福的人才。理應在關鍵時刻離開這個梅斯特利亞的我，最好別做無謂的抵抗、別反抗命運，應該乾脆地從潔絲面前退場。

我來到庭院。修拉維斯正撫摸著龍並列著黑色尖銳鱗片的下巴。龍的身體雖然大到可以填滿寬廣的庭院，長相卻意外地彷彿蜥蜴一樣惹人憐愛。牠彎曲細長的脖子，將臉伸向修拉維斯那邊，從喉嚨發出彷彿車子引擎般的聲音。

修拉維斯注意到一隻豬走出來的我，歪頭感到疑惑。

「潔絲怎麼了？」

（她很快就會過來。現在正在講一些女生的悄悄話。）

修拉維斯似乎幫忙轉播了我的思考。諾特露出疑惑的表情，手扠著腰。

「那是什麼啊？」

（就是女孩們在講些祕密的對話。我們幾個處男要不要也來談心一下？）

只見諾特漲紅了臉，瞪著我看。

「你是在取笑我嗎？下流的處男臭豬仔。」

被男人這麼說也一點都不高興呢……

就在我這麼心想時，諾特凶狠地瞪著我看並說道：

「你知道我的過去吧。我不會輕易對其他女人敞開心房。我跟你們不一樣，曾經被好幾十個女人求婚，但我的內心一次也沒有動搖過。別把我跟你們相提並論。我是自己想這麼做，才在當處男的。」

「你們？」

修拉維斯對這一點產生反應，抽動了一下身體。

「那話是什麼意思？你是在侮辱我嗎？」

「哈哈——我說中了嗎？鳥窩頭。一直閉關在王都裡的話，當然不可能有什麼邂逅吧。」

「你是在挑釁我嗎？」

「喔，要打嗎？」

看著眼前在一瞬間就陷入緊繃氛圍的處男們，我思考起來。

因為責任感而約束自己當個處男的王子。**因為自己想那麼做才當個處男**的解放軍首領。相對於他們，我究竟算什麼呢？

只是做些自己能辦到的事情活到現在，以結果來說在當個處男的不起眼臭豬仔。

只是個因為沒有自信，所以客觀地在思考最佳道路，沒有主見的處男。

算了，沒關係吧。因為這就是我的生存方式。

就在我一邊看著逼近彼此的型男們，一邊心想是否該去叫潔絲過來時，潔絲與瑟蕾絲從玄關走了出來。兩人看到一觸即發的處男們，僵在原地。

「那……那個……請問兩位是怎麼了呢……？」

對於感到困惑的潔絲，修拉維斯咳了兩聲清喉嚨並指著龍。

「叔父大人可能隨時會有所行動。我們盡快出發吧。」

諾特也吐了口氣，整理好衣領，邁步走向龍那邊。

「很慢喔。」

然後我們留下瑟蕾絲與黑豬，搭到龍的背上。原本折疊起來的巨大翅膀一口氣展開，拍打空氣讓我們上升。

瑟蕾絲從庭院一直揮手，但諾特看來並沒有注意到。

龍筆直地以邂逅瀑布為目標前進。在巨大的黑色翅膀的另一頭，樹葉已經掉落的褐色闊葉樹與漆黑的針葉樹摻雜在一起的森林擴展開來。起飛離地後過沒多久，便可以看見森林有一處像挖了個圓形的部分。藍色的水堆積在瀑布落下的懸崖底下。

「那就是邂逅瀑布的瀑布潭。周圍被森林圍住，沒有龍可以降落的地方。我盡可能降低高度後，直接跳下去。」

「你說跳下去？」

諾特露出厭惡的表情。

「放心吧，我會用魔法保護所有人。」

修拉維斯拉動韁繩，開始降低高度。龍立刻開始懸浮（hovering），修拉維斯看向下方，低喃了一聲「好」。一看之下，高度應該還有大約一百公尺吧。好你個頭啦，你是貓嗎？

「準備好了吧。要下去嘍。」

就在修拉維斯這番話讓我戰戰兢兢地想著要怎麼下去時，只見龍猛然折疊起翅膀俯衝而下，從我們的底下消失了。我們維持著幾乎是坐著的姿勢，被留在高度一百公尺的空中。

「呀！」

一旁的潔絲抱住我的腹部。但這是杞人憂天。我們被宛如浮力一般的力量包圍，浮在空中。在搖搖晃晃的豬腳的遙遠下方，可以看見森林的樹木。感覺豬心彷彿要停止跳動。

我感受到往上吹的風與加速度，知道我們開始俯衝了。瞬間我的視野被潔絲的裙子整個覆蓋住。

……不妙！

我立刻扭動身體，拚命將豬腳伸向潔絲的兩腿間。雖然豬蹄幾乎沒有感覺，但我的豬腳應該有穩穩地將裙子的布料按在潔絲的下腹部上。

「咦，等一下，豬先……生……」

裙子在耳邊隨風飄揚，可以聽見潔絲從裙子對面發出奇怪的聲音。

我在什麼也看不見的狀態下，四隻腳降落在地面上。潔絲的裙子輕飄飄地鬆開，我開始能看見我們站立的地方，就在瀑布潭旁邊的森林裡面。周圍除了我們沒有任何人在。枯葉堆積在地面上，從樹葉已經掉落的樹林縫隙間可以看見秋季柔和的藍天。

「那……那個，豬先生，這個，在他們兩位面前做這種事……有點……」

潔絲滿臉通紅地將手貼在下腹部。

（這是在說什麼啊……？）

潔絲什麼也不肯說，因此我看向修拉維斯與諾特。他們兩人一臉尷尬地移開視線。

（你們應該沒有看到吧。）

我這麼確認，於是諾特一邊將披巾弄整齊，一邊說道：

「看不到啦，因為你用腳遮起來了啊。」

潔絲似乎沒能理解我們對話的內容，東張西望地看著我們。

修拉維斯面向斜下方低喃。

「呃，抱歉。是我考慮得不夠周到。」

說得沒錯。

在下降的時候，由下往上吹的風會吹到我們。在這段期間，潔絲覆蓋住我臉部的裙子，就沒能覆蓋到原本覆蓋著的東西。倘若我沒有用豬腳防禦，潔絲的小褲褲差點就要被處男們看到了。

「啊，是這麼回事……」

潔絲看了我的內心獨白似乎才總算注意到，原本就漲紅的臉變得更紅了。潔絲可是要嫁入王家，真希望她在這方面好好愛護自己。

——豬先生，對不起……

潔絲的聲音在腦內響起。呃，其實不用跟我道歉啦。

不過，因為潔絲的裙子掀起來而臉紅的變態傢伙們，有必要給予某些懲罰啊。

「在這個梅斯特利亞當中，最不想被你這麼說耶……」

修拉維斯正經地認真回覆後，咳了兩聲清喉嚨，重新說道：

「好啦，我們必須迅速地找出叔父大人。豬，這件事就要靠你了。麻煩你幫忙尋找氣味。」

聽到他這麼說，我四處嗅著地面，沒多久便找到了狗的氣味。

（……有股強烈的氣味。就是這裡沒錯。）

我們沿著氣味前進，於是逐漸靠近瀑布。邂逅瀑布——是以數十公尺的高度為傲，水量豐富的寬廣瀑布。清澈的水一致地擴展開來，宛如窗簾一般覆蓋住漆黑的懸崖。落下的水聚集在巨大的藍色瀑布潭，從那裡作為河川重新出發。

一行人在我帶頭下，來到瀑布旁邊。宛如窗簾一般擴展開來的瀑布後面，連接著能夠行走的岩場。

「要在瀑布後面前進嗎？」

諾特一邊看似寒冷地雙手環胸，同時這麼詢問。

（看來似乎是那樣。走吧。）

我們通過狹窄的岩石縫隙間，前往傾瀉而下的水流後方。左手邊是轟隆流動的水牆，右手邊是濕透的漆黑岩壁。岩壁稍微被挖開，有一條可以讓一個人勉強通過的狹窄通道。氣味似乎是通往那邊。我毫不迷惘地帶頭前進。

我們一邊沐浴著霧狀的冷水，同時在低沉地敲響岩石的水聲之中前進。

我後面是潔絲，接在她後面的是修拉維斯、諾特。在被跳起來的水滴弄濕的岩石上，狗的氣味也確實地在變濃。

來到瀑布中央時，我停下腳步。真奇怪啊——我這麼心想，四處嗅著周圍。

「怎麼了？」

修拉維斯這麼詢問，我稍微向前進。

（狗的氣味在這一帶突然消失了。）

我們隔著氣味消失的地點面對面。

修拉維斯碰觸濕掉的岩石表面。

「這樣啊。說不定是哪裡有祕密通道。」

修拉維斯白皙的手摸索著岩石表面，但什麼事也沒有發生。無論推壓或是敲打，岩石都依然是岩石。

「豬先生，前面是什麼狀況呢？說不定氣味只有在這裡被水沖散而消失不見。」

原來如此。我又將鼻子湊近地面，前進了一陣子。

唔嗯。

（不，這前面並沒有氣味。荷堤斯是在岩石中找到了通道嗎？或者……）

我看向瀑布那邊。我們所在的道路地面在那邊彷彿懸崖一般陡峭，大量的水就在旁邊傾瀉而下，只要伸出豬腳就能碰觸到。

「如果是這裡，根本沒得選吧。他不是筆直地折返回頭，就是衝進這邊的水掉落到瀑布潭了吧。」

我們過來的道路是略微傾斜的上坡。倘若從這裡掉下去，到瀑布潭那邊應該有某種程度的高度吧。

（他應該是折返回頭了吧。很難想像他會從這裡掉落下去。）

「可是豬先生，在來到這裡之前，氣味一直慢慢地變強對吧。」

聽到潔絲這麼指謫，我心想確實如此。從這裡回去的話，氣味會逐漸變弱。假如他折返回頭了，那樣就很奇怪。

修拉維斯將手貼在下巴，思考起來。

「真困難啊。莫非他有什麼方法可以從這個場所移動嗎……」

就在我們煩惱不已時，諾特看似焦躁地拔出雙劍。

「水的對面是什麼情況？」

諾特推開修拉維斯，伸手讓雙劍交叉，插入傾瀉而下的水。雙劍閃耀著紅色光芒。刀刃與周遭火焰的氣場阻斷水流，在水牆上開出一個小窗戶大小的洞。諾特被雙劍火焰照耀的臉顯露出驚訝。

「這是什麼啊……」

看到他那樣子的修拉維斯，將臉湊近諾特弄出來的小窗戶。修拉維斯的雙眼也立刻驚訝地瞠大。就憑豬的角度無法看見小窗戶的對面。

（到底有什麼啊？）

諾特收回雙劍，面向這邊。

「有路。」

他只說了這句話，便毫不迷惘地衝向傾瀉而下的水牆，與飛濺的水花一起消失無蹤。

「真性急啊。」

修拉維斯一邊露出苦笑，同時伸手對著瀑布，從左到右，在水流面紗上劃出一道拱門狀的線條。通往「對面」的入口打開了。

潔絲在一旁倒抽一口氣。位於入口前方的並非瀑布潭與森林的景色，是從未見過的巨大鐘乳洞。神祕的藍色光芒從鐘乳石的縫隙間洩出，詭異地照亮白色的洞內。那裡寬廣到讓人以為是打穿山的內側，天花板被黑暗包圍，高到看不見。瀑布形成魔法大門，隔開這邊與異空間。

（跟在諾特後面吧。）

我們用跳的通過修拉維斯開啟的大門，進入鐘乳洞。並非錯視或幻覺。照理說我們明明是朝瀑布表面跳出去，腳卻落在鐘乳洞的地面上。水淺淺地覆蓋在石灰岩的表面上，有些冰冷。

全身濕透的諾特露出「要是可以不用淋濕就早點說啊」的表情，看著沒有淋濕的我們。我轉頭看向過來的那邊，只見剛才通過的瀑布水流內側，變成在鐘乳洞裡傾瀉而下的瀑布。我們似乎闖進了以瀑布水流為分界，完全不同的場所。

「我從未聽說有這種魔法。」

修拉維斯一臉不可思議地碰觸瀑布的水。從他那樣製造出來的縫隙間，可以窺見我們剛才所在的瀑布內側。

「我好像感受到一種可怕的力量。」

潔絲對我這麼低喃。

鐘乳洞是個詭異的空間。彷彿已經融化掉的鐘乳石從應該在遙遠上方的天花板垂落，根據場所還會連接在一起，變成像是巨大的窗簾一般。地面無論哪裡都泡著水，平坦的白色岩石宛如梯田一般接連著。照亮這些的藍色光芒從各處強烈地照射進來，讓人喪失方向感。

諾特看似狗一樣地搖頭甩掉水，向我說道：

「趕緊來尋找荷堤斯吧。下流豬，還聞得到氣味嗎？」

正當我準備嗅地面時，傳來滴答滴答的腳步聲。紅色光芒在眼前閃爍，可以知道是諾特拔出了雙劍。

「不需要尋找。因為我就在這裡。」

在比想像中更近的地方看見了男人的腳，是赤腳。我抬頭往上看，不怎麼想看到的東西懸掛在我眼前。從鐘乳石的陰影處突然現身的男人，跟首次碰面時一樣是全裸。

「你們竟然能找到這裡呢。你們的頭腦非常聰慧，超出我的期待。」

「請你穿上衣服，叔父大人。」

修拉維斯冷靜的吐槽讓荷堤斯一臉無奈地揮了揮手。白色的布彷彿魔術一般冒出，從荷堤斯的肩膀往下覆蓋。

「因為被赫庫力彭看到就傷腦筋了，所以我是用羅西的模樣在移動。從狗變回人類時無論如何都會變成全裸，實在是無可奈何啊。」

原來如此——不，我實在不認為那可以當作是他全裸的理由，但這樣一來就能解釋為什麼會留下狗的氣味，而不是人類的氣味。

雖然荷堤斯笑咪咪的，但諾特並沒有解除警戒，他依然架著閃耀著紅色光芒的雙劍。

「你以為用那種玩笑能轉移我們的注意力嗎？暴露狂。給我說明你撒謊單獨行動的理由。」

荷堤斯依舊面帶笑容。

「利用至寶與大哥交涉的行為，就彷彿走鋼索一樣危險。要是把你們捲進來，就連你們也會被追究責任。我不希望變成那樣，認為自己一個人就能解決，所以才想讓你們遠離這件事。我原本以為如果是你們，就算不用解釋也會明白這點的……」

「難道你不是打算從旁搶走寶物嗎？」

「搶走寶物？為什麼我要這麼做？」

荷堤斯完全不把雙劍的火焰當一回事，靠近諾特。

「仔細想想看吧。我反對父親大人和大哥的做法而不當魔法使，變成狗的模樣跟你一起相處了五年，事到如今為什麼還要背叛你們？我是你們的同伴，是個想讓解放軍閃耀發亮，希望能拯救耶穌瑪女孩們的理智魔法使喔。」

從他在年齡可以當自己女兒也不奇怪的少女面前全裸登場這點來看，我實在不覺得他很理智。不過就像他本人所說的，對照過去的事情來看，很難認為這個變態會是敵人。

荷堤斯輕輕地拉起諾特的手，將赤熱的劍尖頂在自己的喉嚨上。

「懷疑的話，隨時都可以砍了我。」

諾特依舊皺著眉頭，將雙劍收進腰部的鞘裡。

我認為有相信他的價值。

（請讓我們看契約之楔作為信賴的證明。）

我這麼傳達，於是荷堤斯聳了聳肩。

「關於這件事，其實我還沒有拿到。如果是這個倒是有。」

然後他將右手伸向我們。他用拇指與食指拿著用金子裝飾的玻璃球。充滿清澈之水的內部浮著一顆人類的眼球，氣勢猛烈地自行轉動著。

潔絲走近荷堤斯，興致勃勃地注視著那東西。

「路塔之眼……」

「沒錯。好不容易拿到手，然後找到這裡是很好。但一進入這裡，眼球就開始亂動起來，完全派不上用場了啊。」

這是信賴的證明——荷堤斯這麼說，溫柔地將路塔之眼交給了潔絲。

「這個鐘乳洞充滿著非比尋常的魔力。這裡恐怕是比拜提絲還要更早，從太古時代就存在的場所。我們必須不依靠魔法來尋找楔子才行。」

「太古時代……」

潔絲這麼喃喃自語。荷堤斯瞥了一眼在她手上持續空轉的眼球，然後挑起眉毛。

「不過，我沒想到你們竟然會這麼快就推出跟我一樣的結論。昨天早上我變回人類模樣的時候，你們明明一臉根本不知道什麼是契約之楔的表情。但那之後才過了一天，居然就推敲出路塔之眼的所在處……應該挺深入地鑽研了史書吧。真是了不起的求知慾。」

我得意地抬起鼻子。

（是潔絲妹咩用一個晚上就讀完了。）

於是潔絲搖了搖頭。

「不，我只是閱讀了文字，最後幫忙思考的是豬先生……」

看到害羞的潔絲，荷堤斯露出微笑。

「很棒的共同合作不是嗎？那我有個提議，要不要也兵分兩路，來比賽看看哪邊可以在這個鐘乳洞裡先找到楔子呢？我跟可愛的姪子一起尋找，潔絲與處男小弟跟諾特小弟三人一起找找看吧。這樣比只是分頭尋找感覺要好玩多了吧？」

現在是追求好不好玩的時候嗎——我本來在想要不要這麼說，但這個想法確實不壞。倘若要探索這個感覺很廣闊的鐘乳洞，在某種程度上分頭尋找肯定比較好。

「那麼，立刻來找吧。我想在太陽下山前回去。」

諾特這麼說，於是我們決定分頭行動來尋找契約之楔。

諾特在被藍白色光芒包圍的鐘乳洞裡不斷向前進，潔絲和我追在他後面。我憶起前往王都的旅程，心想還真是令人懷念的三人組。當然那個時候，諾特身旁還有變化成狗的荷堤斯在就是了……

「嗳，潔絲，可以問妳一件事嗎？」

諾特一邊通過巨大鐘乳石的狹窄縫隙間，一邊這麼說了。通往對面的是蜿蜒曲折，難以看到遠方的道路。

「好的，什麼事呢？」

跟在他後面前進的潔絲這麼詢問。

「妳變成那個鳥窩頭的未婚妻了嗎？」

「……對。」

小小的聲音這麼回答。

「雖然沒有聽說詳情，但聽到記憶還是什麼的，大概可以知道妳處於很複雜的立場。我不打算說三道四。只不過，妳可別讓自己後悔啊。」

解放軍的英雄沒有回頭，淡淡地述說著。潔絲瞥了我一眼，但什麼也沒說。

「有些事物等失去後才想找回來，也已經太晚了。」

諾特悄聲地低喃，收納在鞘裡的雙劍在他的腰上搖晃著。

（那麼……）

我透過潔絲向諾特傳達。

（那麼，潔絲該怎麼做才好？或許潔絲的確不想跟那個鳥窩頭結婚。但要是當作沒訂立過婚約，就沒人可以保障潔絲的人身安全，我要討好王家也會變得困難。解放軍還有潔絲跟我，說不定都會被那個粗暴的國王用過就丟喔。）

「那也無所謂吧。」

諾特背對著我這麼述說的話，讓我懷疑起自己的耳朵。

（什麼無所謂啊？）

「我的意思是不管會被國王怎樣對待，只要潔絲可以接受的話，那樣就行了吧。」

（別說傻話了，你不明白跟解放軍很親近的潔絲當上未來王妃的意義嗎？）

冷淡無比的藍色的眼睛瞥了這邊一眼。

「我不是潔絲的什麼人。無論潔絲為了自己的幸福選了怎樣的道路，我都不會責怪潔絲。我會盡全力做我想做的事。潔絲只要盡全力做潔絲想做的事就行。」

可以看到潔絲在旁邊緊張地嚥了嚥口水。那樣是不行的。

（現在說不定是僅此一次可以改變這個國家的機會喔？撤銷婚約是可能浪費這個機會的危險選擇，絕對不可能那麼做。）

「豬先生……」

感覺很悲傷的眼神看向這邊。

「下流豬，你說的話的確很正確。但我們這種存在是活在只有一次的人生當中。無論其他人丟怎樣義正辭嚴的道理過來，我們都沒有義務要接受。我是為了回報伊絲之死，才會像這樣試圖改變世界。但要是伊絲還活著，我應該不會做這種事，而是珍惜性命地在生活吧。」

聽到這番話，我才總算能夠看見諾特這個人的真面目。如果說潔絲是一心只為了他人在行動的傢伙，諾特就是一心只為了自己在行動的傢伙。諾特會幫助潔絲，是因為沒能拯救到心上人的後悔。結果諾特成功地把心上人的妹妹平安送到了王朝，但他毫不知情……

我無話可回，只能靜靜地走在被水弄得濕答答的地面上。穿過鐘乳石之間的狹窄通道是一條直路。我默默地走在藍白色光芒中時，潔絲開口說道：

「諾特先生，謝謝您的忠告。但是我維持現在這樣就行了。」

諾特一言不發，面無表情地看著潔絲。

「我相信豬先生。豬先生無論何時都是為了我的幸福著想，所以我會服從豬先生做出的結論。」

潔絲毅然地說道，並悄悄地將手放到我的背上。

「是喔。那就隨妳高興吧。」

我一邊在背上感覺到潔絲冰冷的指尖，同時變得想要反駁諾特。

（雖然你說做想做的事情就好，那瑟蕾絲的事情要怎麼說？）

走在前面的諾特沒有回頭。

（諾特察覺到瑟蕾絲的心意了吧。瑟蕾絲特地離開主人身邊來找你，你卻老是主張自己「在做想做的事情」，對她置之不理也沒關係嗎？）

「你在說什麼啊？瑟蕾絲在做瑟蕾絲想做的事情，那樣就行了吧。」

潔絲在旁邊本想開口，但她似乎改變了主意，緊緊地抿住嘴唇。

我們無法反駁。諾特說的話每句都合乎邏輯。所有人都做自己想做的事情就行。就算因為那樣發生齟齬，也不關自己的事。很簡單的道理。

「你記好了，下流豬。或許在你眼中，我看來像是任性妄為。但這個世界可沒有值得一個人不惜偽裝自己想做的事來活下去的價值喔。」

諾特將黑色披巾往上拉到下巴後，彎過狹窄的轉角。我和潔絲想跟上去，結果追撞上諾特。

「走路看前面啦。」

諾特的視線看向前方。雖然是感覺會有通道延續下去的場所，但那裡只有純白且平坦的人造牆，無法再繼續往前進。

諾特細長的手指碰觸牆壁。

「看來是有誰堵住了這裡啊，沒辦法前進了。」

我靠近牆壁仔細觀察。是石灰岩嗎？平坦無比的岩盤不留絲毫縫隙地堵住狹窄的通道。如果不是有能夠通過蜿蜒曲折的狹窄道路把巨大岩盤搬運過來，技巧高超的石匠，就是魔法使做的好事吧。

「豬先生！這個——」

潔絲指著牆壁中央，上面用細長線條刻劃著縱長的等腰三角形。我才心想好像在哪看過，原來是用類似的方法雕刻出來的標記，在拜提絲的石棺蓋上——在破滅之矛的隱藏場所也出現過。

我點點頭，於是感受到潔絲放在我背上的手用力起來。有一種確實在靠近楔子的真實感。

「有線索嗎？接下來要怎麼做？」

諾特這麼詢問，潔絲在他旁邊輕輕地碰觸牆壁——才這麼心想的下個瞬間，白色牆壁便逼近視野。我環顧四周，只見我們兩人位於牆壁的對面。

視野突然改變了。

鐘乳洞的狹窄通道突然打開，我們來到巨大的空間。雖然還是一樣被宛如冰柱的白色鐘乳石包圍著，但高高的天花板有一部分開了個圓洞，溫暖色彩的光芒從那裡筆直地照射進來。

在那道光線梯子底下有個石造台座，上面孤伶伶地放著某個東西。

「豬先生……！」

潔絲的雙眼閃閃發亮。我轉頭看向後方，但那裡只有白色的牆壁，看不見諾特的身影。在我煩惱該怎麼辦之前，潔絲開始走向石造台座。

（潔絲，諾特他還沒……）

「馬上就能回去，我們兩人一起去看看吧！」

潔絲一臉開心似的轉頭看向這邊，我只能無奈地追上去。

我並肩到潔絲身旁一起前進。在寂靜當中，只有兩人踏穿水的腳步聲迴盪著。

我們來到石造台座這邊。是個頂端平坦的小型台座。即使是豬的視線高度，只要伸出頭就能看到放在台座上的「那個」。

那是有著細長三角錐形狀，清澈得令人害怕的無色透明石頭。在從天花板照射進來的溫暖光芒照亮下，閃耀著白色耀眼的光輝。

「契約之楔……」

潔絲這麼喃喃自語。根本無從看錯，散發著清澈且神祕氣場的至寶。為了擊斃企圖毀滅王朝的不死身魔法使，這是目前唯一的手段。

（真厲害啊，眨眼間就找到這裡了。）

「都是多虧了豬先生。」

潔絲這句話讓我搖了搖頭。

（我只是冒出幾個想法，給了一些建議而已。為了解決問題而幫忙解讀史書的不是別人，正是潔絲對吧。妳應該引以為傲。）

潔絲煩惱一陣子後，對我笑著說道：

「那麼，就當作是我們兩人一起找到的吧。」

（……說得也是，那樣最好。）

潔絲緩緩地將手伸向契約之楔。

「豬先生。」

聽到潔絲這麼叫我，我面向她那邊，只見褐色的眼眸筆直地看著我。細長的睫毛，小巧的鼻子，薄薄的嘴唇微微地笑著。

潔絲沒有碰契約之楔，用認真的表情眨了眨眼。

「我可以相信豬先生對吧。」

（……什麼意思？我絕對不會背叛妳，放心吧。）

「呃，我不是那個意思……」

潔絲似乎在尋找話語。她支支吾吾一陣子後，開口說道：

「豬先生為了王朝、為了耶穌瑪、為了所有解放軍們非常努力，關於這一點我沒有絲毫懷疑。」

從開了個圓洞的天花板照射進來的光芒，讓潔絲散發憂鬱的睫毛閃耀發亮。

「因為有豬先生協助，我們才能來到這裡。如果是跟豬先生一起，總覺得將來也甚至能改變世界。」

（是啊，我是為了那個目標才在這裡的。相信我吧。）

「我當然相信您。但我有些擔心……」

（擔心什麼？）

從遠方某處傳來潺潺的水流聲。潔絲的手就那樣停在契約之楔前面不動。

「像這樣一件一件完成能做到的事情之後，即使豬先生把該做的事情都做完了……豬先生也會一直陪伴在我身旁對吧……？」

她簡直像是想說如果我不那麼答應她，她就不會去碰契約之楔。

（根本不曉得未來會變成怎樣啊，現在就一起盡力去做我們能辦到的事情吧。這段期間我會一直陪伴在潔絲身旁。）

「不是的，我不是在說現在。」

我回神一看，只見潔絲露出快哭的表情。我立刻面向下方。

「感覺豬先生最近看起來像是在試圖慢慢與我保持距離。為什麼呢？」

…………

「如果您已經不喜歡我了，請直接告訴我。」

（不，我絕對不是不喜歡妳什麼的——）

「如果有您討厭的部分，我會改進。我也會努力學習色色的事情。所以求求您，請您不要離開我身旁。」

潔絲的眼尾因淚水閃爍發亮。我拿眼淚沒轍。

（不，我並不是有討厭妳哪個部分，妳也不用努力學習色色的事情。我不會離開妳身旁的，妳放心吧。）

「真的嗎？」

（真的。）

「我可以相信您是打算一直陪伴在我身旁的對吧。」

（對，我想跟妳在一起。）

這並不是謊言。

潔絲暫時注視著我。

（雖然是很艱辛的世界，但我們一起追求幸福吧。）

我從沒想過在我的人生中，居然會有機會一本正經地講這種話。我蘊含著最大限度的誠意，回望著潔絲。

「我好開心。」

潔絲這麼低喃，用袖子擦拭掉落前的淚水。

「假如豬先生又不見了的話，就算是天涯海角我也會追上去的喔。」

露出微笑的潔絲看來是很認真地這麼說。

潔絲的視線看向石造台座，美麗的白皙手指碰觸梅斯特利亞的至寶。

契約之楔散發出閃亮的光輝，讓人難以想像它是太古的物品。

某隻野獸的過去

大批觀眾包圍著鋪設了沙子的鬥技場舞台，在這群觀眾裡有一隻被鎖鍊繫住的野獸。

來自異界的野獸。他的知識被看中，如今成了失去自由的俘虜。

與可憐的劍士一同被送上場的少女，讓野獸驚訝得瞠大了眼。雖然長髮凌亂且面無表情，但她顯然是似曾相識的少女。

奴莉絲！原來妳活著嗎……？可是，為什麼會在這種地方？

野獸回想起來，想起自己想救出她卻失敗一事。雀斑少女溫柔地救了變成醜陋模樣，倒在農場上的自己。少女被帶離開家裡，送到地蜘蛛城時的哭喊聲。儘管為了設法救出她而進行抵抗，自己仍遭到射殺，被拉回原本所在的世界。

少年認為能夠救出少女——救出奴莉絲，再度來到這個梅斯特利亞。

「是你認識的人嗎？那還真是殘酷的巧合啊。那個耶穌瑪會死。」

坐在野獸旁邊，宛如影子般的老人毫無感情地說道，讓野獸全身的毛倒豎起來。

野獸發出嘎嚕嚕的低吼。老人朝野獸露出無情的笑容，他的眼眸在太陽底下閃耀著金色光輝。

「並不是我會殺掉她。倘若只有一個人能夠倖存，耶穌瑪一定會殺掉自己吧。你看著吧，異界的小毛頭。」

火焰劍士朝舞台的反方向奔馳過去。還相當年幼的少年在那裡將劍貼在自己的脖子上。劍士奔跑著要去拯救少年，他的眼中已經沒有直到剛才還跟他站在一起的少女。

將劍的利刃對準自己腹部，試圖用力刺下去的可憐耶穌瑪身影——

奴莉絲！不行啊！

無論怎麼吶喊，野獸的喉嚨也只會發出嗚咕嗚咕這種像是塞住的聲音。就算扭動身體大鬧，也會被鎖鍊妨礙，無法從座位上移動。野獸無能為力。

劍士救了少年。但可憐的少女腹部已經被少女本身刺下的利刃輕易地貫穿了。鮮血之花在少女腹部綻放，少女的身體砰一聲地倒落。

騙人，騙人騙人騙人。野獸不想相信眼前的景色，甚至放棄大鬧，只是在老人旁邊茫然地張大了嘴。

就在這時候，才心想太陽怎麼突然被遮住，便聽見某種咆哮聲。鬥技場的一部分嘩啦嘩啦地倒塌，可以看見老人緩緩地看向那邊。

才一瞬間，一切就被黑煙給籠罩。在黑暗中亂成一團的鬥技場。陷入混亂的吶喊聲。

煙霧消散的時候，不知何故，四處都看不到少女的遺體。

第三章 就算賭上性命也別豁出性命

我想讓您立刻與某人見面——國王馬奎斯不情不願地答應了修拉維斯這樣的要求。雖然他平常並不是那麼溫柔的父親，但實在無法對那人似乎知道擊斃暗中活躍的術師的方法這句話置之不理。

在修拉維斯到王都外面迎接「那傢伙」的期間，馬奎斯待在跟以前迎接諾特時一樣的金之聖堂裡，坐在寶座上不斷抖著腳。坐在木頭椅子上的維絲在他旁邊待命，潔絲站在維絲身旁，我則是在潔絲旁邊坐下。

不過，維絲與潔絲並排在一起的話，會讓人無論如何都不得不思考起關於美這件事。挺立的鼻梁與小巧的圓鼻。洋溢著成熟自信的雙眼與殘留著稚氣，似乎很不安的雙眼。優雅飄逸的長髮與偏短整齊的頭髮。露出肩膀的大膽禮服裝扮，與緊緊包住全身，固若金湯的服裝。然後最重要的是，雄偉的咪咪與含蓄的咪咪。無論是關於哪一點，或許一般人都比較偏好前者，但我在所有層面上都是相反立場。雖然我並非蘿莉控，但倘若是大姊姊屬性與妹妹屬性，我終究會選擇妹妹屬性吧。因為對我而言，所謂的妹妹是——

——那個……哥哥？這些話大家都會聽見喔……

我被妹妹潔絲用心電感應勸誡，看向馬奎斯與維絲。馬奎斯還是一樣面向前方不斷抖腳，維絲則是用彷彿在看豬的眼神俯視這邊。這樣也是挺棒的，被充滿知性的大姊姊鄙視的無上喜悅！

（實在非常抱歉，請當作沒聽到。）

對一國之王與其王妃揭露自己的性癖實在不妥呢。

就在我這麼心想時，馬奎斯興趣缺缺似的嘆了口氣。

「我原本就沒空去管一隻豬。隨你瞎說吧。」

也太寬宏大量！

金之聖堂在這之後便安靜下來。時間還是上午，朝西的彩繪玻璃沒有吸收到光線，依舊陰暗，用大理石裝飾的寬敞堂內也感覺有些昏暗。

一陣沉默之後。

嘎吱——與我們面對面的正面大門大聲地嘎吱作響並打開了。外面似乎是陰天，但外頭比聖堂內來得明亮。可以看見一個男人與一隻狗的剪影。

關上門後，男人與狗走向這邊。是修拉維斯與白色大型犬。

「我帶他來了，父親大人。」

修拉維斯稍微離開狗的身邊，於是變成一隻狗在坐在寶座上抖腳的國王面前坐下的狀況。

「跟說好的不同。那個想讓我見的傢伙在哪裡？」

馬奎斯面向修拉維斯那邊。

「就是這邊的狗，父親大人。」
「狗……？」
馬奎斯蹙起眉頭，白色大型犬在他面前突然用後腳站立起來，那模樣扭動起來朝縱向伸長。經歷怪誕的變形五秒後，一個男人就站在那裡。男人脖子上掛著黑色繩子，透明的三角錐石頭在繩子前端發亮。
男人立刻跪在大理石地板上，深深地低頭行禮。
「我聽說王朝有危機而前來拜訪。我銷聲匿跡了很長一段期間，實在非常抱歉。」
男人抬起頭。捲曲的長髮。山羊鬍。與馬奎斯同樣灰色的眼睛燦爛地閃耀著。
「荷堤斯。」
馬奎斯用低沉的聲音緩緩發音。
緊繃的氣氛彷彿會實際刺激到皮膚一樣。馬奎斯停止抖腳，看來像是靜靜地在把驚訝塞回心裡。荷堤斯保持平常心，爽朗地對那樣的馬奎斯說道：
「大哥，你好像瘦了點？」
維絲目瞪口呆，一句話也沒說。這也難怪。
「在關心我的狀況前，先穿上衣服如何？」
寶座上的國王對全裸的弟弟毫無感情地說道。
「這還真是失禮了。畢竟我當野獸的時間實在太長了呢，已經完全忘了穿衣服這個習慣。」

荷堤斯暫且站起身，然後用流暢的動作在空中創造出白布，將白布纏在身體上。穿完衣服後，他再次屈膝跪在地板上。在這段期間，維絲與潔絲靜靜地移開了視線。

「……修道院之後就沒見過面了嗎。你這五年都在做什麼？」

是認為表現出驚訝就等於讓人看到弱點嗎？馬奎斯一臉鎮定地這麼詢問。

「我封印魔力、封印話語，一直以狗的身分在生活。我在從修道院逃走而遭到殺害的少女的戀人身邊打獵過活，與那名少年一起將一名少女送到了王都。」

荷堤斯的眼睛看向潔絲。潔絲嚇了一跳，縮起肩膀。

馬奎斯瞥了潔絲一眼後，微微嘆了口氣。

「你光是捨棄王朝還嫌不夠，居然還替耶穌瑪撐腰，變成了反叛者的狗嗎？就算判你三次死罪也不夠啊。」

「流著拜提絲血脈的我們是超越這國家法律的存在，這是在規則的第一頁就有寫的事情。我沒道理要被判死罪。」

馬奎斯不屑地哼笑。

「你這書蟲。在現今王朝我就是法律，殺或不殺是由我來決定。」

相對地，荷堤斯發出聲音笑道：

「大哥，大哥，我們好不容易重逢，你這說法太過分了吧。反正你內心一定在想多了一顆棋子吧，坦率地感到高興如何？」

這對兄弟彷彿兵刃相接一般的應答，讓局外人只能保持沉默。

「的確，我方陣營多了個魔法使，是值得高興的事情。當然，原本少一個人這點要怪你就是了。」

「沒錯，我就是來補償這件事的。我把大哥目前最想要的東西帶到這裡來了。」

馬奎斯像是產生興趣似的稍微抬起下巴。

「破滅之矛嗎？」

「我看起來像是身上藏著矛嗎？」

荷堤斯就那樣以跪著的姿勢挺起胸膛，只見三角錐在他頸部閃耀發亮。

「是契約之楔。我事先回收了被留在梅斯特利亞的最後一個楔子。」

唯獨這次馬奎斯也無法掩飾住驚訝。

「契約之楔……？假如真的是，你什麼時候——」

嘿嘿——荷堤斯露出牙齒。

「書蟲也不能掉以輕心對吧。只有猴子以下的生物才會是力量強大的一方獲勝。」

可以看見血管在馬奎斯白皙的太陽穴上浮現。

「倘若要論輸贏，荷堤斯，只要現在殺掉你，至寶就會變成我的東西。」

荷堤斯彷彿在說「您真愛開玩笑」似的笑了。

「不會變那樣的，因為在必須擊斃會使用必殺詛咒的不死身魔法使的這種狀況下，殺掉可以立刻成為戰力的我，對大哥而言只有損失。」
「那我就搶過來吧。」
「就算搶走了，也不可能是大哥親自去殺掉敵人吧。這是有死亡危險的任務。反正要出陣的八成是我或修拉維斯吧。」
看來對話的主導權掌握在荷堤斯手上。馬奎斯很明顯地感到煩躁，他用食指叩叩地敲著寶座的扶手。
「你講得好像可以用契約之楔殺掉暗中活躍的術師啊。」
「當然能殺掉。」
「方法是？」
「契約之楔不只是會給予非魔法民魔力，使用在魔法使身上的話，也能引發脫魔法。可以把這個打入敵人的心臟，解除不死的魔法。」
馬奎斯感到佩服似的在嘴角浮現笑容。
「你是說你會接下那個任務嗎？」
「對。只要大哥對拜提絲發誓解放軍能安穩度日。」
「原來如此，交易嗎？」
馬奎斯從寶座上轉過頭，瞥了一眼裝飾在背後的拜提絲雕像。
「那事情就簡單了。在你殺掉暗中活躍的術師之際，我發誓解放軍必能安穩度日——以拜提絲大人之名發誓。」

荷提斯看似滿足地點了點頭，站起身來。

「那麼大哥，告訴我作戰計畫吧。北部軍——暗中活躍的術師人在哪裡？我想大哥一定已經開始調查了吧。」

馬奎斯換了隻腳蹺二郎腿。

「別小看我。我早已派遣尖兵到各地，老早就調查完畢了。」

我第一次聽說這件事。我豎起豬耳朵。

「我派遣尖兵到各種場所，沒有回來的僅僅一處。」

馬奎斯露出大膽無畏的笑容，豎起食指。

「弟弟啊，我命令你攻略送行島。」

「送行島……我聽說是非常可怕的地方。」

午後，我們兩人在潔絲生活的內宅庭院裡一起聊天。布滿白雲的天空底下，颳過一陣秋季的涼風，看來有些疲憊的幾隻蝴蝶輕飄飄地飛舞著。

潔絲坐在塗成白色的椅子上，在草地上緩緩地搖晃著赤腳。我一邊在那周遭漫步，同時探索著不會被裙襬妨礙的絕景觀測點。

（是那麼可怕的地方嗎？）

「嗯。梅斯特利亞是一大片連著的陸地，幾乎沒有島嶼。雖然是因為拜提絲大人讓島嶼沉入海底……儘管如此，不知何故還是殘留下來的島嶼上，據說潛伏著跟這個大陸的人事物都不同，十分可怕的某種東西。這個國家的人誰都不會靠近那裡。」

讓島嶼沉入海底是怎麼回事啊？雖然我這麼心想，但恐怕就跟字面上的意思一樣吧。這表示終結了暗黑時代，史上最強的魔法使拜提絲擁有那般強大的力量。

（嗯，不過，之所以可怕，只是因為一般人那麼相信吧。現在更重要的是北部軍把那座送行島當成根據地在使用。只要能攻陷那裡，就能一口氣解決事情吧。）

潔絲將輕輕握住的拳頭貼在胸前，朝我這邊彎下腰。

「豬先生真的打算去嗎？」

我想起剛才的謁見。利用我們獲得的契約之楔，順利讓交涉成立的荷堤斯，將會率領解放軍與王朝軍的聯合軍前往送行島。這場遠征的勝利——也就是殺害暗中活躍的術師，是解放軍能安居的最終條件。然後修拉維斯也會參加這場遠征。修拉維斯向我表示希望我能一起前往。

（是啊，我打算去。）

「那我也要一起去。」

我看向潔絲認真的眼神。

（不行。很危險吧。）

「既然這樣，請豬先生也不要去。」

（為什麼？）

「因為很危險。」

為什麼您連這種事都不懂呢——潔絲用這樣的表情看著我。

（幫助修拉維斯，讓他跟解放軍成員增進感情是我的任務。這是很重要的局面。就算要冒著危險，我也想盡力去幫助修拉維斯。）

「我很明白您那種心情，因為我也一樣。」

我回看潔絲。

（潔絲也想盡力幫助修拉維斯嗎？）

只見潔絲微微臉紅起來。

「不……不是的！……啊，不，雖然不是不想幫他……當然，如果能幫上修拉維斯先生的忙，那也是令人非常開心的事。但……」

潔絲語無倫次起來。那麼，到底是什麼跟我一樣呢？

「我也一樣，就算要冒著危險，也想盡力去幫助豬先生。」

我猛然一驚。

在我的內心，坐在眼前這個可愛少女的模樣，變得看起來跟以往有些不同了。不，當然潔絲妹咩還是一樣讓人興奮地可愛。不過，那裡已經看不到我之前一路守護，柔弱又不懂人情世故，毫無防備心的比我年幼的少女。坐在我眼前的是身為魔法使，熱中學習，有點沒防備的一名女性。

（……妳的心意讓我很高興。但我最希望的是潔絲能夠安然無恙。）

潔絲的赤腳停止簡諧運動，裙襬遮住絕景。

「我也一樣希望豬先生可以安然無恙。別看我這樣，我也是個魔法使喔，脫魔法的次數也已經跟修拉維斯先生一樣了。雖然無法成為戰力，但我想應該足夠可以幫豬先生的忙。」

（或許的確是那樣沒錯……但妳還沒有學會多少魔法吧？）

「我承認是還有些不足。但是……」

潔絲在膝蓋上讓手稍微浮起。瞬間，有一種腹部被搔癢的感覺，我大吃一驚往後跳，但還是有什麼在搔癢腹部。我一邊發出呼齁呼齁的叫聲一邊在地上翻滾，於是可以知道是有幾根長得比較長的草從草地上自行動了起來，跑來搔癢我的五花肉。

「豬先生，您要投降嗎？」

不管到哪都會被那裡的草搔癢，我在地面上四處翻滾。

（快住手吧，我知道妳能使用魔法了。我快呼吸不過來了。）

被美少女用魔法欺負的經驗應該很少見吧，但再多欺負我一下這種話我實在說不出口。

「您希望我多欺負您一下呢。」

潔絲從椅子上站起身，在我面前蹲了下來，用手和草兩邊一起搔癢我。全身各處從上下兩方

被搔癢著，我無處可逃。

噫————！

（我投降，潔絲，拜託妳先停下來吧。）

搔癢停止了。我維持仰臥的姿勢抬起頭一看，只見潔絲的小褲褲就在眼前。不小心在處男史上距離最近的位置用肉眼確認到小褲褲，我的身體僵了起來。

潔絲「啊」了一聲，一邊慌忙地站起來，同時開口說道：

「……我還可以治療豬先生的傷。在修拉維斯先生忙碌的時候，也能成為豬先生的嘴巴。至今為止也一直是這樣。豬先生跟我是兩人一體，請您不要試圖與我分散兩地。」

我就這樣伸直仰臥的四肢，詢問潔絲：

（我要再次強調，這很危險喔。上次在山城也是，我們兩人都差點死掉啊。）

潔絲堅定地點了點頭。

「我很清楚。正因為是這種動盪不安的時代，我才想跟豬先生在一起。」

有一種豬心深處被刺痛的感覺。我想起以前曾聽過的話語。

——那個……我不能一起待在這裡嗎？

堅強的少女在船上對遲鈍的型男這麼提問過。看到瑟蕾絲，我的內心就會疼痛，這是為什麼呢？我其實是為了做什麼而回來梅斯特利亞的呢？

或許我不能一直害怕那個時候。

（說得也是。可能的話，我也想跟潔絲待在一起。）

「是的！」

我咕嚕地轉了一圈，站起身來。

（好。既然這麼決定了，在出發前的這段時間就有非做不可的事情。）

「要進行魔法特訓對吧。」

（沒錯。麻煩妳也幫我選些道具。距離出發還有三天。我們兩人一起思考能辦到的事情，徹底練習吧。）

王都的訓練場是堅固的石造場地，似乎是用魔法強化過，即使有危險分子在裡面大鬧也不會毀壞。有幾個大小不同的場地，我跟潔絲來到其中最小的訓練場。

雖說是最小，但也寬廣到感覺能塞得下三座網球場。這裡是打穿白色岩石建造而成的橢圓形樸素體育場，地面鋪設著砂石。秋季早上的美麗藍天被剪成橢圓形，可以看見被撕碎的雲朵隨風飄散。

訓練場被我們包了下來，除了美少女與豬以外沒有任何人在。被高牆圍著的空間十分安靜，只能聽見我們踩踏砂石的聲響。

「那麼，終於到了特訓的時間呢！」

潔絲看來非常開心地這麼說道，同時幫忙把腳環配戴在我的前腳上。這是修拉維斯幫忙準備，附帶三色立斯塔的腳環，是以前諾特給我的道具的強化版。不只是操縱水，還能操縱某種程度的火焰與電擊，是十分便利的道具。

我一邊看著在眼前彎下腰的少女，同時等待她幫我把雙腳的道具配戴完成。柔細的髮絲、柔軟的臉頰、高雅的後頸——就在我逐漸轉移視線時，最終來到被平緩的兩座山丘夾住的夢幻祕境。真是絕景。如果這個事件每次都會發生，要每天訓練也無妨。

「那個，我全部都聽見了喔……」

配戴完成後，潔絲露出苦笑，站起身來。

（抱歉，因為距離實在是太近了……）

潔絲像是已經死心似的一邊說著「是沒關係啦」，一邊走向訓練場的中央。

「好，一起加油吧！」

她在胸前擺出勝利姿勢。

「豬先生，您覺得要從什麼開始練習好呢？」

我與潔絲面對面站著，向她傳達：

（我們並沒有太多時間。在遠征之前，努力把潔絲最擅長的部分提升到最高級吧。）

「最擅長的部分……目前我還只會讓燃料爆炸就是了……」

（那樣就行了。潔絲最擅長的部分就是能夠製造各種材質的燃料，還有其火力。火力應該無可挑剔，所以就來練習如何依照戰鬥情況使用不同的燃料吧。）

潔絲認真地點了點頭。

「這點我贊成。不過……我有一個問題——」

關於那件事我已經先想了辦法。

（潔絲就算能燒奧格那樣的怪物，也無法燒人類對吧。我知道的。用來解決這個問題的方法，就是潔絲一邊略微露出胸部，一邊幫我戴上的這個腳環。）

我抬起前腳。潔絲看似不滿地將衣領弄整齊。

（操縱水的力量也能用來操縱潔絲製造的燃料，也可以變出火焰點火，還能讓燃料沿著電擊在遠端爆炸。潔絲負責製造燃料，然後我來使用那些燃料攻擊。很簡單吧？）

「原來如此，也就是兩人分工合作來使用魔法呢！」

我點頭同意。

（首先我想看看潔絲能製造出多少燃料。可以請妳先試著創造出最大限度的量嗎？）

「好的！」

潔絲鼓起幹勁，氣勢十足地向上高舉右手。她暫時緊閉雙眼，似乎在集中精神。然後幾秒鐘後，陽光忽然被遮蔽，周圍變暗起來。

我心想到底是怎麼回事，抬頭仰望天空，只見大到將鬥技場整個覆蓋住的透明球體——量多到讓人以為是把池塘翻過來的液體塊狀物在頭頂上懸浮。

（慢點……潔絲，妳在做什麼？）

我害怕地說道，於是潔絲感到疑惑地微微歪頭。

「您說做什麼……我只是配合訓練場的大小在生成燃料呀？」

別講這種異世界開掛王語錄啦。

（不，這樣很危險吧！要是掉下來怎麼辦啊。麻煩妳先消除掉。）

潔絲看似不滿地噘起嘴唇，然後扭動手腕，握住剛才張開的手。

發出啪咻的聲響，球體消失無蹤，秋天的陽光再度照射到砂石上。

「明明是豬先生要我創造出最大限度，我才這麼拚命努力的……」

（抱歉，既然妳能創造出這麼多的量，應該不需要擔心吧。謝謝妳。）

「不會，這沒什麼喔。能夠讓豬先生嚇一跳，我覺得很開心。」

真可愛。

（嗯，量感覺是沒問題，那接著來思考質吧。潔絲進行了很多研究，可以創造出各式各樣的燃料對吧。而且也讓我看了焰色試驗——換言之，就是妳也能在燃料裡摻入金屬鹽。）

「焰色……？」

（妳前陣子秀了彩色火焰給我看對吧。）

「啊啊，是那個呀！摻入鹽巴的同伴就會有顏色。」

（就是那個。我想應用那個技巧，來做一點實驗看看。）

潔絲按照我的指示，讓燃料球體出現在眼前，不停攪拌。

「咦，好厲害，好像開始變黏稠起來了。」

浮在潔絲面前的球狀液體增強黏性，緩緩起伏著。這是很接近凝固汽油彈（napalm）的東西。透過在揮發性的燃料裡混合脂肪酸的鋁鹽，使其凝膠化。

（這麼做的話，就不會動不動氣化然後爆炸，而且丟向目標時會黏在對方身上，讓他拿不下來。我就可以趁這時點火。稍微拉開距離，動手試試看吧。）

潔絲將手伸向前面，於是黏答答的燃料塊就那樣飄浮著離開我們。

我判斷已經離得夠遠時，鎖定好目標，舉起前腳。搖搖晃晃的火球從豬腳發射出去，直接命中燃料。燃料瞬間冒出橘色火焰，開始燃燒起來。

「唔哇，好厲害！真的不會爆炸呢！」

（對吧。畢竟我被燒成烤豬就傷腦筋了嘛。當然根據狀況，也有爆炸很有效的時候。接下來就一邊設想戰況，一邊練習如何依照情況使用不同燃料，還有配合點火的時機吧。）

「是的！」

（開始特訓吧，妳要好好跟上來啊。）

兩小時後。

（暫停，潔絲，先等一下……）

潔絲變出燃料，然後由我點火的練習。因為潔絲毫不留情地接連創造出燃料，導致我必須將前腳宛如哥薩克舞蹈一般左右輪流踢出，感覺梅花肉要抽筋了。我精疲力盡地趴倒在原地。

「咦，已經要結束了嗎？」

潔絲讓好幾個燃料塊飄浮在身體周圍，就那樣朝這邊走了過來。

「豬先生意外地沒什麼體力呢……」

我原本可是個瘦皮猴眼鏡仔啊，拜託饒了我。

（也已經中午了，差不多可以休息了吧？）

「嗯，就這麼辦吧！」

潔絲用魔法射出燃料塊，讓所有燃料塊命中事先設置在遠處的木製奧格模型。潔絲輕快地將手比向那邊，模型便開始熊熊燃燒起來，火焰十分耀眼。

看來這個美少女似乎是不能惹她生氣的類型啊。

我們移動到訓練場外面的空地，決定來吃事先準備好的午餐。背對著磚牆，陽光普照的草地。涼爽的風吹乾我們的汗水。

潔絲津津有味似的吃著用偏硬的麵包夾著火腿等配料的三明治，我在她旁邊狼吞虎嚥地吃著大量蘋果。

「……豬先生。」

潔絲這麼說。我將視線往上看。

「像這樣一起訓練，感覺非常開心。」

（……是嗎，那真是太好了。）

潔絲一口咬住三明治。然後吞下去。

「如果這不是為了戰爭，應該會更開心吧。」

雖然是不經意的對話，但可以深切感受到潔絲追求和平的願望。

（說得也是。假如戰爭結束了，妳想練習怎樣的魔法？）

潔絲一邊因麵包鼓起臉頰，同時一臉意外似的面向這邊。

「登藍速庸孩浪租山僧——」

（等吞下去再說就好喔。）

潔絲咕嚕一聲地把食物吞下去後，這麼說道：

「當然是用來讓豬先生變回人類的魔法。」

……原來如此。

（的確，這大概必須練習許多魔法才行呢。）

「嗯。但我會努力的。等豬先生變回人類後，我有很多想做的事情喔。」

（……比方說？）

我戰戰兢兢地詢問，於是潔絲害羞地移開視線。

「比方說……希望您可以摸我的頭。」

這樣啊。我——

哎呀，答案這麼可愛，讓我放心了。我還在想如果是色色的要求該怎麼辦呢。

「我……我才不會做色色的事情喔！您真是變態呢。」

我一邊被潔絲咒罵，同時低頭看向分成兩瓣的豬蹄。就憑這樣的腳，無法伸手撫摸潔絲。我老是讓她撫摸我、讓她抱緊我，卻無法替潔絲做任何事。

就在我面向下方時，在視野角落看到潔絲面向這邊。她露出微笑。

「……對不起。現在不是說這種話的時候呢。下午也要特訓！」

潔絲吃掉最後一口三明治，將包裝用的紙細心地折疊起來。

（說得也是。雖說我們是後援，但也是要參加戰爭。把能做到的準備都做好再出發吧。）

潔絲緊緊握住右手，這麼回應：

「請您做好覺悟。我會幫您進行大量的嚴格訓練喔！」

透過用魔法強化王朝擁有的四艘大型船，在僅僅三天內就組成了送行島遠征用的船團。這是把特別製作的巨大立斯塔當成動力來源，只要在日落時分從港都尼亞貝爾出發，據說隔天早上就會到達送行島。

我跟修拉維斯、潔絲一起搭乘龍，降落在傍晚的尼亞貝爾。

打從在這裡與潔絲重逢且被捲入北部軍的襲擊後，還不到一個月，但港口已經恢復活力，從各處飄來肉和海鮮烤熟的香噴噴味道。雖然不到毀滅性的程度，卻應當也被破壞得相當厲害的堡壘，已經完全恢復原本的狀態。

我們沿著警備森嚴的棧橋走向船隻。

「尼亞貝爾是東部的要地。那之後便迅速地重建，也強化了沿岸的警備。」

身穿伊維斯那件可以彈開攻擊的無敵長袍，完全進入戰鬥模式的修拉維斯一邊吹著強烈的海風，一邊這麼向我說明。

「多虧了這樣，這邊得以恢復攻勢，且逐漸地奪回梅斯特利亞本土的支配地。只要明天能擊潰術師與根據地，轉眼間就能解決了吧。」

修拉維斯看向被深藍色天空擁抱的東邊黑色海洋。聽說送行島就在那道水平線的另一頭。吹起強烈的逆風，浮在港灣內的船團折疊起所有船帆。

「喔，你們來啦。鳥窩頭、應急食物與負責照顧食物的人。」

一邊把玩著粗獷的大斧，同時從後面向我們搭話的是伊茲涅。她是解放軍的女性幹部，用纏繞著電擊的大斧在戰鬥。她將黑髮綁在後腦杓的高處，還是一樣穿著胸口敞開，露出度很高的服裝。與她持有的武器十分相配，充滿攻擊性的銳利眼神。她後面帶著一個綁辮子的少女。這位少女是莉堤絲——伊茲涅這麼稱呼的耶穌瑪。

我重新仔細觀察**莉堤絲**。感覺很溫和的眼睛，以及雀斑相當醒目的臉頰。從綠色連身裙底下露出的手腳十分修長，本人似乎也有些不知該拿它們如何是好的樣子。胸部比潔絲還要大。

就在**莉堤絲**對我露出微笑，我搖動尾巴時，有某個影子映照在頭頂上。

「喂，下流豬，你要是敢對莉堤絲動手……知道會怎樣吧？」

伊茲涅低沉且語帶威脅的聲音讓我戰戰兢兢地看向上方，於是可以知道磨得發亮的大斧利刃就位於上面。還啪滋啪滋地冒出小小的閃光。伊茲涅似乎對**莉堤絲**抱持著非比尋常的感情，聽說她一直把莉堤絲放在身邊。

（抱歉，是我不好……我只是看著而已，不會對她動手的。）

我透過潔絲這麼辯解，於是伊茲涅哼了一聲，將身體轉回去——但大斧還是一樣固定在我的頭頂上。簡直就像被決定座標一樣，即使伊茲涅施加力量，大斧仍一動也不動。我趁機從斧頭底下溜了出來。

「你這是什麼意思？鳥窩頭。我當然是開玩笑的啊。快放開吧。」

修拉維斯用無法理解的眼神看向這麼抗議的伊茲涅。

「啊，對不起……」

傳來潔絲小小的聲音，伊茲涅總算能夠移動斧頭。

「走吧，莉堤絲。」

伊茲涅一臉不可思議地看著潔絲，同時追過我們前往船隻。**莉堤絲**跟在她後面。

修拉維斯詢問潔絲。

「是潔絲讓斧頭停住的嗎？」

「恐……恐怕是……對不起，我不是故意的……」

「算了，沒關係。我們也快點搭上船吧。」

修拉維斯很快地邁出步伐。

（妳保護了我嗎？謝謝妳啊。）

我一邊前往船隻，一邊向潔絲這麼傳達，於是潔絲用不滿的表情看向這邊。

「我討厭見異思遷的豬先生。」

然後她便將臉撇向一旁。看來是我剛才一直凝視著**莉堤絲**這點讓她不高興。

（不是的，潔絲，這是有原因的。）

溫柔的潔絲立刻轉頭看向我。

「原因……？」

（那個被叫做莉堤絲的女孩，說不定掌握著這次攻略的關鍵。）

失去記憶，四處徬徨的時候被解放軍撿回來的耶穌瑪。我知道她真正的名字。我是以在日本聽阿宅同伴兼人說的情報為基礎，推理出來的。她原本的真實身分，說不定在擊斃暗中活躍的術師時會派上用場。

（修拉維斯，你幫忙把那個帶來了吧。）

我將臉面向那邊，於是修拉維斯從長袍裡拿出一顆石頭。透明的六角柱玉石，是黑色立斯塔。只不過跟平常的立斯塔不同，黑色集中在中心部分。

「嗯，我照你說的帶來了。跟戰鬥用的分開，另外確保起來。」

（妳看，潔絲，我是有計畫的。細節等到船上再談吧。）

不過潔絲還是有些無法接受的樣子。

「可是胸部的大小並沒有關係對吧。」

唔。這點無從狡辯。

（這實在沒辦法啊，因為胸部就在那裡……）

「您真是個變態呢。」

嚄嚄。

正當我因為被美少女輕蔑而感到欣喜時，「快點上船吧。」修拉維斯這麼催促。

太陽西沉，東邊的天空完全變暗了。我們搭乘的船彷彿鯨魚一般大。被偏黑色的金屬覆蓋的船體，融入緩緩搖晃著的陰暗海洋。

還是一樣強烈的逆風從東邊吹來，帶來詭異的冰冷。

船來到港灣外面後，我們被召集到船長室。指揮這艘船的荷堤斯與解放軍的幹部們都在那裡。諾特、伊茲涅與約書這對姊弟，還有**莉堤絲**。瑟蕾絲與薩農也待在房間角落。

在因波浪而搖晃的船內，所有人各自坐到椅子或木箱上，同時側耳傾聽荷堤斯的話。

「這次我們將到送行島出征。目的是**徹底殲滅北部軍**。登陸島嶼後，就要開始盡全力破壞與殺戮。得盡可能地削減敵人的戰力。」

瞬間，除了荷堤斯以外的人都目瞪口呆。

諾特蹙起眉頭，站起身來。

「喂，跟說好的不一樣吧。這次出征的目的是削減敵人的戰力？」

「——我們要讓暗中活躍的術師以為是這樣。」

荷堤斯坐在船長用的扶手椅上，面帶笑容地豎起食指。

「從偵察可以知道北部軍的主力聚集在送行島，要讓對方以為我們是去擊潰那些主力的。我會使用魔法確實且華麗地進行殲滅，希望同行的你們一開始也可以模仿我的做法行動。」

伊茲涅張腿坐在木箱上，用手臂抱住坐在兩腿間的**莉堤絲**。她感到疑惑。

「這點我們當然也沒有異議，但目標是那個不死身魔法使的人頭對吧？把戰力分散到其他人身上不要緊嗎？」

「沒問題。倒不如說，要是不那麼做，暗中活躍的術師八成不會現身吧。」

所有人默默聽著荷堤斯的說法。

「假如暗中活躍的術師本人會採取行動，一定是在他判斷能夠殺掉王朝的魔法使的時候吧。

實際上，在上次的馬多之戰也是，那傢伙現身拖延時間，試圖釣出修拉維斯。所以要讓他留下魔法使在大鬧的印象，由我們來釣出那傢伙。然後看準時機，把那個刺入他的心臟。」

荷堤斯筆直地伸出手臂，只見諾特就站在那前方。諾特從他圍著披巾的領口拿出綁在繩子上的無色透明三角錐結晶。

「那是契約之楔。只要把那個打入心臟，暗中活躍的術師的不死魔法就會消滅。在消滅的瞬間，所有時間的代價會降臨在他身上，術師將會死亡吧。」

荷堤斯被笑紋鑲邊的認真雙眼，看向解放軍的成員。

「像這樣擊斃暗中活躍的術師，可以說是解放軍能夠獲得王朝認同，被王朝守護的唯一道路。你們要拚命保護好契約之楔，絕對不能弄丟。」

荷堤斯這麼說完後，諾特把楔子又放回衣服裡面。

這時響起嗯齁的聲音，所有人的視線都集中到那邊。是黑豬薩農走上前了。薩農透過瑟蕾絲向所有人喊話。

——不過，事情真的會那麼順利嗎？這邊有對方不曉得我們意圖的優勢，因此就主要內容來說，我認為是不錯，但送行島是北部勢力的陣地。我們不知道那裡有什麼陷阱，而且也不能保證暗中活躍的術師不會發動突襲。

是無意識的行動嗎？黑豬用身體磨蹭著瑟蕾絲的腳站著。雖然他說的話合情合理，但是否應該再稍微保持一點距離比較好？

「關於這點，聽說這邊的豬小弟有個提議。」

荷堤斯指示著我，原本聚集在黑豬身上的視線轉移到這邊。這是豬的品鑑會嗎？

我透過潔絲向所有人傳達。

（在送行島裡面，說不定有唯一一個可以替我們帶路的傢伙。當然前提是他沒變成山豬鍋的話啦。）

只有潔絲在我旁邊猛然倒抽一口氣，荷堤斯與修拉維斯依舊面無表情。其他成員則感到疑惑。

（我跟那邊的變態黑豬，是從某個國家與另一個同伴一起來到這個梅斯特利亞的。然後可以推測那個同伴是被囚禁在暗中活躍的術師那邊——恐怕是以山豬的模樣。）

我以前曾經跟潔絲說過，在我跟薩農再度轉移到梅斯特利亞的隔天，我們所在的村莊就被北部軍放火燒的理由。那是因為跟我們同時轉移過來的†飛舞於終焉的暗黑騎士†keNto——因為名字太長，都直接叫兼人就是了——被暗中活躍的術師抓住，吐出了我們可能會在的地方。我這麼推理，還得到了已故前國王掛保證。

王都內部的情報被徹底地管理，與王朝的同盟成立後，解放軍也陷入難以打探情報的狀態。所以從北部勢力的角度來看，知道這邊事情的兼人是非常寶貴的情報來源吧。因此兼人應該還沒有被殺害，而且很有可能就待在暗中活躍的術師這個幕後主謀的身邊。我是這麼推測的。

（我們要請以山豬身分被抓起來的同伴替我們帶路。）

諾特蹙起眉頭。

「但是豬，那傢伙在北部勢力的手裡對吧。他明明沒有自由，要怎麼讓他幫我們帶路啊？」

我抬起右前腳，筆直地指著被伊茲涅抱著的少女。

（這部分就要請她活躍一下了。）

「莉堤絲？為什麼？」

伊茲涅發出尖銳的質疑聲。

突然被推上舞台的辮子少女驚訝地看向我。

（諾特，你還記得幫你逃離鬥技場的耶穌瑪叫什麼名字嗎？）

「叫奴莉絲。但那傢伙的真面目是——」

黑豬發出呼齁齁齁的驚人聲響。

——這是真的嗎？阿諾，你為什麼沒有告訴我這麼重要的事情呢？

諾特像是陷入混亂似的用手制止薩農。

「先等一下。讓我跟巴特逃走的不是耶穌瑪，是變化成耶穌瑪的國王才對。我實在沒那個心情講當時發生的事，所以一直很少提起……但為何你們會因為國王變化成的耶穌瑪名字這麼激動？」

——阿諾，因為叫那個名字的少女**實際存在**啊。為了要變化，應該也需要有個原本就被迫在北部工作的耶穌瑪當範本，那女孩的名字就叫奴莉絲。變成山豬被囚禁起來的兼人小弟，在上次來梅斯特利亞的時候，就是受到那個叫奴莉絲的女孩照顧。

（然後接著要討論的就是真正的奴莉絲人在哪裡。）

傳達到這邊的話，諾特他們應該也明白為何**莉堤絲**很重要吧。

「這樣啊。果然不是碰巧長得像嗎？」

諾特看向**莉堤絲**。諾特逃離鬥技場後，在尼亞貝爾與解放軍會合。那時他感覺到幫自己逃離鬥技場的耶穌瑪與**莉堤絲**十分相似。

（沒錯。這個完全喪失記憶，四處徬徨時被解放軍救回來的少女，正是兼人在北部受到照顧的——）

「不對！」

伊茲涅用強烈的語調這麼斷定。現場鴉雀無聲。伊茲涅將手臂環得更緊，用力抱緊就坐在自己前面的少女。

「你們在說什麼啊。大家都是叫她莉堤絲對吧？」

在情緒激動的伊茲涅手臂中，**莉堤絲**一臉困惑的表情。

伊茲涅會想叫這個撿回來的少女為莉堤絲，是有原因的。因為以前與她死別，跟她很親近的耶穌瑪名字就叫莉堤絲。然後那個耶穌瑪的骨頭就用在伊茲涅背負的大斧握柄上。

約書將手搭到伊茲涅的肩上。他背後的十字弓也使用了莉堤絲的骨頭。

「妳冷靜一點啦，姊姊。莉堤絲是莉堤絲，那女孩是那女孩。無論姊姊要怎麼稱呼那女孩，我們都無所謂，但拜託妳別強迫別人接受那種心情。」

被黑色瀏海遮住的三白眼凶猛地發亮，瞪著修拉維斯看。

「姊姊應該發洩這種心情的對象，不是那女孩也不是那些豬。而是不講理地處死了莉堤絲的王朝那些傢伙。」

修拉維斯如坐針氈似的緊緊抿起嘴唇。有錯的並不是身為王子的修拉維斯。而是當時的國王伊維斯，還有負責執行法律的現任國王馬奎斯。但修拉維斯不會在這邊把這些事說出來，這點顯現出他為人誠實的一面。

——才不是什麼誠實。單純只是我不會說話而已。

修拉維斯看到我的內心獨白，一言不發地只向我這麼傳達。潔絲一臉擔心地觀察著情況。在這裡的人都沒有錯，我們應當是一同戰鬥的同伴才對。儘管如此，還是會有人受傷，忍不住去憎恨某人，這就是這個世界殘酷的地方。

「先來整理一下已知的事情吧。」

諾特冷靜地開口說道。

「在那裡的喪失記憶的耶穌瑪，原本的名字叫奴莉絲。而那個奴莉絲在失去記憶前，跟一個叫兼人的傢伙相關。然後那個兼人現在以山豬模樣被暗中活躍的術師抓住。就是這麼一回事對吧。你們要拿這種情況怎麼辦？」

聽到諾特提起這話題，我更上前一步。

（修拉維斯，拿出立斯塔。）

我這麼傳達，於是修拉維斯高舉特殊的黑色立斯塔。那是個透明的立斯塔，在中央部分變成濃密的黑色。是耶穌瑪專用，可以讓她們發動祈禱之力的立斯塔。那是特別設計，能夠一次傳送出強大魔力的立斯塔。

（我們要使用祈禱之力。或許她並沒有記憶，但兼人是在上次轉移時，拚命想救出奴莉絲的傢伙，他們的心靈應該有一定程度的情誼。我們要賭那份情誼，接下來要請奴莉絲幫忙祈禱兼人可以獲得自由，趕來我們的身邊。）

「辦得到那種事嗎？我們甚至不曉得那個叫兼人的傢伙現在人在哪吧。」

諾特一臉懷疑地說道，荷堤斯對他露齒笑。

「沒問題的。無論距離多遠，祈禱之力都能傳遞到這點，已經有人實際證明過了。」

潔絲在旁邊稍微低下頭。畢竟有把我從異世界拉過來的活證人，所以這點不會有錯。

辮子少女看來相當困惑的樣子，但過沒多久她便點了點頭。

「……我知道了。我願意試試看！」

長得一臉文靜的少女聲音清澈響亮，且十分堅定。

「莉堤絲……」

伊茲涅這麼低喃。

「不要緊的喔。無論名字是莉堤絲還是奴莉絲，我都仰慕著伊茲涅小姐。」

少女站了起來。看到這光景，荷堤斯也看似滿足地站起身。

「今晚晴朗得讓人心情舒暢。機會難得，就到星星底下祈禱看看吧。」

我們離開船長室，然後排隊爬上狹窄的階梯，來到甲板。

「好厲害……」

就在我身旁的潔絲抬頭仰望夜空。早已經看不見尼亞貝爾的街道了。一望無際的黑色海洋不斷延續，彷彿打翻白色沙子一般散落著的無數顆星星，在黑暗的天空中閃耀著。

「原來夜晚的天空有這麼多星星呢。」

潔絲向我這麼低喃。

（附近沒有城市的燈光，而且風很強，空氣十分清新。湊齊了很好的條件呢。）

我抬起頭，於是以美麗的星空為背景，可以看見潔絲的側臉。一注意到我的視線，潔絲便轉頭看向這邊，燦爛地笑了笑。然後我們一起眺望星空。

豬心突然變得痛苦起來，於是我停止觀賞星星。

我碎步離開潔絲身旁。

（準備好了嗎？）

我這麼詢問在船頭跪著的莉堤絲——更正，是奴莉絲。

「嗯，雖然不曉得能不能順利完成……但我會努力為了解放軍的各位祈禱的。」

修拉維斯讓黑色長袍隨風搖擺，朝奴莉絲伸出手。

「這個立斯塔拿去用吧。這跟一般的立斯塔不同，魔力會一次跑出來，但絕對不會危害到妳。無論發生什麼事，希望妳都可以貫徹冷靜的態度，集中精神祈禱。」

奴莉絲深深點了點頭，用細長的手指收下立斯塔。

船頭是高出一階，鋪設著木板的舞台，剛才在船長室的所有人都聚集在這裡。奴莉絲在船的最前面朝著海洋跪下，在胸前握緊立斯塔。在奴莉絲的對面，可以看見現在應該也覆蓋著送行島的繁星。

伊茲涅就待在附近，一臉擔心地守護著奴莉絲。約書從後方靜靜地眺望著那樣的伊茲涅。

奴莉絲暫時看著星空，然後悄悄地閉上雙眼。耶穌瑪是向星星祈禱的種族。無論是潔絲、瑟蕾絲還是已故的布蕾絲，應該都曾像這樣眺望夜空吧。

暫時過了一段無聲的時間。

奴莉絲依舊閉著雙眼，喃喃自語：

「可以看見被鎖鍊繫住的腳了。是毛很濃密的腳喔。」

荷堤斯跑到她身旁，從她後面溫柔地低聲說道：

「沒錯，妳要讓那隻腳獲得自由。然後希望他在明天早上來西邊的海岸迎接奴莉絲——可以請妳像這樣祈禱嗎？」

「我知道了。我會盡力……」

奴莉絲緊緊閉上雙眼，向星星祈禱。

空氣突然「咚」地搖晃了一下。沒有發出聲響，只是空氣彷彿在某處有巨大的心臟一般，用力地跳動了那麼一下。

「……哇喔。」

約書小聲地低喃。

一顆巨大的流星迅速地劃過眼前的天空。又出現一顆。接著又一顆。大約五顆的流星劃過前方的天空，消失到送行島那邊。

靠立斯塔之力前進的船，儘管是逆風也沒有放慢速度。

雖然我們正前往不死身魔法使潛伏的島嶼，但在這種恐懼之中，閃耀著一線希望。

「馬上就要到達嘍。快做好準備吧。」

修拉維斯的聲音叫醒了我，我抬起身體。有什麼東西從我的腹部滑落，叩咚一聲地撞上鋪著布的地板。

「姆嗯……」

是潔絲的頭。她把我當枕頭在睡嗎？睡亂的頭髮在她頭部側面翹了起來。

「咦……已經要吃早餐了嗎？」

我向睡迷糊而不知所云的潔絲傳達：

（我們在船上喔。很快就要到送行島了。）

我們這些王朝的人睡在用魔法特別保護起來的船長室裡。修拉維斯打開房門，迅速地走到房間外。荷堤斯笑咪咪地看著我們。

「你們的感情真的很好呢。我都忍不住要嫉妒了。」

講得好像自己也很想一起睡的變態老爹。

（我只是被當成枕頭而已耶……）

我這麼傳達，於是荷堤斯露出白色牙齒，意味深遠地笑了笑。

「真的是這樣嗎？」

然後離開了船長室。

（睡得安穩嗎？）

我這麼詢問，於是潔絲一邊揉著眼睛，一邊點了點頭。

「是的。可是，總覺得作了奇怪的夢。好像是在吃不會變少的火腿……」

這麼說來，我也作了奇怪的夢啊。好像是耳朵一直被人當火腿含住……

「咦？」

啊。

我們一邊裝作什麼也沒注意到的樣子，一邊準備出發。潔絲幫我在兩隻前腳戴上附帶三色小立斯塔的銀製腳環。是在訓練時使用的東西。

準備完畢後，我們爬到甲板上。

跟昨晚的星空截然不同，現在是白色的微陰天空。還是一樣有冰冷的逆風吹過來。我們前往船頭，於是可以看見在前進方向上有島嶼。輪廓朝左手邊——也就是北邊可以看見的火山平緩地往上爬，是個漆黑且多岩石的島嶼。火山冒出小小的噴煙。

「要不了半時刻就會接近島嶼。還沒吃早餐的人先去用餐吧。」

荷堤斯一邊讓宛如古代羅馬人一般的白色長袍輕飄飄地飛揚，同時四平八穩地站在從船頭突出去的柱子上。

我一邊狼吞虎嚥地吃著潔絲給我的蘋果，同時觀察著周圍的情況。雖然海面不平靜，但用魔法穩定化過的四艘船確實地在前進。我們搭乘的船位於船團的中心，而且在前頭帶路。明明說不定會有砲擊，大家卻都不慌不忙，十分鎮定的樣子。

「沒問題的，豬，還用不著擔心。」

修拉維斯手上拿著像是萵苣的草，他邊吃邊這麼對我說。

（為什麼啊？）

修拉維斯將塞滿嘴巴的草吞下去後，面向前進方向。

「有獨當一面的魔法使參與的戰爭，基本上都是單方面壓制。」

他說的是在船頭露出長著濃密腳毛的大腿的那個變態嗎……

就在我這麼心想時，有光芒在送行島的海岸上炸裂，黑色的球筆直地朝這邊飛來了。

（危險！）

我立刻趴下身體，以便保護潔絲。

「呀啊！」

伴隨著大到嚇人的衝擊，響起船隻遭到破壞的劈哩啪啦聲——我原以為會這樣，但沒有發出任何聲響。只有就在我的底下，臉朝上地被推倒的潔絲驚訝得瞠大了眼。從潔絲右手掉落的蘋果在甲板上咕嚕咕嚕地滾動著。

士兵們彷彿什麼事都沒發生過一樣，一直在周圍行走。

「呃……啊……」

潔絲羞紅了臉。

「你在做什麼啊。一早就在發情？」

約書從瀏海底下俯視把美少女推倒在地板上的豬，用冷淡的聲音這麼說道。

（不是的，這是因為，有砲彈……）

儘管我這麼傳達，並用鼻子比向前方，但是潔絲沒有幫忙轉播嗎？約書就那樣直接通過我們身旁。

「對喔，處男小弟還沒有體驗過呢。」

咧嘴笑的荷堤斯從船頭轉過頭來。只見砲彈靜止並浮在從那裡算起大約一百公尺的前方處。

「就讓你見識一下經歷過十五次脫魔法，梅斯特利亞最靈巧者的技術吧。」

在他朝這邊這麼說的期間，也有更多光芒在送行島上炸裂，複數砲彈以高速朝這邊飛來。但那些砲彈也在跟第一記差不多的地方忽然靜止下來。

「在被打倒前先反擊。這就是我的座右銘。」

下個瞬間，響起像是劃破空氣般的聲響，原本靜止的砲彈消失了——不，砲彈並不是消失。而是朝著跟飛來時相反的方向，也就是朝著送行島，維持原本的速度飛了回去。當我回過神時，送行島的海岸已經被烈焰包圍，遲了一陣子後，響起轟隆巨響。

「讓運動的絕對量維持原狀，只把前進方向改成完全相反。所以砲彈會筆直地回到射出自己的大砲。這樣就能有效率地破壞對方的砲台喔。」

原來如此，是單方面壓制啊。

「那個……豬先生，差不多可以請您讓開了嗎？」

聽到潔絲這麼說，我想起自己還壓在她上面。

（抱歉，我忘了。）

我連忙讓開，於是潔絲看似難為情地站了起來。修拉維斯視而不見，在旁邊吃著草。

是閒著沒事嗎？荷堤斯看著這邊，一臉笑咪咪的。

「沒有經歷脫魔法的魔法使，一般認為是士兵一人份的戰力。但只要經歷過脫魔法，每經歷一次戰力就會逐漸加倍。經歷一次就會變成士兵兩人份、經歷兩次就是四人份，以此類推。那麼，來計算看看魔法使有多可怕吧。處男小弟，你擅長算數嗎？」

即使不擅長算數，應該也能理解指數函數有多可怕吧。即便是厚度只有零點一公釐的紙，只要對折一次就會變成兩倍厚度，對折兩次就會變成四倍厚度，如果對折二十五次，居然就會變成跟富士山幾乎一樣的高度——當然，前提是要有夠大的紙能對折那麼多次。

「我們的修拉維斯經歷過四次脫魔法。換言之就是把二相乘四次，大致是士兵十六人份的戰力。我經歷過十五次，也就是——」

（三萬兩千七百六十八人份……？）

荷堤斯露出看來有些自豪的笑容。

「當然，我們王族的血脈比較特別。脫魔法的次數愈多，我認為就愈會從二的乘方這個近似值偏離不少。雖然脫魔法在二十五、六歲就會停止，但倘若是一般的魔法使，在那之前幾乎沒人能到達十次。」

呃，就算是十次也是一千零二十四人份，可說是一騎當千的戰力耶……

雖然又有新的砲擊從送行島射出，但荷堤斯看也沒看那邊，就將所有砲擊都反彈回去。

加倍實在是過於荒謬的增加方式，所以可以預測當脫魔法的次數愈來愈多，應該會逐漸偏離到比加倍這個法則更少的那邊吧。不過，就算把這點納入考量，也還是會留下十分可怕的事實。

荷堤斯露出牙齒笑了笑。

「可以知道王朝有多可怕了吧。大哥馬奎斯是經歷十九次，父親大人伊維斯則是經歷多達二十一次脫魔法的實力派。如果簡單地計算一下，等於大哥一個人就擁有五十二萬人份的戰力，父親大人一個人就擁有二百一十萬人份的戰力，非常符合最強、最偉大的形容詞。」

我驚訝得目瞪口呆。我向潔絲確認。

（噯，妳之前說王朝之祖拜提絲經歷了幾次脫魔法來著……？）

「紀錄上是四十三次。」

二的四十三次方。假設二的十次方為一千，大略計算下來……

（這樣一算拜提絲的戰力是……八兆…………？）

已經是連想像都沒辦法的規模。

「已經算是神的領域對吧。然後那痕跡如今也流在我們王族的身體裡。她將散落在梅斯特利亞的契約之楔幾乎一個不剩地用掉所獲得的力量，儘管慢慢地變淡，仍繼承到後代子孫的身上。雖然我討厭那個稱呼，但王朝一直傲慢地稱呼那種權威為『神之血』。」

我心想好像在哪聽過這個詞，原來是修拉維斯辯解他為何是個處男時曾說過的話。

坐在扶手上淡淡地吃著草的王子突然咳嗽起來。

「這樣啊、這樣啊，我的姪子明明有這麼可愛的女性當未婚妻，卻還守護著貞操嗎？實在是了不起！」

明明船正逐漸接近島嶼，荷堤斯卻毫無緊張感地哈哈笑著，就好像在親戚的聚會中一定會有一個的性騷擾老頭一樣。這是陣內家（註：指「夏日大作戰」這部電影裡的陣內家，在宴會場景中公然出現性騷擾發言）嗎？

我不想看到潔絲的臉，因而走向荷堤斯旁邊。我看向前進方向，只見有幾縷煙從島嶼海岸升起。我猛然驚覺到一點。

（變──不，荷堤斯先生。）

「什麼事啊，處男小弟？」

（你剛才說砲彈都會送回射出地點對吧。）

「是啊，沒錯。我的計算不會有錯。應該是分毫不差地射入了喔。」

（可以看到幾縷煙，除了一縷之外，都是各五縷很接近地並列著。這是因為要搬運沉重的砲彈，所以大砲配置在一起會比較方便吧。）

「我想也是。當然一方面也是因為對方讓五個大砲一起利用作為動力的耶穌瑪的項圈吧。」

原來如此。

（但只有一縷煙是獨立升起的。這不是很奇怪嗎？）

「很奇怪呢。我射回去的砲彈總共二十五個，所以應該能用五整除才對。」

（換言之，那縷煙並不是從砲台升起的。）

是猜到我的想法了嗎？荷堤斯面帶笑容點了點頭。

「諸位！登陸地點已經決定了！準備好登陸艇吧！」

荷堤斯的號令讓船上忙碌起來。

潔絲來到我旁邊，向我詢問：

「登陸地點是怎麼決定的呢？」

一如往常的好奇心少女表情讓我感到安心，我這麼傳達。

（砲台並列著五個大砲，卻有二十六縷煙。只有一縷格格不入。那並不是那個變態傢伙把砲彈射回去所產生的煙，恐怕是想趁現在的混亂呼喚我們的煙。）

「原來如此，是兼人先生……！」

（嗯，那個可能性很高。那傢伙雖然特立獨行，但是個能夠好好合理思考的傢伙。假如他想傳送訊息給我們，肯定不會做什麼奇怪的事情，會用我們期待的方法傳送訊號給我們。）

書呆子阿宅的男高中生，兼人，別名是†飛舞於終焉的暗黑騎士†keNto——他在學校的成績似乎相當不錯，是普通科高中的優等生。

有人戳了戳我的背，我轉頭一看，只見瑟蕾絲在我背後微笑著。黑豬依偎在她腳邊。距離還是一樣很近。

「**混帳處男**先生，薩農先生有話要跟你說。」

在視野角落可以看見潔絲不滿地鼓起臉頰。我不去在意，將注意力放到薩農身上。

——總算要跟兼人小弟會合了嗎？

黑豬看著一縷煙。他似乎進行了跟我一樣的推理。

——他在北部被逼入絕境，走投無路到甚至吐出了我們的所在處對吧？要是他很有精神，而且是自由之身就好了呢。

我很清楚薩農想說什麼。兼人在轉移前，是跟我們堅決地約定好要拯救耶穌瑪的男人。但他已經洩漏了一次情報，要說能否徹底信賴他實在有些可疑。而且假如祈禱沒有順利發揮作用，他還在暗中活躍的術師手上，也無法完全捨棄那縷煙是陷阱的可能性。

（修拉維斯他幫忙掛保證了喔，流星是確實有什麼事發生了的證據。如果奴莉絲幫忙祈禱了兼人的事，兼人應該就在送行島上，而且身上發生了什麼奇蹟。這邊還有王朝最靈巧的魔法使。更有自信一點吧。）

——說得也是呢……哎呀，我實在無法徹底消除不祥的預感，所以才想跟蘿莉波先生聊聊，讓自己冷靜下來。如我所料，這下能夠放心了。謝謝你。

被瑟蕾絲撫摸，黑豬的尾巴咻咻地搖晃起來。瑟蕾絲惹人憐愛地露出微笑，但總覺得她的臉上滲出不安的色彩。

我前進一步，靠近瑟蕾絲的腳。散發著跟潔絲不同的芳香氣味。

（瑟蕾絲，妳還好嗎？有沒有什麼事情想找人商量？）

瑟蕾絲猛然一驚，盡全力搖了搖頭。

「不，完全沒有！那個，我不要緊的……」

瑟蕾絲的視線瞄了一下我的後方，因此我看向那邊，只見潔絲雙手環胸，一臉氣噗噗的樣子。啊……

瑟蕾絲像逃跑似的離開，黑豬碎步追了上去。

雖然薩農和瑟蕾絲看來都有些不安的樣子，但結果我還是不曉得不安的真面目。

「混帳處男先生，要是您老是看向別的女人，我就再也不摸摸您了喔。」

聽到潔絲像在告誡似的這麼說，我回到她身旁。

（抱歉。我想說需要分頭行動的時候，為了在有什麼萬一時能夠追蹤下落，先記住她的氣味……）

潔絲啊一聲地摀住嘴，臉紅起來。

「原來是這樣嗎？我……非常抱歉。」

其實有一半是藉口，所以我反倒覺得過意不去了。

（不，沒關係的。畢竟我覺得十三歲女孩的腳好香也是事實……）

言語化之後不是有一點，而是非常噁心呢。

「那個，豬先生。」

聽到她這麼說，我將視線往上看，只見潔絲靦腆地掀起無敵長袍的下襬。

「您要不要也先嗅一下我的氣味呢……？」

潔絲露出腳給我看。雖然我差點興奮地飛撲上去，但這邊得忍耐才行。

（不要緊的，潔絲。因為我片刻也不會離開潔絲的身旁啊。）

我們分批搭乘小型登陸艇，迅速地前往目的地。周圍的景色不自然地歪曲成圓形，島嶼的海岸彷彿在窺探顯微鏡一般，幾乎只能看見一點。據說是荷堤斯扭彎光線的前進方向，讓對方從島上看不見我們的身影。另一方面，這邊似乎正在使用超音波感測周圍。也就是說對方無法找到我們，但只要對方採取行動，我們就能掌握到動向。

雖然是個變態混帳老頭，但他說的話似乎可以信賴，而且非常可靠。

雖然海岸一堆岩石，但荷堤斯在瞬間讓海水凍結製造出通道，因此多達一千人的部隊轉眼間便登陸完畢。放下錨的王朝軍船隻在沿岸朝著完全不同的方向開始砲擊，分散北部軍的注意力，避免他們發現這個原本就隱形的登陸作戰。

沒有魔法的力量，是不可能讓這麼多人數在不被探查到的狀況下登陸的吧。

漆黑的熔岩蔓延開來的岩場。前進一陣子後，有一片可說是快枯萎的稀疏松樹林在眼前展開，從那一個地方升起黑煙。

由白色長袍的變態魔法使帶頭，一律穿著黑色迷彩鎧甲的王朝軍組成不規則的隊伍前進。解放軍和我們這些閒雜人等在王朝軍的守護下行走著。

「師父，你不要緊嗎？」

聽見少年的聲音，我看向那邊。諾特有些駝背地走著，將手放在他肩膀上的是叫做巴特的少年，是諾特被囚禁在北部時，從鬥技場救出來的孩子，跟瑟蕾絲幾乎是同年紀。少年將褐髮剪短，有著像小狗一樣的圓滾滾眼睛。

諾特似乎拚命地想擺出普通的態度，但他將黑色披巾往上拉到鼻子下方，眉頭深鎖。該不會瑟蕾絲的不安是……

我拜託潔絲幫忙，向諾特搭話。

（喂，諾特，你還好嗎？）

深藍眼睛狠狠地瞪著這邊。

「我是暈船。對戰鬥沒有影響，放心吧。」

諾特加快走路的速度，像在逃跑似的離開了。

（……這次搭船有晃到會暈船嗎？）

我這麼詢問，於是潔絲也感到疑惑地歪頭。

「船幾乎沒什麼搖晃……說不定他是有哪裡不舒服。從內心的聲音也可以得知他在勉強自己。」

這樣啊。如果是一直很仔細觀察諾特的瑟蕾絲，就算有察覺到什麼也不奇怪啊。

進軍突然停住，我看向走在前頭的荷堤斯。他將右手往旁邊伸直，打出制止的暗號。

「薩農小弟、處男小弟，請你們過來前面。」

聽到他這麼呼喚，我走上前。在進入松樹林前的漆黑岩石頂端，有一隻瘦弱的小野獸站在那裡。深褐色的粗糙體毛，長長的鼻子，從嘴巴稍微露出一對獠牙——是山豬。山豬目不轉睛地注視這邊。

——果然是命運（必然）讓我們相見了嗎？我一直在等你們喔，同盟者（各位）。

讓人有些厭煩的少年聲音在腦內響起。為了傳達這獨特的氛圍，希望可以讓我使用一下借字（注音）。這無庸置疑地是†飛舞於終焉的暗黑騎士†keNto——兼人的語調。

山豬看似驕傲地將頭後仰。

——這場遭遇（邂逅）絕對不是偶然。魔法（奇蹟）讓我從束縛中獲得解放，魔法（夢想）帶領我到這裡來。蘿莉波先生、薩農先生，一定是你們幫忙帶路的吧。十分感謝。

我們兩隻豬點了點頭。再度轉移到梅斯特利亞的三個眼鏡阿宅——為了拯救耶穌瑪而回來的三隻豬，在這裡齊聚一堂了。

（能夠會合真是太好了。你還好好地活著呢，兼人。）

我這麼傳達時，從後面傳來噠噠跑向這邊的聲響。腳步聲來到我身旁。是奴莉絲。

「您就是兼人先生……」

她一邊這麼說，一邊從我身旁上前一步。

少女的身影讓山豬的小眼睛驚訝得瞠大。我無法感應到他們之間有怎樣的對話，只不過從野獸嘴裡流洩出咕嚕嚕嚕的叫聲。山豬緩緩地走向這邊，將鼻子湊近少女的腳。

「對不起……我沒有記憶。」

奴莉絲的聲音像在喃喃自語。山豬微微地搖了搖頭。奴莉絲蹲了下來，抱緊山豬。一抹淚水從山豬的眼裡流落下來。

俯視兩人的荷堤斯一反往常，用認真的聲音說道：

「倘若內心沒有深厚的情誼，是不可能發生這種奇蹟的。縱然沒有殘留在她的記憶當中，但你的付出已經烙印在她內心的某處了。」

轟——這時響起地鳴，在遠處可以看見的火山冒出一大團噴煙。

荷堤斯看向那邊。

「差不多該走了。不曉得那個魔法使會怎麼解釋你逃掉這件事。可以交給你帶路嗎？」

於是山豬離開奴莉絲身邊，與我們面對面。

——老人的大本營（目的地）位於那座火山的山腳。一路上設有許多陷阱（小把戲），但無須擔心。因為我的腦袋（頭腦）已經確實掌握住該走哪條路才好了。

兼人向我們傳達這些話後，便轉了一圈面向火山那邊。

——好，開始反攻（遊戲）吧。

因為兼人跟我們會合了，這邊也華麗地展開作戰。

讓對方以為我們的目的是殲滅北部軍與破壞島嶼，釣出應該會以魔法使為目標的暗中活躍的術師，然後趁機靠少數部隊來收拾掉暗中活躍的術師的計畫。殲滅部隊由荷堤斯率領，少數部隊則是由修拉維斯率領。我和潔絲負責在後方支援修拉維斯。

少數部隊的成員屈指可數。首先是負責帶路的兼人，然後是負責保護契約之楔的諾特，約書負責把契約之楔射入暗中活躍的術師的心臟，巴特警戒周圍，還有從後方支援他們的薩農與瑟蕾絲。

我們聚集在一塊，暫時待在殲滅部隊的後方。我們潛伏在略高的岩石上，眺望著侵略的狀況。

現在已經不會誤殺到兼人，因此在殲滅部隊打頭陣的荷堤斯與伊茲涅就沒理由要手下留情了。穿過松樹林後，便到達北部軍空曠的屯駐地。我方立刻對在那裡準備布陣的北部軍進行猛烈攻擊。

破壞與殺戮的宴會開始了。

我們只是在旁眺望著壓倒性的戰力差距。

荷堤斯用閃光與烈焰接二連三地擊潰敵人。逃過荷堤斯攻擊的人們，一個個遭到由伊茲涅帶頭的王朝軍和解放軍士兵們狩獵。體長約三公尺的怪物奧格，對上魔法使和伊茲涅也是敵不過。荷堤斯的火焰會將奧格連骨頭都燃燒殆盡，伊茲涅的大斧一擊就能砍掉奧格的頭。敵方射出的砲彈也按照慣例全部被送回發射地點。戰況只能說是單方面壓制。

——哎呀，因為跟梅斯特利亞本土不同，不用顧慮到民眾，所以是非常有利的展開呢。對面除了派出魔法使以外，已經沒有其他辦法了吧。

薩農看似滿足地這麼傳達。

兼人從一旁點頭同意。

——只有在火山附近才有陷阱（小把戲）。對面應該會一邊撤退，一邊將我方軍隊誘導到那裡，派出老人對付我們。我們通過沒有陷阱的部分，讓老人大吃一驚（疏忽死角）吧。

忽然有一件事讓我很在意。

（雖然你說要走沒有陷阱的部分，但真的有那種地方嗎？）

山豬露出獠牙，咧嘴一笑。

——你們知道怪物（奧格）對吧？這座島上有製造所（工廠），直到今天早上都還幹勁十足地在運轉。現在應該因為害怕襲擊而連忙撤退，根本沒有餘力設置陷阱（小把戲）吧。只要走那裡就行了。

（原來如此啊。也就是說北部勢力為了自己這方在使用的土地，並沒有陷阱嗎？）

——正是如此（Exactly）。

王朝軍和解放軍的聯合軍攻勢可說勢如破竹。金屬互相撞擊的聲響與爆炸聲響逐漸遠去。

潔絲一邊從殺戮光景移開視線，同時向我詢問：

「奧格的製造所……那種叫奧格的生物，究竟是怎樣被製造出來的呢？」

被厚重的皮膚覆蓋，巨大的人型怪物奧格。我也知道牠有多可怕。

（這點的確讓人感到在意呢。王朝沒有調查嗎？）

我這麼詢問修拉維斯，於是修拉維斯一邊觀察戰況，一邊說道：

「沒有調查——倒不如說，沒有餘力去調查。倘若是魔法使或經過訓練的小隊，不用費太多力就能擊斃奧格。至於牠們是怎麼誕生的，也不是什麼值得調查的問題。」

「的確，因為大家看來都很忙呢……」

潔絲這麼說了。我不在的三個月期間，潔絲一直跟王家的人們一起生活。

（我來到這裡後，國王夫妻看來也是相當繁忙的樣子……原來從之前就是這樣了嗎？）

「嗯，原本重大的祕密事項和重要的決策就都是由王家的人們在處理，所以光是事務性的工作量似乎也非常累人。這時又接連發生北部的叛亂和伊維斯大人的死亡……所以他們就如同字面上的意義一樣，是削減生命在工作吧。」

專制王政也不輕鬆啊。畢竟這個世界看來也沒有勞動基準法嘛。

「我很擔心母親大人的身體。她最近甚至還喝起魔劑……」

修拉維斯的喃喃自語讓我懷疑起自己的耳朵。那當然是梅斯特利亞的言語，但無論怎麼想，他都使用了可以翻譯成「魔劑」（註：在日本會用「魔劑」稱呼「Monster Energy（魔爪）」這種能量飲料）的詞彙。魔劑？？？

潔絲從旁邊向我說明。

「就是我們去打聽誓約岩窟的地點時，維絲小姐所喝的東西。那是一種透過消耗魔力，讓人可以不用睡覺的飲料，但好像對身體不好……我也曾經試喝過一次，結果一整晚都興奮得睡不著，而且身體癢癢的，實在很不好受。」

（身體癢癢的……？）

我不禁衝動地這麼反問，於是潔絲猛然一驚地摀住嘴。

「那……那個……不是的！我……我沒有做任何見不得人的事！」

從她滿臉通紅又著急不已的模樣來看，似乎發生了什麼見不得人的事啊。雖然有一點感興趣，但目前正在戰鬥中，還是算了吧。

修拉維斯拿出裝有藍色液體的小瓶子給我看。

「這裡有一瓶，豬要不要也試試看？聽說魔法使以外的人要是喝下這個，牙齒會溶解、喉嚨會灼傷、胃會破洞的樣子。」

（我絕對不會喝喔？）

「開玩笑的。」

是這樣嗎。我決定等回國之後再來喝綠色的魔劑。

就在我們說著這些話時，荷堤斯用魔法海螺貝殼聯絡修拉維斯。

修拉維斯通話了一陣子後，呼喚我們。

「這一帶的敵人似乎都一掃而空了。叔父大人表示他會繼續引人注目地前進，希望我們趁機從旁邊接近大本營，刺探情況。」

諾特與約書站起身表示同意。

我們在兼人的帶領下，在森林裡快跑前進。這並不是多大的島嶼。不到三十分鐘，我們就到達了兼人所說的奧格製造所的一角。製造所分布在火山的周圍各處，彷彿網眼一般地用道路連接起來，因此只要沿著那裡移動，據說就能避開危險前進。

奧格的製造所是散發出異臭的荒涼岩地。我們一邊警戒著周圍，同時緩緩地踏入裡面。火山岩在各處彷彿岩石浴池一般被往下挖掘，在那裡堆積著鮮紅的液體。液體是腐壞了嗎？只見那些液體冒出黏稠的氣泡，還散發出帶有腥味的熱氣。

「奧格是在這裡被製造出來的嗎？」

修拉維斯這麼詢問，於是山豬點頭肯定。

——好像是在這些液體中培養的喔。會餵食某種像肉的東西。

肉……？

我們一邊觀察製造所，一邊前進。諾特用披巾連鼻子上方都覆蓋住，約書也用袖子摀住嘴。巴特一臉彷彿隨時會吐出來的表情。瑟蕾絲看似不安地走在諾特後面，頻頻撫摸著緊貼在她身邊的黑豬。

我走在潔絲身旁，試著四處嗅了嗅周圍。如果對方是慌忙撤退了的話，就算有留下一些製造奧格的痕跡也不奇怪。

「豬先生，那個……」

聽到潔絲這麼說，我看向位於稍微外面的地方，地面變得偏白的場所。

（會是什麼呢？）

潔絲警戒了一下四周後，開口說道：

「要不要過去看一下呢？」

是距離大約五十公尺的地方。我們稍微走了一下，得知了白色物體的真面目。是骨頭。

大量的人骨被丟棄在這裡，暴露在風和太陽底下而變白了。濃密的死亡氣味從骨頭山飄散過來。

「豬先生，那骨頭很奇怪……」

我看向潔絲指的地方，只見有個扭曲的頭蓋骨掉落在那裡。雖然右半邊是普通的人骨，但左半邊凹凸不平地膨脹起來，面目全非。

仔細一看，另外還有很多變形的骨頭。無論哪個看起來都像是試圖變得比原本的骨頭大，甚至還有比潔絲的整隻手還長的骨頭。

不祥的預感在腦海中閃過。這裡是奧格的製造現場。這樣簡直就像——

「對不起，豬先生，我們回去吧。」

潔絲眼眶含淚地看著我。我什麼也沒說地點了點頭。

我們回到修拉維斯身邊後，修拉維斯停下腳步，目不轉睛地看著掉落在岩石縫隙間的某樣東西。是有瓶子破掉嗎？周圍散落著玻璃。

一個內臟孤伶伶地掉落在那裡，幾隻蒼蠅嗡嗡地在周圍飛舞著。

潔絲倒抽一口氣，手貼在胸前。

「是子宮。」

修拉維斯悄聲地說道。

我大概可以想像到奧格是怎樣被製造出來的了。

我回想起潔絲從史書上閱讀到的內容。

——聽說魔法使的子宮寄宿著可以成為生命泉源、非常強大的魔力。**聽說一般人大量攝取的話，好像會受到詛咒**，但據說魔法使能夠藉由大量攝取……獲得不死的魔法。

膨脹扭曲的人骨。掉落的子宮。這難道不是給予一般人類足以讓魔法使變成不死身的魔力，藉此讓其肉體變質成怪物嗎？

在這個實在太令人作嘔的地方，陷入最糟糕的心情。潔絲將手放到我的背上。就在我想看潔絲的臉時，從後面傳來瑟蕾絲「啊」了一聲的聲音。

「諾特先生！」

我急忙轉過頭看，只見諾特的身體失去平衡，正要倒落到地面上。就在瑟蕾絲想扶住他卻差點一起倒下的時候，黑豬隨即幫忙救援。瑟蕾絲與諾特像疊羅漢似的倒在黑豬身上。

儘管發出「呼齁」這種沒出息的聲音，薩農仍變成緩衝墊，保護了兩人。

（怎麼了！）

我們飛奔到諾特與瑟蕾絲身邊。諾特緊閉著雙眼，被黑色披巾覆蓋到鼻子的臉蒼白不已，皮膚直冒汗。

果然不是什麼暈船嘛。

「諾特先生，振作一點！」

瑟蕾絲抬起上半身抱住諾特，並鬆開披巾讓他的嘴和鼻子露出來。

那一瞬間，所有人都說不出話來。

諾特的脖子被黑色網眼圖案的淤青密密麻麻地覆蓋住。瘀青越過下巴，覆蓋住嘴，已經逼近到鼻子下方。諾特是為了遮掩這瘀青，才一直圍著披巾的。

諾特將頭靠在瑟蕾絲的大腿上，看似痛苦地喘著氣。

修拉維斯有些緊張地警戒著周圍。

「……這是暗中活躍的術師的詛咒。究竟是什麼時候受到詛咒的？」

假如是在來到這座島嶼後不知不覺間受到詛咒，事情可就不得了了。

但總覺得不是那樣。

（是更早之前。）

我回想起來。

（諾特從北部的鬥技場脫身，在船上請瑟蕾絲幫他療傷的時候。那時他的喉嚨就有小小的瘀青了。他應該是被囚禁在鬥技場時，就已經被施加了詛咒吧。瑟蕾絲的祈禱就算能治癒其他傷口，也唯獨無法治療那個瘀青。）

瑟蕾絲用大眼睛看著我。

「請問，詛咒是指……？」

修拉維斯粗魯地扯開諾特胸前的衣服。掛在脖子上的契約之楔與玻璃項墜躺在他胸口上，只見那胸口彷彿潑灑了墨汁似的漆黑。病態的細小網眼圖案密密麻麻地覆蓋住皮膚。

首次看到的諾特項墜上，烙印著少女的半身像。戴著項圈，感覺與潔絲有些相似的耶穌瑪調皮地露出微笑。是諾特的心上人——伊絲。

諾特讓胸口激烈地起伏，看似痛苦地呼吸著。

「諾特先生，您不要緊嗎？諾特先生。」

瑟蕾絲溫柔地碰觸著他的臉頰，同時這麼呼喚。

「我沒事……我能一個人站起來。」

諾特一邊像夢囈似的說道，一邊扭動身體。但他就那樣從瑟蕾絲的大腿上滑落，瑟蕾絲連忙重新抱住他。

「請您不要動……諾特先生，我立刻替您治療……」

瑟蕾絲用快哭的聲音這麼低喃。

修拉維斯無視無法理解狀況而淚眼汪汪的瑟蕾絲，站起身來。

「很不妙啊。詛咒正在進行，說不定已經到達了腦部還是脊髓。」

然後他拿出海螺貝殼，貼在嘴上大喊：

「叔父大人，請火速前來！」

以羅西的模樣趕過來的荷堤斯，一變回人類就連衣服也不穿地蹲下來診視諾特。已經沒有人會對這件事吐槽。

諾特微微睜開眼回看荷堤斯。另一方面，全裸的荷堤斯則是用認真的眼神觀察著諾特的脖子，進行觸診。

「這就是殺害了父親大人的詛咒嗎？的確很棘手。」

約書睜大三白眼，逼問荷堤斯。

「什麼意思？說明一下啊。」

荷堤斯進行一次深呼吸，創造出長袍披在身體上。

「這個瘀青是甚至殺害了前代國王的不治詛咒。雖然諾特小弟的強韌意志好像一直在抑制詛咒惡化，但至此還是到達了腦部。照這樣擴大下去的話——」

他瞥了瑟蕾絲一眼，欲言又止，然後看似痛苦地接著說道：

「必死無疑。」

淚珠從瑟蕾絲的眼睛滴答地掉落下來。

「請您……說是開玩笑的。」

堅強的少女顫抖的聲音，讓荷堤斯緩緩搖了搖頭。

瑟蕾絲說不出話來。

是因為諾特的體力衰退的關係嗎？詛咒的瘀青以顯而易見的速度蔓延開來。雖然緩慢，但已經爬到諾特的臉頰，開始覆蓋住雙眼。

諾特看似痛苦地發出呻吟。

「詛咒嗎……我……會在這種地方死掉嗎？」

雷聲在遠方天空轟隆轟隆地開始響起。回過神時，島嶼上空已經被陰暗厚重的雲覆蓋住。

知道詛咒的潔絲與修拉維斯只能一臉蒼白地在旁守護著。解除這種詛咒的方法很有限，而且要實現那種方法的可能性非常低。潔絲之所以能從詛咒中生還，一方面是因為有伊維斯協助，加上條件奇蹟似的重疊起來了。

（荷堤斯先生，有沒有什麼方法？不能使用契約之楔嗎？）

我抱著求助似的心情這麼詢問。但荷堤斯依舊低著頭。

「**脫魔法是只會發生在魔法使身上的現象**。就算現在把一個楔子刺入諾特小弟體內，也只是賦予他魔力，詛咒並不會消失。」

諾特的瘀青完全覆蓋住眼睛了。彷彿墨水滲透一般，眼白全部被染黑。而且詛咒更進一步地將魔掌伸向他工整的眉毛。

「好暗……」

絕望的眼神看向睜著眼睛這麼呻吟的諾特。

「我不要，諾特先生，我不要，我不要你死掉……諾特先生……」

瑟蕾絲用一直在顫抖的聲音這麼哀嘆，她的眼淚弄濕了諾特的臉。

從遠方傳來戰鬥的聲響。我們圍住諾特，這突如其來的悲劇讓我們呆站在原地。

荷堤斯忽然窺探瑟蕾絲哭得稀哩嘩啦的臉。

「瑟蕾絲小妹，妳有為了諾特小弟奉獻出生命的覺悟嗎？」

我還沒空插嘴表示你這是在說什麼，瑟蕾絲便用力地點了點頭。

荷堤斯緊緊抿著嘴唇，碰觸瑟蕾絲的臉頰。

「……既然如此，就去做妳想做的事情吧。那就是拯救諾特小弟的唯一方法。」

那前所未聞的認真聲音，讓瑟蕾絲的大眼睛看向荷堤斯。荷堤斯讓粗糙的手從臉頰往下滑，碰觸瑟蕾絲的項圈。

喀嚓。

響起柔和的聲響，項圈裂成兩半。荷堤斯迅速地將理應受到魔法守護的銀製項圈從瑟蕾絲脖子上拿掉。

「叔父大人，你該不會……」

修拉維斯顯露出動搖的模樣。但荷堤斯站起身，用手制止他。

「瑟蕾絲小妹的靈魂在吶喊。我只是解放了那個吶喊聲而已。」

所有人都注目著坐在地面上不動，讓諾特的頭躺在自己大腿上的瑟蕾絲。

「怎麼了，瑟蕾絲，發生什麼……」

諾特用沙啞的聲音說道。瑟蕾絲忽然覆蓋住他的臉。

有那麼一瞬間，感覺時間緩慢地在流動。

瑟蕾絲薄薄的嘴唇逼近諾特染成黑色的嘴唇……然後輕輕地重疊起來。

潔絲在旁邊猛然倒抽一口氣。

那是笨拙少女的笨拙之吻。瑟蕾絲緊緊閉上雙眼，拚命地將嘴唇貼上去。我們默默地在旁守護著那光景。

一直凝視也不太好，要移開視線嗎？就在我這麼心想時，我察覺到一件事。

瑟蕾絲的嘴正染成黑色。

在我注意到荷堤斯的目的時，諾特的瘀青已經急速消退，取而代之地是瑟蕾絲的臉頰和脖子開始被黑色網眼圖案覆蓋。

代替對方承受詛咒。

就跟潔絲救了被暗中活躍的術師刺傷的我一樣，瑟蕾絲正準備承擔諾特的詛咒。荷堤斯拿掉項圈，是為了讓瑟蕾絲想拯救諾特的殷切願望昇華成魔法吧。

因為瑟蕾絲在身為耶穌瑪之前，是個魔法使。

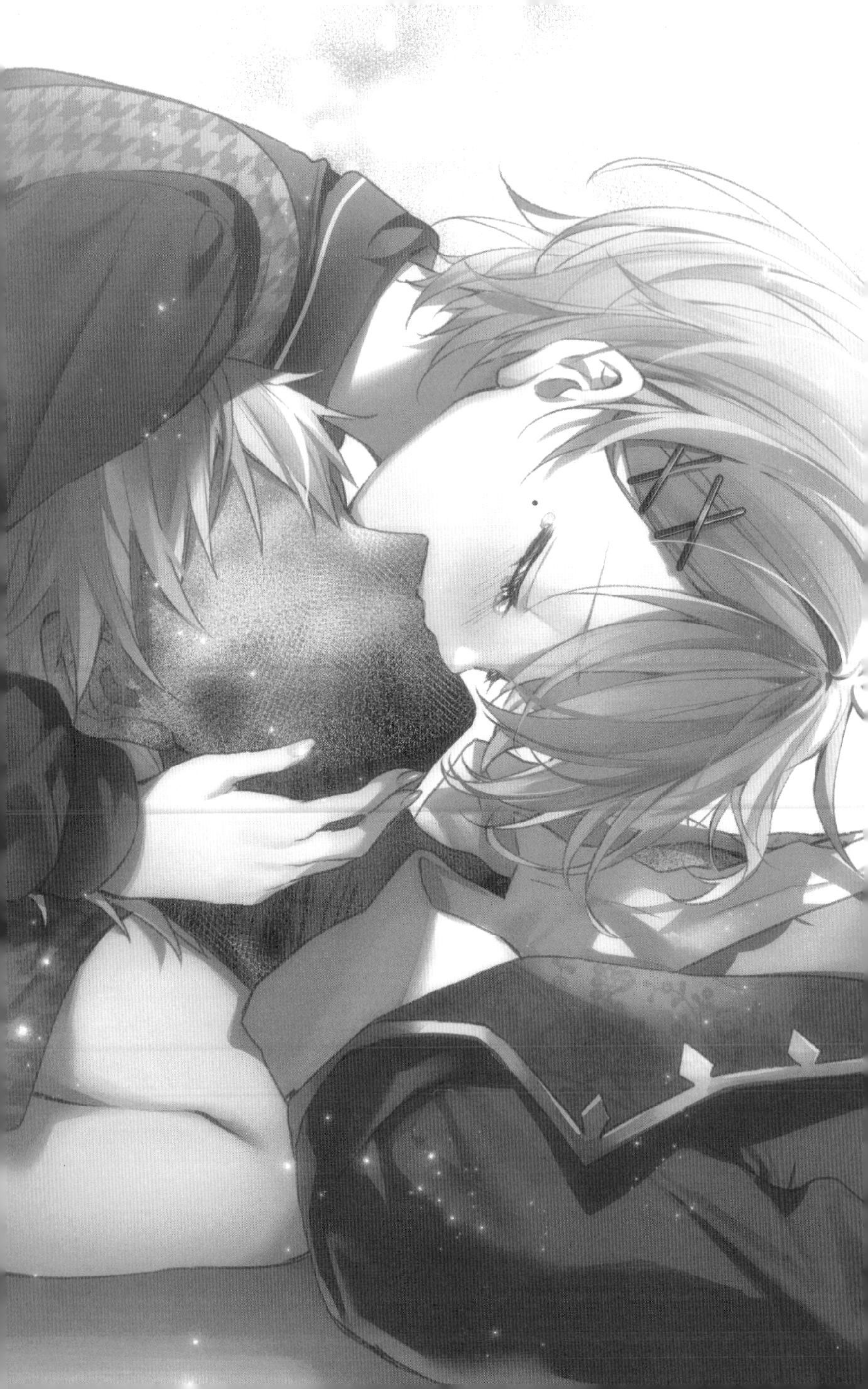

黑雲在我們上方裂開，太陽的光芒宛如梯子一般從天而降。那看起來簡直就像是要將一名少女迎接到遙遠的天空上一樣。

諾特咳嗽起來，瑟蕾絲移開嘴唇。在諾特大口吸氣並抬起身體時，換臉部和脖子都染成漆黑的瑟蕾絲倒落到地面。

小巧的頭叩咚一聲地撞上地面的岩石。

「瑟蕾絲！」

恢復正常的諾特發出尖銳的聲音。他的皮膚上已經沒有瘀青。

就像以前曾發生過的光景一樣，立場顛倒了。這次換諾特跪在仰臥在岩場上的瑟蕾絲身旁。諾特用手扶住瑟蕾絲的後腦杓，抬起瑟蕾絲的頭。

「諾特先生……」

瑟蕾絲微微睜開眼，可怕的黑色瘀青從她的嘴裡像是要滲入肌膚似的蔓延開來。諾特仍蒼白不已的臉孔茫然地俯視瑟蕾絲。

「瑟蕾絲，振作一點啊。」

諾特的臉上浮現出焦急與絕望。另一方面，瑟蕾絲的表情則是甚至可以說十分安詳。

「諾特先生……我的吻是怎樣的味道呢？」

「都這種時候了，妳在說什麼啊？」

瑟蕾絲堅定地睜開雙眼，筆直地看著諾特的臉。

「有沒有……伊絲小姐的味道呢……？」

瑟蕾絲氣若游絲的聲音讓諾特有著長睫毛的眼睛瞠得老大。

諾特像是擠出來似的，從喉嚨發出聲音。

「……笨蛋，怎麼可能有除了妳之外的味道啊。」

瑟蕾絲非常高興似的笑了。她的臉已經有八成被瘀青給覆蓋住。

荷堤斯靜靜地編織著話語。

「我決定解放項圈的封印，讓瑟蕾絲強烈的願望實現。像這樣代替他人承擔詛咒，是必須打從心底盼望才會實現，超越魔法的愛的奇蹟。」

開始滴滴答答地下起冰冷的雨。

不行啊，不該讓這種情況發生的。我用看到眼前邁向死亡的少女而差點麻痺起來的大腦思考著。對了，答案不是很簡單嗎？

諾特的脖子上掛著契約之楔，只要把這個刺進去，瑟蕾絲就能得救了。拿掉項圈的瑟蕾絲已經是魔法使了。倘若是魔法使，就能引發脫魔法。能夠讓詛咒消滅。

荷堤斯蹙起眉頭，緊緊抿著嘴唇。他在迷惘什麼？為什麼荷堤斯不實行這麼簡單的事情？

荷堤斯將臉面向我這邊。他的長髮彷彿竹簾一般垂落，眼睛被遮了起來。

「契約之楔是只能使用一次的至寶。倘若失去這項至寶，就會喪失擊斃暗中活躍的術師的手段。解放軍的立場會變得岌岌可危。」

瑟蕾絲的頭失去力氣，彷彿戴上黑色面具一般的臉轉向這邊。

「請大家……不用管我……而是保護這個國家。契約之楔不是用來拯救這種渺小的生命，請各位……用來打倒耶穌瑪的敵人吧。」

瑟蕾絲拚命動著小小的嘴唇在說話。只有那雙眼睛並未染成黑色，明亮地閃耀著，為了得到最後的光芒看向諾特的臉。

「能在最後一刻幫上諾特先生的忙，我覺得……非常開心。」

諾特瞳孔放大的眼睛彷彿與那視線擦身而過似的看向荷堤斯。

「喂，這是怎麼回事？只要使用契約之楔，瑟蕾絲就能得救嗎？」

荷堤斯猶豫了一下，點頭肯定。

諾特的手貼到胸前，那裡有烙印著伊絲身影的項墜與契約之楔。諾特很明顯地感到迷惘。

契約之楔是目前能夠擊斃暗中活躍的術師的唯一一項道具。要是沒有殺掉暗中活躍的術師，把這個消耗在自己人身上的話，肯定會受到王朝嚴厲的處分，迫使解放軍陷入絕境。實在無法想像那個馬奎斯會網開一面。

諾特無法逃避他身為解放軍首領的立場，他的手在拒絕將楔子刺入瑟蕾絲胸口。

就在這時，一隻小小的手毆打諾特的臉頰，氣勢猛烈地從諾特脖子上搶走契約之楔。是巴特。還沒人來得及制止，純粹的眼眸因淚水而濕潤的少年，便將契約之楔的尖銳前端朝瑟蕾絲的胸部中心揮下。

那是轉眼間的事情。

從巴特手中散發出耀眼的光芒。被閃光灼傷的眼睛變得什麼也看不見。

然後光芒跟散發出來時一樣突然地收斂起來。

巴特坐倒在地上。無論是他的手中還是瑟蕾絲的胸口，都沒看到契約之楔。唯一改變的是瑟蕾絲的肌膚。詛咒的瘀青完全消失了。瑟蕾絲現在閉著雙眼，安穩地呼吸著。

諾特用驚訝的眼神看向巴特。

「巴特，你——」

「師父這個笨蛋！」

巴特聲嘶力竭地大叫。

「為什麼想要對瑟蕾絲見死不救！她可是那麼愛慕師父的女孩喔？因為耶穌瑪死掉而哭泣的師父上哪去了啊！」

諾特咬了咬下嘴唇，什麼也沒有反駁。他抬起瑟蕾絲的上半身後，用力地抱緊了她。一抹淚水從他銳利的眼尾流落下來。

諾特的嘴唇微微動了起來。

「巴特說得沒錯。我變成了一個愚蠢的人類啊。」

在飄散著異臭的岩地中，我們暫時沉默地眺望著英雄流淚的模樣。

沒有任何一個人責怪他們用掉了契約之楔這件事。

不巧的是這時從修拉維斯的貝殼傳來伊茲涅的吶喊聲。

『快點過來支援！這邊的士兵開始變得漆黑，接二連三地死掉了！而且有大軍從正面過來了！動作不快點的話會全滅喔！』

修拉維斯一臉蒼白地向荷堤斯說道：

「叔父大人，要撤退嗎？」

這邊已經用掉了作為王牌的契約之楔。另一方面，暗中活躍的術師則已經在北部軍裡採取行動，不知從何處在攻擊聯合軍。在這種士兵混在一起的狀態下，也無法充分地進行魔法攻擊，甚至有可能被暗中活躍的術師趁隙攻擊。

「不，倘若不僅用掉了契約之楔，還在這裡撤退的話，大哥不會保持沉默吧。而且要是他們從這座島上移動到別處，我們就無法活用兼人小弟這個優勢，要攻略暗中活躍的術師會變得相當困難。只能在這裡賭一把了。」

「不過叔父大人，契約之楔已經——」

荷堤斯秀出他手上拿的瑟蕾絲的項圈。

「這是因禍得福。雖然變得無法殺掉他，但還有一個方法可以封住暗中活躍的術師。」

在他手上散發微弱光芒的是可以封住魔力，耶穌瑪的銀製項圈。

「這全都是我的責任。由我來設法處理。我們趕緊去攻略暗中活躍的術師吧。」

在兼人的帶領下，我們決定沿著奧格的製作所移動，攻擊北部軍的背後。雖然岩場十分空曠，能看到前方的狀況，但因為周圍被森林給圍住，所以從遠處不容易被發現。這有利於我們去攻擊敵軍的背後。

跑在前頭的是荷堤斯。諾特用嚴肅的表情背著瑟蕾絲奔跑，瑟蕾絲的項圈則是由修拉維斯搬運。黑豬一臉擔心地走在諾特身旁。

荷堤斯說出計畫。

「由我來攻擊北部軍。大概會很引人注目，但暗中活躍的術師不接近的話，就無法對我施加詛咒。所以他應該會利用奧格什麼的搞些小把戲。修拉維斯就趁這時探索出他的位置，將項圈套上去。諾特小弟與約書小弟麻煩跟潔絲和處男小弟一起支援修拉維斯。只不過你們所有人都要記得安全第一。亂來的人只有我就行了。」

聯合軍的殲滅部隊朝火山前進了相當長的距離，在似乎是因為巨大的熔岩流而形成的廣大荒地上戰鬥著。在我們到達那附近時，已經開始下起宛如瀑布般的雨。淋成落湯雞的我們從荒地前的樹林陰影處認清戰況。

裹著堅硬金屬鎧甲的北部軍，與穿著黑色皮革製防具的聯合軍，在大雨中互相廝殺。似乎正好碰上敵人大軍湧入的時機。伊茲涅打頭陣，到處散播著雷擊，宛如雜耍師似的一邊跳起，同時揮舞著大斧。是超出常軌的身體能力。

聯合軍大約有一千人，出來迎戰的北部軍看起來比這個人數少。但北部軍有奧格。那數量粗估也有數十隻，牠們用彷彿圓木般的矛橫掃著聯合軍的士兵。

激烈衝撞的利刃。揚起泥土與肉塊的爆炸。摻雜在雨水中的紅黑色鮮血。

是讓人不想直視的悽慘廝殺。

「交給你嘍，修拉維斯。」

荷堤斯這麼說後，毫不猶豫地從樹蔭處衝出去，一邊揚起無數周圍的浮石，同時飄浮在半空中。簡直就像龍捲風怪物。這就形成了攻擊北部軍斜後方的局面。

荷堤斯在身體周圍生成好幾十顆核桃大的子彈，那些子彈以超高音速射入奧格身體。每次射出時彈道都會閃耀發光，尖銳的爆炸聲緊追在後。即使有弓箭從敵方飛來，也都被浮石面紗給彈開，偏離了方向。

突然的襲擊讓北部軍瓦解了陣形，為逃離荷堤斯開始如鳥獸散。是怕流彈會傷害到同伴嗎？荷堤斯的攻擊十分慎重，沒有猛烈到會壓制敵人。

「要移動嘍。兼人，暗中活躍的術師可能會行動的場所是哪裡？」

修拉維斯的提問讓山豬沉思起來。

——如果是奧格的製作所（工廠）附近，那傢伙也去過好幾次，應該很容易來回才對。只要回到剛才的路上，有很高的可能性可以從那裡找到在襲擊聯合軍的敵人吧。

「他這麼說。豬，你認為這麼做就行嗎？」

聽到修拉維斯這麼詢問，我點了點頭。

（我認為可以。襲擊聯合軍的術師應該會以荷堤斯為狙擊目標前往這邊吧。我們要從旁反殺他。）

只見黑豬靠近我身邊，朝修拉維斯嗯齁地哼響鼻子。

——只不過各位，要是我們自認為是這邊主動去突襲對方，在對方其實是做好準備等著突襲我們的時候，會措手不及。畢竟這裡終歸是敵人的島嶼嘛。我們應該抱持著自己是獵物的心情。

由豬來講這句話，說服力果然不同。

薩農比我經歷過更多次戰地。看來這邊還是謹慎一點比較好。

我們穿過樹林縫隙間，以奧格製造所的通道為目標，尋找可以迎戰暗中活躍的術師的場所。

過沒幾分鐘，就證明了薩農是正確的。

在樹林裡面，才心想稍遠的地面突然隆起，便忽然有個巨大的影子跳躍起來。

「唔唔喔啊嗚啊啊喔喔喔啊啊啊啊——」

一隻渾身泥巴的奧格發出不成聲的嚎叫聲朝我們襲擊過來。他一直躲藏在地面，等著伏擊我們。在陰暗的樹林裡，那具備十足的魄力，讓人感受到死亡的恐怖。

修拉維斯一看向那邊，便用輕快的動作在一瞬間爬到附近的樹上。這是為了應付會貫通地面出現的大杖吧。

——牠的吶喊聲讓我們的存在穿幫了。分散四處躲起來吧。

修拉維斯的聲音在腦內直接響起。我們一行人迅速地想躲藏起來，但背著瑟蕾絲的諾特被留下了。奧格充血的黃色眼睛捕捉到諾特。

我跟潔絲毫不迷惘地留在諾特身邊。

（修拉維斯就集中精神警戒暗中活躍的術師。奧格由我們來打倒。）

雖然還看不見，但暗中活躍的術師很有可能已經捕捉到這邊的位置。最糟的情況是在修拉維斯對付奧格的期間，我們一個一個被暗中活躍的術師給剷除掉。所以我們才主動扛起了保護諾特的任務。

諾特依舊小心地背著瑟蕾絲，轉頭看向這邊。

「笨蛋，你們怎麼可能擊斃那個怪物——」

在諾特看來呼吸困難似的這麼說著的期間，奧格也逐漸逼近這邊。宛如犀牛還是大象的灰色皮膚，彷彿將健美先生相應放大成兩倍般的體型，保護要害的鋼製防具，像圓木一般粗壯且滿是刺的矛，扭曲地膨脹起來的顏面。

雖然巨大，卻會以驚人的敏捷度避開樹木奔跑過來。諾特迫不得已，用沒有扶住瑟蕾絲屁股的那隻手拔出其中一把雙劍。但就憑一把雙劍是無法抗衡的。

因為奧格的速度實在太快，我們原本也打算選擇迴避的。只要能有一點破綻——

就在這時，可以聽見咕嚕嚕嚕的低吼聲。是薩農。黑豬一邊發出至今不曾聽過的可怕聲音，同時朝著奧格被滿是刺的防具保護的腳衝了過去。

即便從奧格的巨體來看，黑豬也是無法輕視的尺寸。要是用腳踢就能讓黑豬身受重傷，但正在突擊的自己也會重心不穩。奧格被黑豬的氣勢嚇到抬起了腳，放慢速度。黑豬就那樣猛衝到奧格的對面。

（就是現在！潔絲，使出那一招吧。）

——是的！

潔絲依照我的指示，將雙手對著奧格大大張開。

就彷彿泡沫膨脹一般，好幾個巨大的史萊姆狀液體在空中湧現出來。那些液體成長到可以用雙手抱住的尺寸後，潔絲迅速地將手掌往下翻。

原本飄浮著的液體氣勢猛烈地摔向奧格身上。奧格從頭到腳都被黏答答的液體包覆住。

但奧格毫不在意，逼近到距離我們只剩幾步的地方。潔絲沒有任何動作。

果然是這樣嗎？

我可是被潔絲狠狠地嚴格訓練過，是我展現訓練成果的時候了。我揮了一下前腳，朝黏答答的奧格射出小小的火球。

倘若是一般情況，這麼小的火球對奧格造成不了傷害。但是直接命中奧格胯下的火球並沒有在那裡四散，而是瞬間燃燒起來，包覆住巨大的奧格全身。

我們同時奔跑起來，避開奧格的猛衝。

全身著火的奧格筆直地奔跑了一陣子，接著突然倒下了。明亮的橘色火焰即便是在雨中，也

糾纏不休地持續燃燒著掙扎的奧格身體。

「你們……是怎麼辦到……那種魔法的……？」

諾特用驚訝的眼神看向我們。

對喔。諾特是第一次看到潔絲的頂傷魔法啊。

（我等下再說明詳情。可以拜託你暫時當個誘餌嗎？）

諾特就那樣背著瑟蕾絲點了點頭。然後他讓單手拿著的劍閃耀紅色光芒。

在陰暗的樹林裡，那醒目的程度僅次於在燃燒的奧格。

（接下來麻煩你盡量避免對著地面射出火焰。）

我傳達完這句話，便離開諾特身邊，與潔絲一起在周圍走動。

——豬先生，對不起，我……

潔絲沒有出聲地這麼向我傳達，我搖了搖頭。

（反省會等下再說。沒辦法殺掉奧格也是無可奈何。畢竟不小心知道了那是從人類製造出來的嘛。就由我或諾特來給予致命一擊，潔絲只要幫忙提供燃料就好。）

還只有打倒一隻奧格而已。聽到奧格剛才的嚎叫聲，會有新的奧格和真正要找的敵人以火焰為標記前來這邊吧。

將周遭的樹木大致巡過一遍後，我和潔絲躲到諾特的附近。

還沒空喘口氣，就可以看見有複數奧格從前方奔跑過來。

——來了，那傢伙在。

雖然聽見了修拉維斯的聲音，但我實在沒空回應。

有好幾隻奧格分別從正面、右邊和左邊的三個方向朝這邊接近。腳步聲讓我轉過頭看，只見從後方也有奧格登場。這表示除了被荷堤斯蹂躪的部隊，對方早就另外準備了兵力，用來對付企圖從陰影處攻擊的人。剛才燒掉的奧格嚎叫聲讓那些兵力集結到這裡來了。

一直背著瑟蕾絲在當誘餌的諾特，讓其中一把雙劍更加明亮地閃耀起來。黑豬待在他身旁警戒著前方。但很顯然地寡不敵眾。

在漏著大雨的樹林裡，我們所在的地方完全被敵人給包圍住了。

奧格們保持能夠閃避我方攻擊的距離，停下腳步。

「看來你的詛咒消失了啊，小毛頭。」

彷彿甚至會被雨水拍打樹葉的聲響給蓋過一般，卻很神奇地十分清晰響亮的沙啞聲朝這邊響起了。

穿著灰色長袍的高個子人影。沒有活人氣息的蒼白之手拿著金屬製大杖。從他戴著的兜帽底下露出閃耀著金色光芒的一雙眼睛。是沒有名字的不死身老人——暗中活躍的術師。

「混帳老頭。」

諾特從咬緊的牙齒縫隙間吐出聲音這麼說道，將赤熱的劍尖對著術師。

「想不到你們居然會特地來戰場慰問，還真是光榮。要多少士兵都可以送給你們。老夫想要的就只有你們的命。」

老人緩緩地高舉大杖。他要攻擊的目標是諾特嗎……？還是說……

就在這時，彷彿笛聲的聲響穿過樹林裡，隨後老人拿著大杖的手腕爆炸了。是帶有魔力的十字弓的箭命中了老人的手。大杖沒有刺入地面，而是倒落在地面上翻滾。

「不管怎麼攻擊都沒用的。差不多該學到教訓了吧。」

老人手斷掉而掉落下來的手腕被彷彿灰燼的東西包住，轉眼間就再生了。大杖像是要黏上去似的回到老人的手裡。

「要是同時遭受到奧格的攻擊與老夫的攻擊，你們會有什麼下場呢？」

是打了暗號嗎？原本包圍住我們的奧格同時動了起來。粗估大概有十隻。無論對方會怎麼行動，我們都只管貫徹事先決定好要分工的職責。

來自樹上的電擊命中老人的肩膀，老人再次弄掉了大杖。

暗中活躍的術師就交給那邊處理吧。奧格就靠我們來阻止。

（要上嘍，潔絲。）

我灌注力量到腳上，啟動事先準備好的機關。

位於遠處的樹木樹根引發大爆炸，在樹木旁邊的奧格有一隻腳遭到爆炸波及被炸飛。巨大的樹幹發出劈哩啪啦的聲響，逐漸倒落。

我想起以前在森林裡弄倒樹木的事情。那時諾特保護了我們。

這次換我們保護諾特與瑟蕾絲了。

我讓樹木接連爆炸，在破壞森林的同時將奧格捲進去，一一打倒牠們。

構造很簡單。剛才四處走動的時候，潔絲讓混有氧氣泡的燃料大量滲入樹根。我用腳環操縱那個，在地下製造模擬導火線，然後看準時機點火，使其爆炸。

配合逼近的奧格讓樹根爆炸的行為，感覺跟音樂遊戲有些相似。終於到了我展現常去電玩遊樂場訓練的成果之時了。讓你們見識一下只有在玩音樂遊戲時會變得異常敏捷的阿宅實力吧。

好，來吧。

豬的廣闊視野與音遊玩家的調整時機能力非常契合。我配合敵人的動作，讓潔絲事先準備好的燃料有節奏地爆炸。未知的攻擊讓圍住我們的奧格畏縮了。

——我要追加燃料！

潔絲張開雙手，於是一道火焰牆在奧格與我們之間燃燒起來。我在這邊操縱水讓樹木倒向對面，搭起了樹木與火焰的路障。沒有奧格跨越過來。

奧格被壓制住，無法照計畫行動的暗中活躍的術師，持續遭受著來自樹上的攻擊。他只能不斷防守並回復，無法使用大杖。這就是我們的戰略。

無論是怎樣的必殺技，沒有餘力使出來的話，就毫無意義。

暗中活躍的術師停止攻擊，為了躲藏起來而開始撤退。

——我來晚了呢，各位。感謝你們的奮戰。就在這裡決勝負吧。

才心想腦內響起聲音，只見因為潔絲與我設下的機關而燃燒起來的火焰彷彿擁有意志一般蔓延開來，覆蓋住奧格所在的一帶，還有暗中活躍的術師所在的地方。火焰在一瞬間將樹木燃燒殆盡，將附近一帶燒成黑色空地後熄滅。

暗中活躍的術師一個人孤伶伶地站在燒焦的大地上。彷彿被鋼索吊著一般飄浮在半空中的荷堤斯與詭異的老人面對面。

「真正要找的人總算登場了嗎？」

響起劃破空氣的聲音，回過神時，已經有將近十根的箭飄浮在荷堤斯周圍。無論哪根箭都將前端對準荷堤斯的身體想刺向他，但現在靜止不動。暗中活躍的術師後方似乎還有伏兵。

所有箭彷彿在指南針周圍轉動磁鐵一般轉向完全相反那邊，以超音速被送回發射地點。

「在你那個時代好像有很多不擅長應付偷襲的魔法使，但現在也不一定是那樣。真遺憾啊。無論思索多少策略，結果都是有壓倒性強大戰士的那邊會獲勝。你的伏兵也已經用完了吧？」

荷堤斯彷彿在享受閒聊樂趣一般，向暗中活躍的術師搭話。

暗中活躍的術師維持隨時都能把大杖刺進地面的姿勢，歪頭感到疑惑。

「倘若不是笨蛋應該知道，小毛頭，老夫可是不死身。像這樣碰面愈多次，老夫就會獲得愈多情報，你們會變得更不利。無論被殺掉多少士兵，老夫都會再次奪走你們的民眾來培養士兵，然後那些士兵遲早會反抗你們。你們只能一輩子因死亡的恐懼不停顫抖，同時在人民不斷減少的國家生活下去。」

荷堤斯一邊連連點頭聽著他說，同時將右手的掌心向上。不曾看過的耀眼白熱光球出現在他的手上。簡直就像迷你太陽。

「我明白你想說的話。但你是不死身這件事，是指在你的知識範圍內吧？還是說太古的存在會保證你的性命呢？不是吧？」

好像可以感受到從一動不動的暗中活躍的術師身上散發出戰戰兢兢的緊繃氛圍。

「只要有我在，你就無法殺掉任何人，而且如果是我就能殺掉你。這就是經過到目前為止的接觸後，我推算出來的結論。」

響起像是笛聲的聲音，一根箭刺入暗中活躍的術師的臉。他的頭部發出劈哩啪啦的聲響，開始凍結起來。在絕妙時機的突襲成功了。

我原本這麼心想。

——這不是虛張聲勢嗎？小毛頭。結果你們也是在依賴偷襲啊。

暗中活躍的術師的長袍靠藍色火焰燃燒起來，抵銷被灌注在箭裡的凍結魔法。老人的肉體被藍色火焰包覆住全身，變成像是燃燒木乃伊一般可怕的外表。

「這是以前用過的手段吧。這種為了讓老夫無法行動，靠灌注在箭裡的魔法讓我凍結的卑鄙方法，你們以為老夫不會設想對策嗎？」

荷堤斯消掉光球，將另一邊的左手對準暗中活躍的術師。

「你以為那箭上設置的魔法只有一種嗎？」

可以看見有一縷發光的線從荷堤斯的左手通向刺入老人頭部的箭。藍色火焰在瞬間消失，換厚重的霜覆蓋住老人的全身。

老人的手腕發出啪哩一聲折斷，大杖連同手一起掉落到地面。

「勝負已分啊。這個老糊塗的體溫無止盡地在變低。在這種狀態下的物質運動會無止盡地變慢，老人的魔法也會無止盡地延遲。」

荷堤斯緩緩著地，走向凍結起來，宛如雕像一般僵住的老人。

「已經可以靠近了。也沒有伏兵。修拉維斯，套上項圈吧。」

修拉維斯從樹上跳下去，像丟飛盤似的把項圈朝老人脖子扔了過去。受到魔法操控的項圈在脖子前啪一聲地裂成兩半，然後再度合起圍住老人的脖子。

修拉維斯走近老人。我和潔絲也走到他附近。是因戰鬥感到疲憊嗎？潔絲的腳步有些不穩。

（作戰成功……？）

我這麼詢問，於是荷堤斯緩緩搖了搖頭。

「之後必須由魔法使碰觸這個老人的本體，讓封印完成才行。」

「那麼叔父大人，這個任務就由我──」

修拉維斯自告奮勇，但荷堤斯制止他。

「等等。這個老糊塗好像在自己的身體裡設下了詛咒，要是碰到他就會被詛咒侵蝕。」

……？

「呃，明明不碰他就無法封印，但碰到他就會遭受詛咒嗎？」

潔絲的問題讓荷堤斯發出沉吟。

「事情變得麻煩了。在最後一刻被擺了一道啊。」

荷堤斯感到煩躁似的雙手環胸。

「照這樣一直煩惱下去，老人的對抗魔法無論何時發動並解除凍結都不奇怪。必須盡快處理才行。但……」

在集結起來的諾特等人前，荷堤斯嘆了口氣。

「實在沒辦法，我來動手吧。」

「叔父大人！請等一下。」

「解開瑟蕾絲項圈的人是我。雖然變成交給解放軍的孩子們做決定的形式，但會消耗掉契約之楔的起因不是別人，正是我荷堤斯。我來負起責任吧。」

「不過叔父大人——」

「修拉維斯，沒有時間了。要是錯失這個機會，恐怕會被這個老人逃掉，封印將會失敗。關於契約之楔的責任，推到我身上就行了。只要說是感到內疚的我用自己的生命當代價封印了這個老人，大哥應該也會接受吧。」

「怎麼這樣……」

潔絲不禁這麼喊出聲。荷堤斯對她露出微笑。

「歷史一直是建立在某人的犧牲之上。這條命曾一度捨棄人世，如果能為了你們而死，我也心滿意足。」

荷堤斯伸手準備碰觸暗中活躍的術師，潔絲情急之下抓住他的手阻止他。

「不可以！」

緊抓住荷堤斯的手，潔絲這麼說道。

「應該還有其他方法……如果是我，或許可以引發脫魔法。說不定──」

「住手！」

傳來可怕的聲音，我大吃一驚。是荷堤斯發出了以前從未聽過，怒氣衝天的聲音。

「……我吼得太大聲了，抱歉。但我不能讓前途無量的潔絲做這種事。妳不想死對吧？潔絲應該有一直夢想著的未來。」

聽到他這麼說，潔絲並沒有否定。

「但是……如果有誰都不用喪命的可能性，我想設法用那種……」

（潔絲，就算有那種可能性，也不能讓潔絲的性命暴露在危險中。收手吧。）

荷堤斯看著我們，思考起來。

「不……原來如此。說不定的確有一個方法。」

荷堤斯像是想到了什麼主意，「是什麼呢！」潔絲這麼詢問。

「在潔絲身上確實可以看見脫魔法的徵兆。就請潔絲幫忙完成封印吧。」

他在說什麼啊？我擋在潔絲前面，威嚇著荷堤斯。

（你說的話實在太亂七八糟了。剛才叫潔絲別賭上生命的人是你吧。如果要讓潔絲的生命暴露在危險之中，還不如請你賭上自己的生命。）

「冷靜一點，處男小弟。可以用我的魔法延緩詛咒的惡化，所以成功機率很高。而且在最糟的情況下，我有準備最終手段。潔絲絕對不會死掉。能請你相信我嗎？現在就在這裡讓戰爭終結吧。」

——假如潔絲真的有生命危險，我打算最後就由我來承擔詛咒。

只有後半部分，荷堤斯是使用心之力傳達給我的。潔絲並沒有聽到這句話吧。

荷堤斯對大吃一驚的我眨了眨眼。

「好啦，潔絲，可以請妳幫忙嗎？這是很安全的賭注。」

荷堤斯溫柔地拉起潔絲的手腕，比向渾身沾滿霜的暗中活躍的術師。

「豬先生，您覺得可以嗎？」

在我回答潔絲的問題前，荷堤斯將潔絲的手推向暗中活躍的術師。

思考來不及追上。感覺時間像是麥芽糖似的拉長。

中間停頓了片刻，然後項圈閃耀起白色光輝。與此同時，潔絲的手染成了黑色。

「好。」

荷堤斯咬緊牙關，用力握住潔絲的手腕。雖然詛咒的瘀青轉眼間便在潔絲的手上擴大，但在荷堤斯的手抓住的地方被控制住了。

「封印成功了。剩下的就看潔絲了。」

我內心擔憂不已地注視著潔絲被黑色網眼密密麻麻地覆蓋住的手。

（感覺會發生脫魔法嗎？）

「呃……」

潔絲一臉為難地回看著我。我有不祥的預感。這時我回想起來。

——像這樣代替他人承擔詛咒，是必須打從心底盼望才會實現，超越魔法的愛的奇蹟。

承擔詛咒的魔法是因為有「想拯救重要之人」這種強烈的思念才會發動。不過，跟潔絲非親非故的荷堤斯沒道理要承擔潔絲的詛咒。

我的腦袋一片空白。

（你騙了我嗎……？）

荷堤斯的嘴露出笑容。我感覺內心像是凍結住一般。我信錯人了。照這樣下去，潔絲會死掉。

「不不，別衝動啊，處男小弟。真是的，真是一隻會計較細節的豬先生呢。到了我這種等級，就算沒有強烈的思念，也能夠辦到承擔詛咒這種程度的事情喔。」

「承擔……？」

潔絲驚訝得瞠大眼。

「抱歉一直瞞著妳。作戰失敗的時候，最終會死掉的不是潔絲。是我。」

潔絲看似痛苦地擠出聲音。

「不可以，怎麼能為了我這種人，讓王家的人物喪命……」

荷堤斯咬牙說道：

「如果妳夢想著幸福的未來，就別再說什麼『我這種人』來貶低自己。那會讓拚了命想送妳到王都的我的主人、妳的未婚夫，還有這個動真情的處男小弟陷入怎樣的心情，只要想一下就能明白吧。」

那彷彿在勸誡似的聲音，讓人難以想像是直到沒多久前還不停狂嗅潔絲大腿的變態發出來的。

荷堤斯與潔絲正面相對。

「反抗吧。盡全力去反抗想從深愛妳的人手中奪走最重要之物的詛咒。」

潔絲看似痛苦地朝手上使力，但詛咒沒有要平息下來的樣子。感覺像是好幾個小時的幾分鐘經過了。

荷堤斯的手有一瞬間暈染成黑色。

「差不多到極限了嗎？」

就在荷堤斯露出放棄的表情，準備在手上使力的時候，潔絲的身體癱軟倒下。

修拉維斯立刻接住潔絲的身體。

我飛奔到潔絲身旁。只見潔絲手上的瘀青已經消失無蹤了。

某對姊弟的過去

「對不起，我……真的很對不起……」

無辜的耶穌瑪流下大顆淚珠，從牢籠的另一頭向曾經最喜歡的家人賠罪。

「爸爸，這樣絕對很奇怪啊。噯，現在還不晚——」

即便黑髮少年用空洞的眼神這麼訴說，父親仍緩緩搖了搖頭。

「規則就是規則。身為國家的公僕，是無法違抗規則的。」

父親儘管濕了眼眶，也絕不會動搖，他俯視哭倒在地的耶穌瑪。

「可是爸爸——」

這麼說的是將黑髮綁起來的少年的姊姊。

「莉堤絲她……莉堤絲她沒有做任何壞事。她並不是通姦……而是被強姦喔？明明如此，為什麼莉堤絲非得被處死不可啊。」

少女的雙眼驚訝得瞠大，因絕望而扭曲起來。

「規則就是規則。要是拒絕刑罰，就連我們的生命都會有危險。」

「因為是規則，就不能說奇怪的事很奇怪嗎！你是司令官吧！」

女兒的控訴讓父親低頭看向下方，深深吐了口氣。

「莉堤絲也有疏忽。耶穌瑪的身體是王朝給予的東西。直到被支付斷交費為止，無論發生什麼事都必須保護好才行。沒能保護好那身體，是莉堤絲和我們的責任。」

耶穌瑪放聲大哭。姊弟在牢籠前蹲了下來，分別握住耶穌瑪的手。

「別在莉堤絲面前講那種話啦！」

少女這麼尖叫，用她至今不曾說出口過的話語痛罵父親。弟弟無視父親，開始向牢籠對面的獄警求情。

但姊弟的願望無濟於事，耶穌瑪被拖到牢籠的另一頭消失了。

隔天父親把項圈和骨頭帶回家裡。然後決定把骨頭在帶回家的隔天埋到庭院。

埋葬骨頭那天，姊弟與骨頭一起不見蹤影，而且再也沒有回家過。

「你名叫什麼？」

船外是安靜的夜晚。手上包著繃帶的荷堤斯從牢籠縫隙間這麼搭話。

在警備森嚴的船內牢獄中，手腳被綁住的老人用金色眼眸回看著這邊。從灰色長袍露出的那皮膚蒼白到讓人感受不到生氣，但又燒焦變黑顯得破爛不堪，那狀態簡直可說是具木乃伊。

「名字？老夫已經忘了。」

是因為疲憊還是絕望呢？老人的聲音毫無霸氣。

「也沒有報上名號的意義。要怎麼稱呼都行，小毛頭。」

敗北的老人老實地坐在地板上，從牢籠裡看著我們。我旁邊是修拉維斯。他的另一頭是荷堤斯。再過去是諾特、伊茲涅、約書這三人，我後面則有黑豬與山豬在。潔絲與瑟蕾絲在船長室。兩人都已經脫離詛咒，睡得正熟。

在緩緩搖晃的船內，我們圍住因瑟蕾絲的項圈陷入無力化的暗中活躍的術師，準備開始盤問。

「那麼老人，麻煩你簡潔地告訴我們。為何你要襲擊梅斯特利亞的民眾，企圖毀滅王家？」

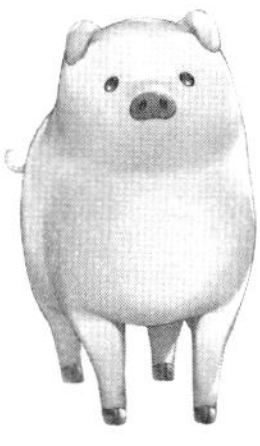

荷堤斯的問題讓老人晃動肩膀，沒有聲音地笑了。

「你們崇拜不已的祖先大人，也就是那個叫拜提絲的女人，實在是個殘酷的魔法使。那傢伙打著和平的名目，虐殺了許多不抵抗的人，其中也包含了老夫的恩師和好友。為了清算這筆帳，老夫才會苟延殘喘到今天。」

荷堤斯看似不快地嘆了口氣。

「我也知道拜提絲是個無藥可救的女人。不過拜提絲已經死了。殺害她的子孫和無辜的民眾很開心嗎？」

「死了？」

老人用充滿驚人魄力的聲音問道。

「縱然肉體死亡，那傢伙做的好事如今也殘留著不是嗎？你們以壓倒性的魔力為盾牌，在安全的王都舒服自在地成長，給其他魔法使套上項圈當成奴隸。拜提絲不是消除了紛爭。**她只是隱蔽有勝者與敗者這件事，在這場安靜的紛爭中不斷獲勝而已**。老夫看不慣這種虛偽的和平，所以才一直儲備力量，打算破壞這種和平。就是為了讓你們敗北啊。」

諾特從旁插嘴。

「給魔法使套上項圈？」

老人咧嘴笑了。

「看吧。愚蠢的人民就連其代表人物都不曉得真相。老夫來告訴你吧。所謂的耶穌瑪正是受到束縛而變得順從的魔法使。王朝之所以放置那種殘酷的命運，是為了把方便使喚的魔法使當作奴隸流通到市場上，同時控管他們的人數，以免增加過頭。」

「這是怎麼一回事啊？喂。」

伊茲涅瞪著面向下方的荷堤斯。她的眼睛浮現出混亂與憤怒的色彩。

「這表示耶穌瑪會因為你們貪圖方便而遭到殺害嗎？」

荷堤斯用垂落的長髮遮住眼睛，拉高聲調說道：

「伊茲涅小妹。殺害耶穌瑪的終歸是黑社會那群傢伙——也就是這個老人等人。但王朝的結構是以那個為前提而成立這點也是事實。想要設法和平地改變那腐敗的結構，就是此刻在這裡的我們打算做的事情吧。」

諾特用從未看過的可怕眼神瞪著荷堤斯，一句話也沒說。

暗中活躍的術師暫時注視著諾特，然後雙眼閃閃發亮地張開灰色的嘴說道：

「你說殺害耶穌瑪的是老夫們？這說法還真是愉快啊。老夫們只是幫忙撿起王朝製造的垃圾，有效利用而已。仔細想想在製造垃圾的是哪一邊吧，小毛頭。強迫耶穌瑪一滿十六歲就必須踏上死亡之旅的是哪邊？**是誰企圖燒死拒絕啟程，閉關在修道院裡的耶穌瑪們？**」

老人意味深長的話語讓諾特瞠大了眼逼問。

「這話什麼意思？說清楚。」

老人如魚得水，喜孜孜地說了起來。

「你之前回想的那個修道院事件，老夫也有印象。老夫會監聽到一部分王朝的監視網，所以老夫知情。五年前，那個小村莊的修道院是被王朝的魔法使給燒掉的。就是這個男人或他的親屬動手的。」

荷堤斯緊抿著嘴，但沒有要打斷老人說話的意思。

諾特對露出笑容的老人尖銳地說「講下去」。

「因為知道魔法使打算攻擊修道院，老夫在事前派耶穌瑪狩獵者前往，把逃脫的耶穌瑪一個不剩地獵捕了。你們應該憎恨的不是處理掉垃圾的老夫等人喔，小毛頭。而是只打算把追求安寧的少女們當成垃圾對待的王朝的魔法使。」

諾特突然翻過身，抓住荷堤斯的胸口。

「你早知道了吧。你在五年前出現，是修道院被燒毀，伊絲遭到殺害後沒多久。你說過你看不慣大哥的做法對吧。你早就知道我在追尋你大哥企圖殺掉的耶穌瑪，所以你才會來到我身邊不是嗎？」

荷堤斯暫時緊閉著的嘴巴，像是感到無力似的開口說道：

「沒錯。很抱歉一直瞞著你……我是不希望你們無謂地互相憎恨。」

沉默。約書像在喃喃自語似的說道：

「是不是無謂，應該由我們自己決定吧。」

在彷彿要破裂的緊張感之中，約書的三白眼瞪著荷堤斯。

「我並不討厭荷堤斯你喔，因為我知道你為了我們很努力地在奮鬥。但我果然還是怎樣也無法原諒王朝。就算是搞錯，我也不希望你說這種心情是無謂的。」

暗中活躍的術師露出心滿意足似的笑容。這個老人即便被無力化，仍成功反抗了王朝。他煽動解放軍的憎恨，加深他們與王朝的隔閡。

明明是打完勝仗的歸途，解放軍的三名幹部卻露出彷彿雙親遭到殺害一般的表情。荷堤斯無力地垂著頭，修拉維斯什麼話也沒辦法說。

我們三隻獸類對於這種狀況沒有任何能做的事情。

荷堤斯緩緩地說道：

「王朝至今的確做了錯誤的事情，而且現在也在犯錯。但倘若要清算過去，就會變得跟在這裡的可憐老人沒兩樣。過去雖然重要，但未來更加寶貴。拜託你們了，希望你們可以保持冷靜。」

一抹淚水從荷堤斯的眼中流落下來。

「雖然我只能這麼拜託，但請你們千萬別忘記。拯救國家的無論何時都是溫柔。」

潔絲與瑟蕾絲幾乎是同時醒了過來。正好是在梅斯特利亞的本土從水平線探出頭來，另一邊的水平線開始微微亮起紅色光芒的時候。

兩名少女睡覺的地方是船長室，此刻待在這裡的是在潔絲旁邊的我、守護著瑟蕾絲的諾特與薩農，還有獨自從窗戶看著外面的修拉維斯。

從在木造牆壁上開了個小洞的窗戶，可以看見被微弱的曙光照耀的平穩水面。

正當睡迷糊的潔絲不知在嘟囔什麼時，諾特的聲音劃破空氣。

「瑟蕾絲！」

「喵？」

發出怪聲驚醒的潔絲，一掌握到狀況，瞬間臉紅起來。

（妳起來了嗎？）

我從旁邊窺探潔絲的臉，只見潔絲看似難為情地摀住嘴並點了點頭。

我注意了一下瑟蕾絲與諾特那邊。瑟蕾絲在諾特面前緩緩抬起上半身。

「咦，我……還活著……」

諾特立刻從正面用力抱緊瑟蕾絲。事出突然，瑟蕾絲就那樣讓下巴搭在諾特的肩膀上，驚訝得眨著眼睛。

「諾特先生，呃……怎麼會……」

「妳為什麼要代替我捨棄性命？居然做這種傻事。」

「對不起，我擅自……」

諾特放開看來陷入混亂的瑟蕾絲，將手放在她的雙肩上，與她面對面。

「妳搞錯了喜歡的對象。我這種渣男沒那種價值。」

說得也是呢——黑豬彷彿想這麼說似的在旁邊點了點頭。喂。

另一方面，瑟蕾絲則是拚命搖頭否定。

「要認為什麼有價值是我的自由。」

抬頭挺胸地回看諾特，沒有戴項圈的瑟蕾絲。

「那個，我並沒有後悔。因為我是想幫上諾特先生的忙才來到這裡的……而且把第一次獻給諾特先生是我的夢想。」

感覺有一瞬間空氣彷彿凍結了起來。嗯，大家都知道不是那個意思啦。

我不經意地看向旁邊，只見潔絲露出有些羨慕的表情，目不轉睛地注視著兩人。

是注意到我的內心獨白嗎？潔絲慌忙地低頭面向下方。

船長室的氣氛完全被兩人的羅曼史給支配了。諾特一臉尷尬地將視線從瑟蕾絲身上移開，看向這邊。

「嗯，幸好瑟蕾絲和潔絲都沒事。總之這件事情算是解決了啊。」

我點了點頭，於是諾特輪流看著我跟修拉維斯。

「我想確認一件事，可以嗎？」

我透過潔絲回應（什麼事？）

「你們明知道耶穌瑪就是魔法使，卻瞞著我們沒說。理由是什麼？」

率先回答的是修拉維斯。

「你知道魔法使的歷史吧。倘若耶穌瑪就是魔法使這件事流傳開來，不難想像被人畏懼、敵視的耶穌瑪們會遭到怎樣的對待。可以想見梅斯特利亞會陷入沒有任何人期望的混亂。」

「你們並不是在助紂為虐，想要保護給魔法使戴上項圈，當作奴隸的結構吧。」

（當然不是。）

我這麼斷言。

（我們一直守住王朝的祕密，終歸是為了讓梅斯特利亞保持和平。我沒有道理要保護耶穌瑪這種制度。薩農也是一樣。）

黑豬點點頭。

——畢竟守住王朝的祕密是我跟蘿莉波先生的約定嘛。就算阿諾等人得知了真相，也不會有任何好處，所以我也一直沒有說。

「這樣啊。」

諾特用嚴肅的表情這麼喃喃自語。

（嗳，諾特。）

我不禁擔心起來，向他詢問：

（就算得知真相，諾特也會跟我們一起以和平為目標吧？）

「……天曉得會怎樣呢。說不定要看魔法使大人們的態度吧。」

被諾特瞪著看的修拉維斯重新坐正，挺直了背。

「我當上國王之後，會確實地改變這世界給你們看。所以拜託別再引起更多紛爭了。因戰爭受到迫害的，無論何時都是處於弱勢立場的人們。」

修拉維斯看向瑟蕾絲。諾特也看著瑟蕾絲。瑟蕾絲露出困惑的表情東張西望。

「這樣啊。」

諾特這麼說，像要射穿似的看著修拉維斯。

「可以相信你吧。」

王子堅定地深深點了點頭。

「我跟你約定。」

兩名處男交換著熱烈的視線。諾特大大吐了口氣。

「我知道了。我會繼續與王朝的協力關係。只要那邊不背叛我們。」

叩咚——響起了船到達棧橋的聲響。

看來我們總算回到了尼亞貝爾的港口。

在朝東的尼亞貝爾，拂曉的薄霧被溫暖的朝陽照耀，釀造出幻想般的氛圍。下了船的我們在棧橋上與一臉凶狠地站在霧中的人物面對面。

可以看出解放軍三名幹部的表情瞬間變色。

「為何沒有聯絡我？荷堤斯。你該不會是搞砸了吧？」

國王馬奎斯居然親自到港口來迎接我們。他將頭髮往後梳理整齊，一身以深紫色為基調的高貴服裝。

「大哥……」

應該一直熬夜監視著暗中活躍的術師的荷堤斯，一臉疲憊地與國王面對面。

「我按照約定殲滅了送行島的北部軍。並沒有搞砸。」

「暗中活躍的術師呢？」

沉默了一陣子之後，荷堤斯開口回答：

「抓住他了。」

「抓住他了？怎麼回事？」

荷堤斯將手高舉，於是立方體牢籠從船上緩緩地飄浮過來。荷堤斯慢慢移動手來誘導牢籠，放到馬奎斯旁邊。被套上發黑的銀製項圈的老人正躺在牢籠裡熟睡。

「我們失去了契約之楔。我迫不得已，用耶穌瑪的項圈封印住他來代替。應該盤問的事情都問完了，所以目前是讓他吸毒熟睡。」

是吹起了風，還是有其他事物發揮了作用呢？周圍的霧迅速地消散了。馬奎斯的眼神凶狠無比，空氣中飄散著令人難以承受的緊張感。

「為何他還沒死？契約之楔怎麼了？」

不巧的是這時巴特正好從船上走下來。發現在棧橋上停下腳步的我們，巴特也停止動作。

馬奎斯冰冷的眼睛看向巴特，然後移動到諾特、瑟蕾絲身上。

停頓了一段時間。

「整理一下重點吧。」

馬奎斯低沉的聲音帶著怒氣，彷彿會轟隆作響一邊。

「你們雖然為了殺掉暗中活躍的術師帶走契約之楔，卻為了無聊的小丫頭用掉那樣至寶。結果最關鍵的術師沒死，在這裡熟睡。就是這麼回事嗎？」

「**無聊的小丫頭**？」

諾特將手放到雙劍上，走上前去。

「愚蠢的傢伙，我會不由分說地殺掉反抗我的人喔。」

馬奎斯因為朝霞而閃耀著銳利光芒的灰色眼睛瞪著諾特看，他接著說道：

「跟說好的不同。你們並未完成任務。只能請你們負起責任了。」

「大哥，一切責任都歸我——」

「你拿掉耶穌瑪的項圈這件事要另外算帳。」

馬奎斯突然將右手伸向前方，只見巴特與瑟蕾絲彷彿被抓住脖子似的往上浮起，被送到馬奎斯前面。無力的少年與少女被粗魯地丟向地面，一屁股跌坐在地上。

事情實在過於突然，我們完全無法應對。

「就是這個少年把楔子刺進這個耶穌瑪體內是吧？我要正式處死這兩人。」

「父親大人！」

修拉維斯走上前去，像要包庇兩人似的擋在他們面前。

「就算處死他們又有什麼意義呢？這實在過於愚蠢——」

馬奎斯緊緊抓住修拉維斯的脖子，強硬地讓他閉嘴。

「愚蠢？你是要我放過他們擅自消耗掉這場戰爭的關鍵武器，而且是最後一個的梅斯特利亞至寶，導致要殺害暗中活躍的術師這件事變成不可能的罪狀嗎？」

馬奎斯怒氣衝天，滔滔不絕地這麼說道，修拉維斯的側臉在他面前逐漸充血。脖子被緊緊勒住。這出乎意料的事態讓荷堤斯僵住了。

（馬奎斯大人，修拉維斯什麼也沒——）

我正想這麼傳達，側腹便遭受到強烈的衝擊，我被撞飛了出去。

「豬先生！」

潔絲奮不顧身地接住我。但她無法支撐豬的體重，我們一起掉入海裡。

正當我在海水中拚命掙扎時，潔絲牢牢地抱著我浮上水面。

我們立刻從海面探出頭來。

「豬先生，您有沒有受傷呢？」

雖然覺得好像有幾根骨頭骨折了，但不知何故已經不會痛。

（我沒事，潔絲妳呢？）

「太好了……我完全沒事。」

潔絲濕透的臉露出微笑。在海水的浮力與魔法的支撐下，我們只有讓頭部以上從水面探出來。棧橋位於有些高的地方，從這個場所什麼也看不見。

發出人倒下的聲響，可以聽見修拉維斯的咳嗽聲。

（瑟蕾絲他們危險了，快點到上面——）

正當我這麼向潔絲傳達時，修拉維斯爬到棧橋邊緣，探頭看向這邊。

——別過來。現在很危險。

修拉維斯感覺很痛似的按住脖子站了起來。現在只能看見他的屁股。

從棧橋上傳來諾特的聲音。

「瑟蕾絲為了救我遭受了詛咒。巴特是為了救那樣的瑟蕾絲，才從我身上搶走契約之楔。製造出契約之楔會消耗掉的原因，還有沒能盡責保護好守護契約之楔的都是我。要殺的話就殺我吧。」

「哦。」

馬奎斯的聲音做出回應，對話進展下去。我跟潔絲四目交接。潔絲露出看似不安的為難表情。總之，先聽從修拉維斯的忠告，乖乖待在這裡或許比較好。

可以聽見荷堤斯拚命地訴說著。

「大哥，請你重新考慮一下。是我拿掉瑟蕾絲小妹的項圈。我明知道會變成這樣，還是做出那樣的決定。讓我做出補償吧。」

「補償？你能殺掉暗中活躍的術師嗎？」

「對，我能殺掉。」

就算只聽聲音，也可以察覺到氣氛改變了。我在水中一邊受到潔絲的胸部推擠，同時屏息傾聽他們的對話。

「說出方法。」

「就是破滅之矛。我願意交出破滅之矛，所以請你放過諾特小弟他們吧。」

馬奎斯停頓了一下，像是在思考。

「把破滅之矛拿走的人，原來是你嗎？」

馬奎斯的發言讓我感到疑惑。那怎麼可能——不過，這裡還是交給荷堤斯處理吧。

「沒錯。就算讓修拉維斯嘗試，也拿不出來對吧？那是當然的。因為我早就拿了出來，保管在其他地方啊。」

「在哪？」

「是王都裡面很安全的地方。我願意交出破滅之矛，所以請你對這次的事網開一面吧。如果就算這樣你還是不滿意，那就由我來承擔所有懲罰。如何？你沒有損失對吧。」

「你先說出到底在哪裡。」

荷堤斯暫時沒有回答馬奎斯冷酷的聲音。

「在哪裡？我叫你說出隱藏地點。」

「……這我辦不到。」

馬奎斯的氣勢讓人感覺連海洋都在避免發出海浪聲。

「為什麼？」

「因為我施加了魔法，只有我才能拿出來。只要大哥赦免諾特小弟，我一定會親手將破滅之矛確實地送到大哥手上。」

中間停頓了一會兒，然後馬奎斯緩緩說道：

「那就來交換吧。你在今天正午之前，把破滅之矛帶到金之聖堂來。那樣我就會讓這個劍士活著回去。要是你來不及，我就處死這傢伙。」

我跟潔絲靠修拉維斯的魔法被拉上棧橋。馬奎斯帶走暗中活躍的術師與諾特，其他人也徒步回到船那邊。這個地方只有我們三人。

我晃動身體甩掉海水。潔絲也將頭髮擰乾。

「真是場災難啊，家父脾氣暴躁，實在非常抱歉。」

修拉維斯的臉頰稍微染紅。他一邊從我們身上移開視線，一邊這麼說道。

我心想這是何故而看向潔絲，只見被海水弄濕的衣服緊密地貼在潔絲的身體上，她含蓄的身體曲線一覽無遺。

「啊……」

潔絲害羞地用手臂遮住胸部，但是白費功夫。變成半透明的白色上衣的布料沐浴著朝陽而閃耀發亮，在各處露出潔絲的膚色。裙子讓從腰部到大腿的曲線更加醒目，尤其是臀部的——

「你總是這麼無憂無慮，真好啊。」

修拉維斯依舊看著船隻那邊，感到傻眼似的說道。

「回船上開作戰會議吧。叔父大人接下來要前往王都。他似乎想借用你們的力量。」

他這麼說，然後先行離開了。潔絲也開始走向船那邊，我連忙追了上去。

我決定當作沒看到在潔絲左手的袖子裡，平常被遮起來的前臂上那塊看來透明的淡綠色布料。

荷堤斯與伊茲涅與約書、瑟蕾絲與黑豬，還有奴莉絲與山豬在船長室裡等著我們。一看到我們到達，荷堤斯便露出微笑，張開手臂。

「家兄失禮了。海水這麼黏，感覺一定很不舒服吧。」

寒冷從體表消失，可以知道是他用魔法除去了海水。潔絲的衣服也恢復原狀。真可惜。

「唔喔，真抱歉啊，處男小弟比較喜歡透明的衣服嗎？」

我對咧嘴笑的荷堤斯正經地搖了搖頭。

（都這種時候了，你在說什麼啊？我才沒有那麼變態喔。）

潔絲與修拉維斯用冷淡的視線看向我。

（先別提這些，你真的沒問題吧。）

我這麼傳達，於是荷堤斯來到我們這邊，關上船長室的門。

「是關於破滅之矛的事吧。」

伊茲涅依舊雙手環胸，看向荷堤斯。

「你那番話該不會是虛張聲勢吧？」

「不，破滅之矛在我的手中。這點是真的。」

真的是那樣嗎？我詢問之前就感到在意的事情。

（可是荷堤斯先生，既然這樣，你為什麼會想特地使用契約之楔呢？）

荷堤斯沒有回答。

（如果有破滅之矛，應該沒有必要特地去尋找契約之楔吧。只要拿破滅之矛當交涉的材料，用破滅之矛殺掉暗中活躍的術師就行了。）

約書也一臉懷疑地看著荷堤斯。

「確實是那樣沒錯。說明一下吧。這邊可是關係到同伴的人頭耶。」

看來相當疲憊的荷堤斯手扶著額頭。

「有很多原因，是非常複雜的原因。我知道獲得破滅之矛的方法。我的確知道，但為此必須進入王都，按照幾個步驟去做才行。根據情況，可能也需要跟大哥交涉。」

伊茲涅看來有些焦躁地詢問：

「那個混帳傢伙真的會答應交涉什麼的？就算交出破滅之矛，能保證諾特一定會得救嗎？」

「當然了。別看他那樣，其實是個好好溝通就能理解的傢伙。他以前真的是個認真且優秀的男人。」

修拉維斯面無表情地看著荷堤斯。

「大哥他變了。無論什麼事都能強硬解決的強力魔法，還有身為王子的繁重政務讓大哥徹底變奇怪了。他只顧著思考如何迅速地解除問題，喪失了人類的心靈。但他並非變得不理性。只要這邊提出更理想的解決方法，大哥一定會答應的。」

荷堤斯看向這邊。

「由我跟修拉維斯去進行交涉。潔絲和處男小弟也願意一起來嗎？」

「當然願意，我要去！」

潔絲率先這麼回答，聽到她這番話，我也點了點頭。

「先等一下，我們呢？」

這麼插嘴的是約書。他看似不滿地雙手環胸，在黑色瀏海底下蹙起眉頭。

「姊姊跟我有責任要保護首領。只要有王子的許可，就能進入王朝對吧。你應該不會打算把我們丟在這裡吧，荷堤斯？」

「你的大哥可是說要殺掉諾特。我們也要一起去。」

荷堤斯看向兩人那邊，發出沉吟。

「這樣啊……也是，不能把你們丟在這裡呢。」

「那個，如果兩位要去，我也……」

瑟蕾絲上前一步。

「假如諾特先生受傷了，就由我來治癒。只要有薩農先生在，或許也能跟大家分頭行動，幫上一些忙。拜託了。請讓我也一起去。」

荷堤斯點頭同意。

「說得也是，瑟蕾絲小妹也可以來。薩農小弟也是。那麼莉堤絲——不，奴莉絲小妹，妳跟兼人小弟要怎麼做？」

「不行。」

伊茲涅立刻這麼說道。

「我不想讓莉堤——讓奴莉絲暴露在危險中。要是太多人也不方便行動吧。這邊有我們跟瑟蕾絲就足夠了。」

奴莉絲點了點頭。

「我也不覺得自己能幫上什麼忙……我就在這裡等著吧。」

——那麼我也在這邊陪伴奴莉絲。

兼人用山豬的黑色小眼睛看向荷堤斯。

「好，我知道了。那麼除了奴莉絲小妹跟兼人小弟以外，我們趕緊前往王都吧。去拯救諾特小弟。」

在荷堤斯的帶領下，我們一行人搭上用來登陸送行島的小型艇。據說他會用魔法讓小型艇加速前進，駛向王都。

他讓我們搭乘上去後，小型艇緩緩地飄浮到半空中。然後慢慢地朝前方加速，最後用彷彿水上摩托車一般的氣勢開始在樹林正上方飛行起來。

「很抱歉無法告訴你們計畫的全貌。在王都不曉得會發生什麼事。潔絲跟處男小弟，要靠你們了。」

荷堤斯讓長髮隨著早晨冰冷的風飛揚，同時這麼對我們說道。

「靠我們……嗎？」

荷堤斯點頭肯定潔絲似乎有些不安的低喃。

「破滅之矛無論如何都必須私下偷偷拿出來才行，為此必須要有沒被大哥盯上的你們協助。諾特小弟的性命可以說就看你們的表現也不為過。」

潔絲緊張地嚥了嚥口水。

不過事關重大。暫且不提潔絲，我這種豬能夠辦到什麼呢？

「你想想看吧。」

是看了我的內心獨白嗎？荷堤斯注視著我這邊。

「假如我不是狗的模樣，你覺得我能夠成為諾特小弟的搭檔嗎？」

正當我心想這是在說什麼時，荷堤斯左右搖了搖頭。

「不，答案是否定的。」

他停頓一下後，接著說道：

「處男小弟**因為是豬**才能進入王朝。薩農小弟也**因為是豬**才受到解放軍幹部重用。兼人小弟也是，**因為是山豬模樣**，才沒有被暗中活躍的術師殺掉。正因為我們一直受到輕視，才會像這樣見證到重要的場面。請你記得這一點。在真正意義上改變歷史的，是根本不被歷史關心的人們。」

小型艇在針之森暫且降落到地上，在圍住王都的陡峭懸崖的稍微前方停止了。

「從這裡開始要徒步移動。」

修拉維斯將手比向懸崖，於是岩石嘩啦嘩啦地崩落，前往王都的入口打開了。令人懷念的光景讓我不禁與潔絲互相對望。

「讓人回想起那一晚的事情呢。」

看到潔絲這麼對我微笑，我想起她幫我洗身體時的事情。

——為了不對國王失禮，我會好好洗乾淨的。這段期間，您不可以移開視線喔。

「不……不是的！我不是說那件事……！」

潔絲滿臉通紅。

（抱歉，不小心就……）

潔絲說的當然是瀕死的我們一起開拓通往王都的道路，跟現在一樣穿過這個懸崖時的事情。那時我以為可以跟潔絲一起獲得幸福。進入王都是為了讓我們可以得救，獲得幸福。但這次不同。我們是為了拯救諾特、為了讓他們幸福而進入王都。

我們爬上被岩石包圍的昏暗階梯。約書跟伊茲涅都一言不發且面無表情。瑟蕾絲一臉擔心地東張西望，環顧著四周，跟黑豬一起走在我和潔絲的後面。

帶頭前進的荷堤斯像在慎選用詞似的開口說道：

「接下來要前往金之聖堂。我會跟大哥對話。請解放軍的各位在旁觀看著。修拉維斯跟我一起行動。然後請處男小弟——」

荷堤斯用意味深遠的視線看向這邊，接著說道：

「**絕對不要離開潔絲身邊，去做自己認為正確的事情。**」

這話是什麼意思？連這種時候都要玩解謎遊戲嗎？

不過，我待在這裡就是為了動腦。這種程度的事情我就接受挑戰吧。

（我明白了。是有什麼理由才這麼拜託我的對吧。）

「……當然了。請用你的智慧解開梅斯特利亞王家最大的祕密。雖然過意不去，但我沒有資格述說那件事。」

梅斯特利亞王家最大的祕密……？

荷堤斯似乎不打算再多說，他不停地往前進。

爬上王都內部的道路宛如螞蟻窩一般複雜。我們一邊沿著彎彎曲曲的地下道往上爬，偶爾從小窗戶眺望外面，在好幾個神祕的空間中通過古老的門扉前，最後到達了金之聖堂前面。

天空籠罩著如同字面意義一般的烏雲，雷聲轟隆作響且伴隨著閃電。雖然沒有下雨，但有冰冷的風吹過，感覺無論何時變成暴風雨都不奇怪。

以黑色石材為基調的巨大聖堂。到處施加著細緻的金色裝飾，顯示出這裡是非比尋常的場所。歷代國王們長眠於這棟建築物裡，重大的面會和祭祀也會在這裡進行。伊維斯也是在這個場所親手送我回現代日本的。

沉重的青銅門扉緊緊地關閉著。荷堤斯輕輕地用手制止我們後，緩緩地打開了門扉。

正面有個大型金之寶座擺放在幾何學圖案的地板上。馬奎斯坐在那裡等著。他充滿威嚴的服裝十分整齊。

「還真早啊，距離正午還有三時刻。」

荷堤斯推了推潔絲的背後，讓她先進入聖堂。我也跟在潔絲後面。聖堂內的空氣堅硬且冰冷。

在馬奎斯的旁邊，可以看到諾特正坐在地板上。雖然雙劍依舊配戴在腰部，但手腳被綁了起來。諾特毫無感情地看向這邊。

荷堤斯與修拉維斯踏進聖堂，解放軍的成員也從他們身後跟著進入。

「好啦，破滅之矛在哪裡？」

荷堤斯用難以捉摸的態度回應馬奎斯的問題。

「暗中活躍的術師怎麼了？應該有好好地關在安全的地方吧？」

馬奎斯焦躁地用鞋子前端敲著地板。

「監禁在地下深處，不容任何人侵入的房間裡。回答我的問題。破滅之矛怎麼了？」

「還不會交給你。等事情談妥再說。」

暴君的身體因憤怒而膨脹起來。

「談妥？根本沒有商談的餘地。快把矛交出來。否則我就殺掉這個反叛者。」

諾特的身體猛烈地吊到半空中，他被綁住的雙手雙腳往下垂落。

瑟蕾絲本想上前一步，但還是打消了念頭。

「拜託冷靜一點，大哥。這裡只有秉持相同志向的人。我想跟你好好談談。距離正午還有時間。先到外面透透氣吧。讓頭腦冷靜下來，別感情用事。」

可以聽見彷彿射出了弓箭似的咂嘴聲。

「到外面？別給我找麻煩。無論如何都想談的話，就在這裡說。」

諾特依舊被掛在半空中，咬牙忍耐著。

「到外面談吧。就我們跟修拉維斯，呼吸一下外面的空氣，好好談談吧。」

為何荷提斯這麼堅持要到外面去？是有什麼不想讓我們聽見的事情嗎？

……就在我這麼心想的時候。

閃電在外面發光的同時，伊茲涅拔出背著的大斧，用力一揮。

那是十分流暢，沒有任何迷惘的一瞬間的動作。

就彷彿閃電進入聖堂內一般，雷擊劃破了空間。我立刻閉上眼睛。我確實聽見了像是笛聲的微弱聲音混在轟隆聲裡響起。很耳熟的聲響。是約書的箭聲。

當我睜開眼睛時，只見約書重新架起了十字弓，對準馬奎斯的顏面。

在最初的一擊高高跳躍起來的伊茲涅，緊接著又一揮大斧，將斧頭朝馬奎斯的頭頂上揮下去。似乎靠約書最初那一箭切斷了手上繩子的諾特拔出雙劍，靠火焰衝擊波的反作用力讓身體滑向馬奎斯的腳邊。箭從約書的十字弓上被射出。

這是瞬間發生的事，快到彷彿連闔上的眼皮都來不及完全睜開一般，除了突然動起來的三人以外，甚至沒有人能及時伸手阻攔。

劃破空氣的聲響。強烈的雷擊。往上竄起的火焰。所有殺意——藉由耶穌瑪的骨頭被變換成魔法的巨大憎恨集合體，都瞄準了寶座攻擊。

就算是最強的魔法使，也無法在這種攻擊中倖存下來吧。就在我這麼心想時，三人的攻擊早已經結束了。

徹頭徹尾地結束了。

「我應該說過。我會不由分說地殺掉反抗我的人。」

箭被折彎掉落在地板上，大斧的利刃龜裂並缺角，雙劍的刀身從根部彎曲起來。馬奎斯毫髮無傷地坐著。就彷彿擁有鋼鐵皮膚一般。

「大哥！」

荷堤斯的吶喊沒起作用，震耳欲聾的爆炸聲響徹周圍。差點被衝擊波吹飛出去的我跟潔絲趴倒在地板上。

靜謐的大聖堂在一瞬間被沙塵籠罩，開始傳來風吹過的聲響。

（潔絲，妳沒事吧？）

「我不要緊，豬先生呢……」

身上沾滿灰塵的我們看了看彼此。兩邊都沒有受傷。

「大家不要緊嗎……」

（總之先去看看情況吧。）

灰塵被風吹散後，令人震驚的光景在眼前展開。

我們走進來的正面牆壁完全被炸飛了。無論是沉甸甸的砌石、厚重的門扉還是華麗的彩繪玻璃都不見蹤影，只能看見開始下起雨的陰暗天空。

馬奎斯緩緩地走在被挖開而露出岩盤的地面上。

傳來嗯鼽的聲音，我看向旁邊。瑟蕾絲與黑豬跟我們一樣沾滿灰塵。

——十分抱歉。明明應該能預測到那些孩子們會做出這種行為的。

黑豬打從心底感到懊悔的模樣，瑟蕾絲在他旁邊扭曲了表情。

「諾特先生他……諾特先生他……」

（並不是看到了屍體對吧。振作一點。）

我向瑟蕾絲這麼傳達後，看向黑豬。

（總之，先去看看情況吧。）

我們跨越瓦礫好不容易離開聖堂後，在原本是廣場的地方，冰冷的雨水正準備淋濕剛被挖開的乾燥地面。一點灰塵都沒有沾到的馬奎斯俯視著距離那裡約十公尺底下的廣場。荷堤斯站在廣場上。修拉維斯在他身後，擋在遍體鱗傷的三人前面保護他們。

「諾特先生！」

瑟蕾絲很開心似的出聲這麼喊道時，靜靜地勃然大怒的國王也嚴肅地邁步向前進。

「你要包庇反抗父親的罪人嗎？修拉維斯。」

馬奎斯這麼威懾，那聲音宛如響徹雲霄的雷鳴一般。

「無論是偉大的國王還是敬愛的父親，我都不會支持錯誤的判斷。」

這一板一眼的認真回覆讓國王的太陽穴抽動了一下，馬奎斯將右手伸向修拉維斯。

荷堤斯立刻張開手，於是修拉維斯的脖子前發生白色光芒，然後立刻消失了。是荷堤斯加以干涉，防止了企圖勒住脖子的魔法。

「別遷怒兒子，大哥。維絲會傷心的喔。」

「什麼兒子？反叛者們可是愚蠢地企圖謀殺國王的罪人。包括你在內，包庇罪人者都不可饒恕。」

馬奎斯的周圍出現好幾個散發強烈光芒的球，簡直就像雷神的太鼓一般。

「快逃！」

荷堤斯尖聲大叫。在他身後，修拉維斯一邊保護三人，一邊從廣場退避到其他地方。相反地荷堤斯則是朝怒不可遏的兄長敏銳地跳躍過去。

與此同時，馬奎斯射出光球。荷堤斯揮動左手對應，於是有好幾個巨大金屬塊湧現在空中。光之子彈衝撞上金屬塊，全數消滅了。

「好久沒有兄弟打架了啊，拜託手下留情了。」

馬奎斯用讓人頭暈目眩的烈焰回應荷堤斯的玩笑話。荷堤斯用水面紗包覆身體來承受住。我們差點被波及，連忙退避到聖堂的瓦礫陰影處。

（跟修拉維斯他們會合吧。總之先讓那三人逃走。）

我這麼向潔絲與瑟蕾絲與薩農傳達。

我們穿過聖堂旁邊的墳場，走下狹窄的階梯，前往修拉維斯他們消失那邊。在有一個水已經乾涸的噴水池的圓形小廣場上，四人正繞到屋簷下躲雨。修拉維斯扶著諾特的肩膀，約書扶著姊姊的肩膀。解放軍的三人似乎被某種魔法保住了一命，但看來還是正面遭受到衝擊波，全身到處流著鮮血。

「諾特先生！」

瑟蕾絲一溜煙地飛奔到諾特身邊，毫不在乎其他人眼光地抱住諾特的胸口。

修拉維斯看似尷尬地離開諾特身邊。我們也追上瑟蕾絲。

（你們還好嗎？）

解放軍的三人沒有回答。黑豬相當火大似的哼響鼻子。

──你們做了傻事呢。唯獨這次不能說那個蠻橫的國王有錯喔。企圖奪走別人性命者，必須做好自己會遭到反殺的覺悟。這次的政變實在過於幼稚且魯莽。

諾特凶狠地瞪著黑豬。

「我早就做好捨棄性命的覺悟了。薩農也知道的吧。只要那個國王還在，就不會有耶穌瑪可以獲得幸福的未來。被奪走重要之人的我們不賭上性命的話，要由誰來賭上性命啊？」

「諾特先生，不可以，我不要你死掉……」

諾特推開肩膀，讓緊抓著他的瑟蕾絲身體緩緩地遠離自己。

「不好意思。這就是我的生存方式。」

諾特對瑟蕾絲露出微笑，接著說道：

「假如還有另一個人生，我很想陪伴在瑟蕾絲身旁。」

諾特的傷已經完全治好了。諾特有些客氣地稍微撫摸了一下治癒自己的可憐少女的頭。然後他拔出沒有折斷的那把劍，在雨中邁出步伐。

閃光與爆炸聲就在附近炸裂開來。彷彿隨時會前來這邊。

修拉維斯冷靜地拍了拍諾特的肩膀。

「等等，諾特。現在只能等事態平息下來。如果不是拿破滅之矛，根本無法阻止臨戰狀態的父親大人。總之現在先逃跑吧。對這點沒有異議吧。」

就在他這麼說的期間，似乎是荷堤斯沒擋住的籃球大的火球從頭頂上掉落下來，直接命中廣場中央的噴水池。石頭雕刻像是假的一樣被粉碎。

諾特絲毫沒有動搖，用袖子防禦住臉部。

「王子大人說得沒錯。暫且離開這裡吧。」

我們在雨中沿著狹窄的小巷移動，尋找躲藏的場所。修拉維斯代替本身也有受傷的約書支扶住伊茲涅的肩膀。

「你為什麼對我們這麼溫柔？我明明企圖殺掉你的父親。莫非是別有用心？」

修拉維斯慎重地扭動伊茲涅豐滿的胸部頂到的側腹，錯開位置。

「怎麼可能別有用心啊？我說過了吧。我是認真地在盼望能跟像你們一樣有著自由想法的人們一起把這個梅斯特利亞變得更好。」

「要是能變好就好了呢。」

約書一邊按住出血的手臂，一邊這麼低喃。聽起來也像是在暗示「不過大概不可能吧」。

我跟潔絲負責殿後，一邊警戒著後方，一邊沿著修拉維斯選的道路前進。王都建造在陡峭的斜坡上。是彷彿石造迷宮般的城市。根本摸不清正朝著哪裡前進。

跟瑟蕾絲並肩走著的黑豬轉頭看向這邊。

——蘿莉波先生，為了交涉需要破滅之矛。你知道荷堤斯先生說的「梅斯特利亞王家最大的祕密」是指什麼了嗎？

我搖了搖頭。

（不，毫無頭緒……但聽起來像是那個人要我跟潔絲拿到破滅之矛……）

——嗯，在我聽來也像是那樣呢。

我抬頭仰望潔絲，但潔絲看來也摸不著頭緒的樣子。

「假如已經不在拜提絲大人的棺材裡，那矛會藏在哪裡呢？」

我感到疑問。

——有很多原因。是非常複雜的原因。我知道獲得破滅之矛的方法。我的確知道，但為此必須進入王都，按照幾個步驟去做才行。

荷堤斯說他知道獲得矛的方法，卻沒有向我們揭露，但又想拜託我們拿到矛。這究竟是怎麼一回事？王家最大的祕密會怎麼跟這件事相關？

就現狀來看，要打破這種最糟糕的狀況，感覺只能把破滅之矛送到馬奎斯手上，盼望他能因此息怒。梅斯特利亞的將來說不定就看我這隻豬的小腦袋如何表現了。

（假設——）

我向潔絲傳達。

（假設破滅之矛還在金之聖堂裡的話呢？荷堤斯知道拿出矛的方法。但金之聖堂裡有馬奎斯在。所以他才想先把馬奎斯引誘到聖堂外面，然後趁機拿出矛。這樣就能解釋荷堤斯剛才的行動。）

「可是，就算馬奎斯大人在，只要當場拿出來不就好了嗎？為何非得偷偷拿出來才行呢？」

表示這一點跟王家最大的祕密相關嗎？

就在我動腦思考時，我察覺到黑豬像在試探似的看著這邊。

（怎麼了？）

我這麼詢問，於是黑豬拍動了一下耳朵。

——請你們努力獲得矛。因為那就是邁向和平的唯一道路。

從不遠處傳來驚人的崩壞聲響。似乎是王都的一部分發生塌陷了。在微暗的天空底下，白色塵土裊裊升起。

「叔父大人……」

修拉維斯一臉擔心地轉過頭看，這時前方有個女性的聲音呼喚他。

「修拉維斯！究竟是發生什麼事情？」

是維絲。一看之下，就在附近有一座氣派的白色宮殿——維絲的書齋所在的建築物映入眼簾。修拉維斯是去向母親求助。

「母親大人……父親大人勃然大怒，正在跟叔父大人戰鬥。實在不是旁人能插手的戰鬥。我在想是否有什麼辦法能平息這種狀況……」

維絲碎步穿過白色石板廣場，跑到我們身邊。

「這些孩子是？」

維絲的雙眼看向破爛的衣服被雨水淋濕的解放軍三人組。

「他們激怒了父親大人，正遭到追殺。能將他們藏匿在安全的地方嗎？」

維絲思考一陣子後，點了點頭。

「真沒辦法。這座宮殿後面有個很大的洞穴。是在拜提絲大人的時代被打造出來的，受到強大的魔法守護。暫時應該很安全吧。請你們到那裡避難。」

維絲的手指示著通往宮殿旁邊的道路。

「不好意思啊。」

諾特這麼說，解放軍的成員朝那邊走了過去。瑟蕾絲與薩農也跟了上去。

宮殿前只剩下維絲和修拉維斯，還有潔絲跟我。

維絲毫不在乎被雨淋濕，用疲憊的眼神看向我們。

「解放軍與王朝的同盟決裂了嗎？」

「十分抱歉，母親大人，都怪我能力不足……」

修拉維斯讓捲曲的頭髮滴著水，用悲慘的表情這麼說了。

「不，你跟豬先生都很努力了喔。光是能引起這麼大的風波，也相當了不起了。接下來就想想如何和平地讓事情平息下來吧。」

正好就在維絲這麼說的時候，那時機彷彿在開玩笑一般，有什麼東西墜落到廣場的石板地面上。那是穿著白色長袍的中年人。是荷堤斯。

那氣勢猛烈到倘若是一般人，應該已經變成了章魚仙貝，但荷堤斯感覺像是從床上掉下來一樣，看來有些痛似的準備爬起身。但有無數黑色手臂從白色石板中冒了出來，將荷堤斯的手腳按在地面上。黑色的手也纏上荷堤斯的脖子，開始勒住他。

馬奎斯緩緩地從天空降下。

「好啦好啦。兄弟打架也已經結束了嗎？你果然很弱啊。」

在地面呈現大字形的荷提斯被無數黑手束縛著。

「這可難說。就算不動手，我也還能使用魔法喔。」

馬奎斯一臉厭煩似的將手比向宮殿。只見金屬環撞破窗戶玻璃，從裡面飛了過來。是耶穌瑪的項圈。馬奎斯將手比向弟弟，於是項圈彷彿發現飼料的鯊魚一般，喀嚓一聲地圍住荷提斯的脖子。

馬奎斯走到弟弟身旁，狠狠地踩踏他的胸口。項圈發出白色光輝，荷提斯吐出摻雜鮮血的唾液。

「這下你就無法使用魔法了吧。」

馬奎斯就那樣踩著弟弟，將臉面向兒子。

「看到沒，修拉維斯。你接下來想反抗我也無所謂，但最後也會是這種下場。」

是因為無法使用魔法了嗎？荷提斯的脖子被勒緊，看似痛苦地讓嘴巴一張一合。修拉維斯很不甘心似的將手搭在膝蓋上。維絲看來也害怕得發不出聲音。

「罪人在哪裡？從實招來，修拉維斯。」

修拉維斯保持沉默，於是馬奎斯冷酷的雙眼看向我跟潔絲。就在我心想萬事俱休時，響起了一個沙啞的聲音。

「……搜。」

是被勒住脖子的荷堤斯發出不成聲的聲音。荷堤斯的聲音在腦內響起。

——聽我說。拜託你，大哥。

馬奎斯將視線往下看向腳邊。

「快說。」

——……請你不要奪走……那些孩子的性命。那些孩子重要的朋友……還有戀人被王朝殺害了。他們是因為怨恨才會像那樣做出愚昧的行為……只要大哥打從心底賠罪，現在願意赦免他們的話……所有事情應該都能圓滿收場。

馬奎斯看來完全無法理解的樣子，他蹙起眉頭。

「真是愚蠢。為何我非得道歉不可？要賠罪求饒的是那些傢伙，還有你，荷堤斯。」

他冷酷的聲音讓我看向荷堤斯逐漸充血的臉。馬奎斯是認真地想殺掉弟弟。修拉維斯不停顫抖，看來什麼也辦不到。

——要殺掉我也無妨。但請你……原諒他們吧。

馬奎斯感到疑惑。

「為何你要這樣包庇身分低賤的庶民。為何你這麼重視那個劍士？」

荷堤斯用他充血的紅眼睛確實地瞄了這邊一眼。

——因為他是曾深愛我死去女兒的男人。

感覺時間像是停止了一樣。所有謎題在一瞬間逐漸解開。

按住荷堤斯的黑手都彷彿融化似的消失了。

「你……生了孩子嗎……？」

馬奎斯對弟弟發出的聲音，比起憤怒，顯現出更多驚訝之情。

「神的系譜不得有分家。你應該很清楚光是這件事，你就罪該萬死。」

可以感受到空氣還有地面因可怕的憤怒開始震動起來。

（潔絲，我們走吧。）

潔絲看來還沒有整理好思緒，我急忙向她傳達：

（我們離開這裡吧。）

潔絲點了點頭，我們奔跑起來，幾乎就在同時，維絲與修拉維斯試圖阻止想親手裸絞荷堤斯的馬奎斯。

幸運的是馬奎斯對這邊不感興趣，我們跑下石頭階梯，成功地開始回到先前過來的道路。

「豬先生，要去哪裡？」

我一邊跑到豬蹄差點滑倒，同時看向淋成落湯雞的潔絲。

（這還用說嘛。當然是金之聖堂。我們要趕緊去拿破滅之矛。）

「可是，要怎麼做……」

實在過於突然且令人難以接受的真相，讓潔絲也陷入混亂了吧。

我稍微慎選用詞後，告訴她梅斯特利亞王家最大的祕密。

（**荷提斯是潔絲的父親**。潔絲是那個男人的私生女喔。）

潔絲目瞪口呆，什麼也沒說。

答案簡單明瞭。到了現在，甚至覺得所有謎題都是起因於這個祕密。

（妳聽到剛才荷提斯說的話了吧。諾特的心上人伊絲是荷提斯的女兒。馬奎斯燒掉修道院害他女兒伊絲死掉，還失去了得知這件事的妻子，於是荷提斯捨棄了王朝。然後他變化成狗，五年來一直待在諾特身旁。寫在潔絲母親墓碑上的丈夫名字是荷提斯的化名。）

「咦……可是，那樣子……」

潔絲將手貼在胸前，看向我這邊。

（破滅之矛還封印在拜提絲的棺材裡。只是修拉維斯無法解開那封印而已。為什麼？理由很簡單。因為修拉維斯不是流著王朝之祖拜提絲血脈的最年少者。**王朝的正統繼承人是潔絲啊**。）

甚至讓伊維斯說出「可能會成為繼拜提絲大人之後最偉大的魔法使」這樣的話，無自覺的魔法資質。甚至凌駕王子的脫魔法速度。而且最重要的是，甚至能扭曲世界的原理，把眼鏡阿宅從異界拉過來的祈禱之力。

這一切都是也被稱為神之血的拜提絲血脈所賜。

「我身上流著王家的血脈……」

我邊跑邊說明。

（荷提斯並不想揭露這個真相。因為他被禁止有子嗣啊。王朝也可能會為了摧毀有分家出現的可能性，動手殺掉潔絲。所以他才去拿契約之楔，而不是可能會被發現潔絲流著王家血脈的破滅之矛。）

「可是……太奇怪了。荷堤斯先生他，那個……還會嗅我的腳什麼的……一般來說應該不會對親生女兒做這種……」

這就是那男人聰明的地方。

（荷堤斯只是在扮演那種小丑而已。**一般人不會想到居然有父親會嗅親生女兒的赤腳，還感到興奮對吧**。那傢伙是反過來利用這點，才不斷狂嗅潔絲的赤腳。這一切都在他的計算之中。）

陷入混亂的潔絲眼睛團團轉，開口說道：

「呃，那麼豬先生該不會……是我的哥哥……？」

（不，我單純只是因為潔絲的赤腳感到興奮罷了。）

「啊，就是說呢……我放心了。」

不能因為這樣感到放心吧……

（荷堤斯的劇本應該是希望我可以察覺到潔絲的祕密，等他把馬奎斯從金之聖堂帶出去後，由潔絲來拿出破滅之矛吧。實際上，假如沒有那三人的暗殺計畫，我應該也會在跟潔絲一起被留在聖堂裡時察覺到荷堤斯的意圖。）

「所以接下來要去重新執行荷堤斯先生那樣的劇本對吧。」

（沒錯。我們要獲得破滅之矛，來補償用掉契約之楔這件事，讓所有事情和平地解決。馬奎斯找回可以殺掉暗中活躍的術師的手段，冷靜下來之後，也不會一直想要殺掉親生弟弟了吧。）

「好的！」

我跟潔絲一起奔馳過雨中的王都。風雨冰冷，但豬心激昂，豬肝被沸騰的熱血煮熟。我們要兩人一起拯救這個國家。

我們到達崩壞的金之聖堂。我跟潔絲從變得像是隕石坑一樣的廣場踏進張著大口的聖堂。位於正面深處的是祭祀著拜提絲的祭壇。最下面有具大型石棺。我們在大理石上讓腳用滑的前往那邊。

我們到達祭壇，潔絲一邊調整呼吸，一邊看向拜提絲的雕像。將左手貼在胸前，筆直地高舉右手的女性雕像。雖然是至今見過好幾次的身影，但現在看起來截然不同。

這是潔絲並沒有多久遠的祖先身影。

（記得是一邊祈求想獲得破滅之矛，一邊碰觸這石棺的蓋子對吧。）

「是那樣沒錯呢，動作得快點才行。」

潔絲對著雕像深深一鞠躬後，深呼吸了一次，然後碰觸石棺的蓋子。

嘎吱——發出蓋子震動的聲響。嘎吱、嘎吱、嘎吱嘎吱嘎吱——震動的聲響持續不斷，然後那股振動突然停止了。雖然沒有聲響，但施加著華麗裝飾的黑色棒狀武器用很適合「滑溜溜」這個詞的流暢動作從石棺蓋子的表面湧現出來。

是破滅之矛。

潔絲慎重地拿被放在蓋子上的那東西。在黑底上用金銀裝飾的握柄。捲曲成螺旋狀的複雜前端部分。在中心牢牢地嵌著跟契約之楔很類似——應該說看起來就像契約之楔本身的透明三角錐結晶。就彷彿在螺旋狀的花蕾中隱藏著透明的雌蕊一般。

「這裡面的東西是……契約之楔？」

潔絲拿起破滅之矛，感到疑惑。

（看起來是那樣呢。好像是把矛刺出去，契約之楔就會刺進對方的構造。）

「可是，為什麼……」

就在這時，可以看見有一個無依無靠的人影從聖堂正面開出的大洞跑了過來。

「潔絲小姐！混帳處男先生……救救我……」

堅強地顫抖著的聲音。是瑟蕾絲。

「瑟蕾絲小姐！怎麼了嗎？」

我跟潔絲跑向那邊。瑟蕾絲是精疲力盡了嗎？她在原地突然倒了下來。

薩農怎麼了？諾特呢？

我感覺到這是非比尋常的事態，筆直地跑向瑟蕾絲身邊。

我們飛奔靠近，潔絲抱起瑟蕾絲的肩膀。我嗅了嗅瑟蕾絲的腳。是本人。

「怎麼了嗎？瑟蕾絲小姐，振作一點……」

被雨淋濕的瑟蕾絲悲慘地顫抖著，眼眶滿是淚水。

「對不起……」

瑟蕾絲這麼說，把橡實大的金屬小東西——像是附帶螫針的胡蜂腹部般形狀的子彈**刺入潔絲的手背**。

這令人難以置信的行為讓我呆住了。

「抱歉啊。」

從背後傳來的是諾特的聲音。

諾特迅速地翻動外套，從潔絲手上搶走了破滅之矛。我在一瞬間理解了他們的意圖。他們打算把破滅之矛用來結束戰爭，而不是讓戰爭和平地平息下來。諾特打算用破滅之矛殺掉馬奎斯。

（不行啊，等等，諾特！）

我試圖猛衝來妨礙諾特，但一個黑色巨體從旁邊衝過來撞開了我。

我撞到頭，眼前冒出白色星星。

（薩農先生……？）

我一打算爬起來，黑豬便露出獠牙低吼，咬住我的脖子。

彷彿要貫穿背後的電擊讓身體顫抖起來。我從地板抬頭仰望著黑豬。

——十分抱歉，但這裡請交給我處理。畢竟政變沒有完成的話，一切都會失敗。既然阿諾他們已經採取了行動，要拯救他們就只能殺掉暴虐的國王。

薩農不等我回答便轉換方向，追在諾特後面離開了聖堂。

我鞭策麻痺的身體走向潔絲那邊。看來這麻痺不至於會殘留太久。

（潔絲，妳還好嗎？）

「……嗯，沒有問題。」

潔絲這麼說，拔出刺進手背的金屬。鮮血從她白皙的肌膚滴滴答答地流出。

（等等，在流血不是嗎？）

「我是故意讓它流出來的。我正在操作血流，避免麻醉毒發作。」

瑟蕾絲嗚嗚地抽泣著。

「對餔起，潔絲小姐……偶……」

瑟蕾絲哭著想在地板上磕頭，潔絲溫柔地抱住了她。潔絲流著鮮血的手緩緩地撫摸瑟蕾絲的頭。

「他們跟妳說不這麼做的話，諾特先生就會被殺掉對吧。如果是為了豬先生，我也會對瑟蕾絲小姐做一樣的事情。」

瑟蕾絲抱住潔絲，一邊顫抖著全身一邊嗚咽。

設計瑟蕾絲，跟她說沒有破滅之矛，諾特就會死的是誰呢？不好意思，但我不覺得諾特擅長這種詭計。是薩農。是薩農教唆瑟蕾絲，讓她幫忙從我們手上搶走破滅之矛。他背叛了我們。

既然如此，我們會在這裡陪伴瑟蕾絲也跟那隻黑豬計算的一樣嗎？

（潔絲，我們趕緊去阻止諾特吧。）

「好的。」

潔絲這麼回答並站起身，然後將肩膀借給瑟蕾絲。

「瑟蕾絲小姐也要一起來嗎？」

瑟蕾絲一邊抽泣，一邊點了點頭。

我跟潔絲回到前來時的道路，跑向宮殿。瑟蕾絲從後面追了過來。在對面發生了什麼事呢？

被雨淋濕的王都呈現灰色，四處有砌石倒塌。王都居民是在躲雨，還是察覺到緊急狀態呢？

荷堤斯被原諒了嗎？修拉維斯呢？馬奎斯在做什麼？諾特再多久會到達呢？

路上可以說完全沒有行人。

（潔絲，妳還能跑嗎？）

潔絲依舊面向前方，用單手擺出勝利姿勢。

「我能跑。豬先生呢？」

（當然了。妳以為我是誰？）

潔絲露出微笑，稍微面向這邊。

「是四眼田雞的瘦皮猴混帳處男先生呢。」

（正是如此。）

我們爬上階梯，到達宮殿前的廣場。國王馬奎斯還毫髮無傷地站著。戴著項圈的荷堤斯跪拜在地面上，像在訴說著什麼。修拉維斯與維絲從旁邊守護著他們。諾特還不在這裡。能夠防範襲擊於未然。

「修拉維斯先生！請阻止諾特先生！」

潔絲這麼大喊。修拉維斯做出反應，幾乎就在同時，諾特從跟我們不同的階梯現身了。修拉維斯用讓人聯想到肉食獸的速度跑向諾特那邊，並朝他的胸口射出銳利的電擊。

諾特的其中一把雙劍閃耀著紅色光輝，彈開了電擊。

等注意到時，已經太晚了。諾特並沒有帶著破滅之矛。是佯攻。在正好反方向的宮殿陰影處，約書正架起十字弓。原本應該放著箭的地方，歪七扭八地擺著散發黑色光芒的矛。該不會。

立刻響起啪咻的聲響，破滅之矛從十字弓上消失。是靠立斯塔的力量讓它加速到平常不可能會有的速度。

馬奎斯依舊站著。一看之下，只見破滅之矛在空中停住，咕嚕咕嚕地在水平方向不斷轉動著。

「你們以為就憑你們這種貨色的偷襲，能夠打倒梅斯特利亞最強的魔法使嗎？」

馬奎斯對著在數十公尺外的空中不斷轉動的矛伸出手。但什麼也沒有發生，矛看起來反倒像是在慢慢往前進。

「…………？」

矛一邊劈哩啪啦地散播黑色閃電，同時慢慢地開始加速。

「大哥，那是破滅之矛啊……！」

荷堤斯這麼大喊。能奪走任何生命的矛。那似乎灌注了什麼特別的魔法，它反抗馬奎斯的魔法，試圖前進的樣子。

馬奎斯跳向旁邊閃避，於是破滅之矛彷彿指南針一般轉動，將前端對準那邊。就連射出矛的約書本身也大吃一驚的樣子。矛漸漸地加速。馬奎斯放棄逃跑，與矛面對面，他扭曲著表情將雙手對準矛。

空氣振動起來，光芒在空中劈哩啪啦地產生。位於馬奎斯與矛之間的石板都迸列了。無數細長的雷彷彿受到催促似的在黑雲中四竄，不吉利的聲響不絕於耳地響徹周圍。

矛雖然一度變慢，但它再次一邊散發黑色閃電，一邊開始加速。馬奎斯的臉扭曲成至今不曾看過的模樣，可以窺見他正盡全力與在空中開始高速轉動的矛之魔法應戰。

不過，勝負顯而易見。

矛的加速並未停止，朝著馬奎斯的胸口筆直地前進。

發出「咚」的聲響，厚度少說有一公尺的巨大金屬板從地面氣勢猛烈地突起，阻擋在矛的前面。但矛輕而易舉地融化金屬板，突破了障礙。

周圍的人只能彷彿時間停止了一般，眺望著一分一秒地在逼近馬奎斯的破滅之矛。

剩下幾公尺。在空中炸裂的白色光芒與黑色閃電彷彿煙火大會的終曲一般不曾間斷。彷彿空氣將產生龜裂般的緊迫感反覆竄起，每一次都讓豬肉縮成一團。

就在所有人應該都確信矛會刺入馬奎斯胸口的那個時候。

白色的布在半空中翻動，撲進了馬奎斯的懷裡。

是荷堤斯。

他伸出肌肉發達的苗條右手，擋在兄長的胸口前。

矛刺入了荷堤斯的手臂。

瞬間，炸裂的光芒彷彿被吸進去似的收斂起來。

「荷堤斯……」

「虧你是個稀世的暴君，卻沒想到可以把親人當肉盾嗎？」

國王之弟一邊推開兄長，一邊對兄長咧嘴露齒笑。

發出咕波的聲響，荷堤斯的前臂裂成碎片。破滅之矛與他的右手一起掉落到地面上，但構成核心的部分——像是契約之楔的結晶卻不見蹤影。

「虛弱到難以想像是太古的魔法啊。什麼破滅之矛啊。」

荷堤斯看向自己的右手。三角錐的光芒割破手臂，朝著胸部的中心部位穩固地在前進。光芒通過之處的肉體變成看起來像血液也像肉片的某種黏稠物，掉落到白色的地面上。

馬奎斯從有些距離的地方看著逐漸崩壞的弟弟。他的表情宛如石頭一般僵硬。

「……為何保護了我？」

「要是大哥死掉，就沒人可以解放耶穌瑪了不是嗎？」

荷堤斯甩了甩頭搖晃項圈。在他這麼做的期間，炫目的光芒也粉碎著荷堤斯的手肘，筆直地朝心臟前進。

「你們聽好了。」

手臂遭到侵蝕，逐漸變得破爛不堪的荷堤斯抬頭挺胸地穩穩站著，一邊讓水從緊貼在臉上的長髮滴落，同時大聲地說道：

「只有一件非常重要的事情，你們絕對不能忘記。」

荷堤斯用他的眼睛一個一個地看向廣場上所有人的臉。我也確實跟他四目交接了。他的臉在笑。感覺他看向旁邊的潔絲時，四目交接的時間稍微長了一點。

「拚死去保護深愛的人吧。但不要去搶奪別人深愛的事物。」

荷堤斯將臉面向站得離他最近的馬奎斯。

「大哥，看來要道別了。」

縱然是馬奎斯，這無法預料到的事情也讓他失去平常心，他似乎只能默默地看著逐漸崩落的弟弟。炫目的光芒粉碎了荷堤斯的肩膀。骨頭迸出來，紅色鮮血弄濕荷堤斯的臉。

荷堤斯忽然像是放鬆了力量一般，露出微笑。

「我愛在這裡的所有人——從今以後也會永遠深愛。」

銳利的光芒終於到達荷堤斯的胸口，荷堤斯的全身在一瞬間便悽慘地飛濺四散。到幾秒鐘之前還在那裡的笑容，已經四處都看不到了。

只有冰冷的雨聲迴盪著，奇形怪狀的鮮血與肉塊在馬奎斯腳邊逐漸被雨水沖淡。

沒有人說任何一句話。潔絲將手放到了我的背上。她在哭。

「荷堤斯……」

馬奎斯這麼喃喃自語，他彷彿崩潰一般跪倒在地面上。

賭上性命救了兄長的弟弟殘渣——沒有意識的鮮血與骨肉沼澤在那裡蔓延開來。馬奎斯用顫抖的手想撈起那些殘渣。但他的手實在抖得太厲害，結果只是讓袖子浸泡在鮮血中。

他往後梳理整齊的頭髮被雨水打亂，衣服因為雨水和鮮血悽慘地整個濕透。已經四處不見那個暴虐的國王身影。

跪在血泊中的，是失去了願意愛自己的人，一個孤獨的軟弱男人。

某個中年人的過去

耗費一百年的時光逐漸補強的王都結構，比男人想像中還要更加牢固。

即使這個男人自稱是梅斯特利亞最靈巧的魔法使，也不可能避開國王監視來改寫情報。不僅是長女，就連次女都被帶到「地下」了。她們甚至不會獲得職務特權，將與其他王都居民的女兒一樣以耶穌瑪的身分活下去。就這樣無人知曉她們身上其實流著王家的血脈。

「你用不著道歉的。我早有覺悟。畢竟其他人也是一樣。」

男人的妻子堅毅地這麼說了。是個有著清澈褐色眼睛的美麗女性。

在王都誕生的孩子，幾乎都會在出生時就被帶離父母身邊，變成王朝的所有物。雙親能被允許的只有幫孩子命名與被迫得知孩子死亡這兩件事。

法律禁止除此之外的所有干涉，倘若違法，所有相關者都只有一死。

「畢竟是你的孩子嘛。無論是伊絲還是潔絲……她們一定能順利活下去才對。相信她們，耐心等待吧。」

「說得也是。如果是妳的女兒，肯定美麗動人，會在愛情中成長。」

在妻子流淚點頭的十一年後，第一個女兒喪命了。

藏匿她的修道院被王子給燒毀了。從那裡逃脫的女兒慘遭耶穌瑪狩獵者殺害。

而且王子是男人的兄長。

為了查明與修道院的關係，男人的妻子家遭到調查。雖然被證明了清白，也徹底隱藏住丈夫的祕密，但她還是被絕望與恐懼逼入了絕境。

假如我們的祕密穿幫，潔絲出了什麼事的話……

男人深愛的女性，在美麗的星空下從懸崖跳崖自殺了。

過於殘酷的命運連鎖，讓男人失去了自我。他變化成狗的模樣，將腳浸泡在回憶之泉中完成腳環的封印後，沒有告訴任何人，就這樣離開王都。

然後男人與命運的少年相遇了。

那個少年陪同帶著豬的少女一起踏上旅程，是那之後又過了五年後的事。

第五章 世界慢慢地在改變

荷堤斯的葬禮不只有王家的成員，身為解放軍首領的諾特也出席了。

金之聖堂被破壞它的凶手本人修復，被原色點綴的美麗夕陽從彩繪玻璃照射進來。散發著平靜香味的煙飄散在安靜的空間裡，諾特與馬奎斯雖然不到互相微笑的地步，但也一次都沒有互瞪過。

荷堤斯衝擊性的死亡對梅斯特利亞的統治造成莫大的影響。

國王馬奎斯赦免了諾特等解放軍，他們也原諒了國王，在真正的意義上實現了王朝與解放軍的同盟。修拉維斯被提拔為撮合雙方來進行改革的負責人，雖然緩慢，但開始在產生變化。

作為第一步，王朝向梅斯特利亞全國宣告了不得殺害耶穌瑪的規則。

這樣並未從根本上改革，而且要在真正的意義上廢除不講理的古老制度，我想應該還要花上一段時間。不過，光是理所當然地應該要有的規則開始存在了，肯定也是邁出了一大步。

夜晚。在豪華的晚餐會後，我和潔絲兩人獨處。已經沒有爭執。暗中活躍的術師被無力化，暫且被封印在王都的最深處。總算是可以喘一口氣了。

我們沿著火把亮起的石造走廊前進，前往潔絲的房間。

潔絲發出「呼哇啊」的聲音並伸了個懶腰，對我露出微笑。

「說不定有點吃太多了。」

雖然才發生過那種事，但她看來挺有精神的，讓我放心了。食慾旺盛是件好事。希望她照這樣健康長大。

「您說的是哪裡呢？」

潔絲看到我的內心獨白，不滿地用手遮住胸部，我連忙向她訂正。

（呃，我說的是全身喔。除非使用魔法什麼的，不然咪咪已經不會長大了吧。我沒有變態到會在這裡講關於胸部大小的事情，而且真要說的話，我覺得含蓄一點的比較……）

潔絲哼一聲地面向前方，開口說道：

「十分抱歉，但我沒有配合豬先生的喜好改變胸部大小的技術，而且也不打算學習那種下流的魔法。」

聽到潔絲冷淡地丟出這些話，豬耳朵沮喪地垂了下來。

「……可能的話，請豬先生喜歡上我最真實的胸部喔。」

潔絲悄悄地這麼補充，我不禁興奮地發出嗯齁的叫聲。

（妳可以不用勉強自己說那種像傲嬌一樣的台詞喔……）

「傲嬌……？」

（沒事，別放在心上。）

我們聊著這樣的對話，同時來到岔路。往左邊走是寢室，往右邊走是浴室。

「豬先生，要不要久違地一起洗澡呢？」

這突然的邀約讓處男語無倫次起來。

（咦咦？怎麼，那實在太，不，該怎麼說呢，妳想想……）

「那麼我會圍著浴巾，這樣就行了吧。請您一起來，混帳處男先生。」

潔絲這麼說，彎向右邊。她今天服務特別好啊。

潔絲在粉彩壁紙十分可愛的脫衣處脫掉了衣服。我為了避免不小心看到，將尾巴朝著潔絲那邊閉上眼睛，但就算這樣，還是會聽見衣服摩擦的聲響。已經可以嘍——聽到潔絲這麼說，我睜開眼睛，於是用單薄的亞麻浴巾圍住胸部以下的潔絲身影映入視野的角落。

（這是我可以看的嗎？）

我面向後方這麼詢問，於是潔絲的頭像在點頭似的動了。

「也可以目不轉睛地盯著看喔。因為我有好好圍住。」

聽到潔絲這麼說，我看向她。沒有起毛球的浴巾溫柔地沿著潔絲身體纖細的線條垂下，果然還是太刺激了。

（那浴巾就算弄濕也不要緊吧？）

我這麼確認，於是潔絲調皮地露出微笑。

「到裡面實驗看看吧。」

然後她走向浴室。我一邊努力地盡量避免去看潔絲臀部，同時跟在她後面進入溫暖的浴室。原本用藍色系磁磚裝飾的寬敞浴室裡，設置在中央的圓形大浴池源源不絕地提供著熱氣。

我悲劇的裸眼視力應該會被起霧的鏡片妨礙，視野糟糕到極點，但因為潔絲的魔法被最佳化的豬眼，能夠毫無問題地看見周圍。這可不妙。

潔絲朝我招手，我跟過去後，只見潔絲坐在小椅子上，用桶子從浴池裡裝水，然後將熱水淋在我身上。感覺好像變成涮涮鍋一樣，我放鬆下來。

「豬先生，我可以說件正經的事情嗎？」

被她美麗的褐色眼眸注視，我不禁點了點頭。

「我打算撤銷婚約。」

我保持沉默，於是潔絲再次將熱水沖向我身上，溫柔地幫我刷背上的毛。

「雖然修拉維斯先生本人並不知情，但他是我的堂兄。堂兄妹是不能結婚的。」

我反抗著刷毛的舒適感，向她傳達：

（我以前待的國家，在法律上堂兄妹也能結婚喔。堂兄妹結婚感覺也挺萌的，不是很好嗎？）

刷毛的手停了下來。

「我在講很正經的事情喔。」

潔絲用有些悲傷的眼神看向我。

「豬先生無論如何都想讓我嫁給修拉維斯先生嗎？」

我毫不迷惘地點頭。

（梅斯特利亞王家的血脈，因為是一脈相傳才有意義。雖說現在還只有我跟潔絲知道，但潔絲出生的祕密總有一天一定會穿幫。到時馬奎斯很有可能改變心意，想要疏遠潔絲。但是，只要已經結婚就安全了。）

國王之弟荷堤斯除了已故的女兒之外還有另一個孩子，就是成為王子未婚妻的潔絲——這便是王家最大的祕密。目前只有原本就知道伊絲與潔絲是姊妹關係的潔絲跟我察覺到，但是從王家的紀錄、寫在潔絲母親墓碑上的名字，還有說到底我們是怎麼拿到破滅之矛的這些謎題來推敲，真相遲早一定會暴露出來。

假如撤銷婚約，潔絲就會變成照理說不得存在的王家的分家之女。對於把流著神之血的唯一且最強的家系這種身分當成精神支柱的王家而言，潔絲是個棘手的存在吧。但只要跟本家的人結婚，就不用擔心這點了。

「雖然豬先生說只要結婚就沒問題，但我的婚姻非得是像那樣充滿心機的事情才行嗎？」

潔絲稍微有些用力地刷著我的背後。

「所謂的堂兄妹只是藉口。請您不要逃避，聽我說完。」

潔絲筆直地看著我。

「我心中只有豬先生而已。」

…………

（噯，潔絲，我是一隻豬喔。）

「我知道。」

（就算是這種模樣，妳也願意愛我嗎？）

刷子掉落到地板上，潔絲的手放到我的背上。

「當然了。」

強硬的語氣。我的意志必須堅定一點才行。

（那麼潔絲。假如我其實是女孩子的話，妳要怎麼辦？）

「咦咦咦，您是女孩子嗎……？」

潔絲試圖窺探我的腹部底下。呃，不是那樣啦。

（不是，我這是在舉例。比方說我是女人的話？比方說，假如我其實不是人類，只是跟人類一樣聰明的豬的話？其實是完全不同種族的話？就算這樣，潔絲也願意愛我嗎？）

是在想像那些情況嗎？潔絲稍微思考之後，點了點頭。

「當然了。」

她的答案如我所料。

（對吧。潔絲並不是想要跟我結婚。在與一名異性的婚姻受到重視的這種狀況下，沒有必要特地選我當結婚對象。就算沒有結婚，我們也毫無疑問地是朋友。那樣不就好了嗎？）

面對超出理想的少女，我正試圖拒絕首次收到的提議。

潔絲露出彷彿隨時會哭出來的表情，僵在原地。

（至少我並不是能跟一國的公主互相發誓終生相愛的存在。）

潔絲依舊閉口不語，淚水從她的眼尾流落下來。

（……妳可以死了這條心嗎？）

潔絲微微地，然後逐漸用力起來地搖了搖頭。

「我不要。」

（為什麼——）

「因為我不想。」

我拚命壓抑彷彿要破裂的豬心，裝出平靜的態度。

潔絲使勁地碰觸我的臉頰肉。

「豬先生……您已經不喜歡我了嗎？」

她彷彿把絕望顯露在臉上的表情，讓我忍不住否定。

（沒那回事。我現在也喜……喜番……）

我拚命鞭策抵抗的大腦，試圖傳達心意。

但潔絲看來並不相信。

「那麼，請您吻我。」

這天外飛來一筆的回應，讓我不禁反問。

（……啥？）

「如果您喜歡我，請您吻我當作證明。」

潔絲的表情十分認真。讓人沒那個心情捉弄她。

（……我知道了。妳伸出手吧。）

「吻手不能證明什麼。」

（那就臉頰吧。）

潔絲用力搖了搖頭。

「請您吻我的嘴唇。」

我暫時說不出話來。

（呃，跟豬接吻不會很奇怪嗎？）

「奇不奇怪是由我來決定……當然，如果豬先生不願意，我就不會這麼做。」

只有熱水嘩啦嘩啦的流動聲迴盪在室內。

麻煩先等一下。我是個四眼田雞的瘦皮猴混帳處男。應該說我不習慣像這樣被接近嗎，還是該說我的經驗值根本是零呢，總之希望可以先等一下。

首先眼前有個只圍著一條浴巾的美少女這種狀況本身就是特別警報級的緊急狀態。如果能被這樣的女孩奪走初吻，我當然也是求之不得。但這種行為一般應該等交往之後才會做不是嗎？不不，對方可是公主。甚至不是什麼應該照順序來的問題了吧。我這種家畜怎能跟王家的——

潔絲猛然將身體向前傾，褐色眼眸靠近到非常近的距離。被潔絲用雙手牢牢按住的頭無法逃離。

「您並不討厭對吧。」

看到她撲簌簌掉落的淚水，我只能點頭肯定。

「這是用來確認豬先生心情的儀式。結束之後請您忘記吧。」

潔絲的尊容靠近到非常誇張的距離，讓我不禁閉上雙眼。嘴唇有個Q彈柔軟的感觸。等等，真的要——我可是一隻豬喔？

就在我腦袋一片空白地僵住時，有什麼東西進入了牙齒之間。該不會——

我心想咬到她就不好了，因此張開嘴巴。於是柔軟的某個東西將我的豬舌——

「嗯……」

潔絲發出我從未聽過的聲音，讓我驚訝得睜開眼睛。可以看到潔絲在我的鼻子對面閉上雙眼。原本圍住身體的浴巾鬆開，底下冒出兩個——

（慢點慢點！等一下！）

我將身體往後退，與潔絲拉開距離。

潔絲維持那不成體統的模樣，緩緩地睜開雙眼。

「豬先生……您果然已經不喜歡我了呢。」

我無法直視眼前的光景，移開視線。

（不是……不是那樣子……只是有點過於激烈，我嚇了一跳而已。）

「咦……？」

潔絲的聲音像是忽然間沒了幹勁。我心想她真的是很天真呢。

我就這樣低頭看著鋪了磁磚的地板，以處男的方式向她說明。

（一般是不會突然就那樣把舌頭纏上來的喔……妳看太多色色的書了。）

暫時陷入了沉默。即使是在視野角落，也能看到潔絲滿臉通紅。

潔絲連忙重新圍上浴巾。

「豬……豬先生這個笨蛋！我不管你了！」

由於魔法彷彿大蛇一般從浴池往上捲起的熱水，宛如凶猛的激流沖向我的顏面，是在她這麼說完後沒多久的事情。

面紅耳赤且氣噗噗的潔絲沒跟我說太多話，就這樣回到了寢室。

潔絲關上門並熄燈後，立刻鑽入了被窩。我不曉得該如何是好，在地板上蜷縮成一團。從窗簾縫隙間可以看見星空。

在這裡甚至聽不見熱水的聲音。是個寧靜的夜晚。

「……您不過來嗎？」

傳來微弱的聲音，我豎起豬耳朵。

（咦……？）

「我在問您要不要跟我一起睡。」

那感覺很寂寞的聲音讓我站起身來。剛才的事情就按照潔絲所說的。讓它隨著水——應該說隨著一缸浴池的熱水流走吧。

我感到有些擔心，停下腳步。

（……妳不會做色色的事情吧。）

「不……不會的……！」

我放心了。

我踏上潔絲為了我放在床鋪腳邊的椅子，嘿咻一聲地爬到棉被上。潔絲空出了身旁的位置給我。

（可以嗎？）

我慎重地詢問，於是響起潔絲點頭的聲音。

「畢竟都用那麼大量的熱水洗過了，沒問題的。」

是那種問題嗎……

我客氣地鑽入潔絲身旁，將腳折起來趴下。潔絲幫我蓋上了棉被。輕飄飄的高級羽絨被十分柔軟且舒適。而且不只是從潔絲身上，枕頭和包住我的棉被也散發出金髮美少女的美妙香味，襲擊我的鼻腔。可以從潔絲所在的那邊微微地感受到體溫的溫暖。

發出窸窸窣窣的聲響，然後可以得知潔絲將手環到了我的背後。

「……我也知道這是很複雜的事情。」

潔絲一邊將另一隻手插到我的頭底下，同時像在喃喃自語似的這麼說了。

「但我覺得這個世界慢慢地在變好。都是多虧了豬先生。在跟豬先生相遇之前，我完全沒想過在自己身上，還有在梅斯特利亞會產生這樣的變化。」

（說得也是。是潔絲殷切的願望改變了這個世界。）

有什麼堅硬的東西撞上了梅花肉。是潔絲用額頭推擠著我。

「幫忙改變了這世界的是豬先生們。我從各位身上學到了這世上其實根本沒有什麼必須放棄才行的願望。」

（是嗎，太好了……這些努力沒有白費了。）

潔絲點點頭。

「所以我不會放棄的。」

潔絲的手緊緊地握住我的背脂。

（……不放棄這個梅斯特利亞嗎？）

「不對……不，當然我也不會放棄梅斯特利亞。不過……」

潔絲壓低聲音，但十分堅定地說道：

「我不會放棄的是豬先生。」

…………

「梅斯特利亞確實變和平了。我接下來要學習很多事情。一定有答案才對。一定有豬先生跟我能夠一直在一起的答案。」

（……說不定是那樣呢。）

嬌小的少女，流著偉大血統的少女將全身推向我。

「所以說豬先生，接下來我們一起思考那個答案吧。」

一開始緊緊抱著我的潔絲，到了深夜也躺成大字形睡著了。

我暫時眺望著潔絲的睡臉，然後悄悄地溜出房間。

我有一件想確認的事情。

荷堤斯為何要讓我們玩下流的解謎遊戲呢？我想到了一個假說，因此我要去驗證。

深夜的王都沒有人煙，秋天的晚風對豬來說也相當寒冷。我依靠記憶在迷宮城市裡前進，以那個場所為目標。

就是荷堤斯讓我們去取水的懸崖上的泉。

我經由盛開著無色花朵的花之廣場，前往懸崖底下。那裡應該有什麼才對。

我不至於看漏高聳的懸崖。我自由地在沉睡的街道上闊步，到達懸崖正下方。

那裡是個小小的廣場，中央建造著一名女性的雕像。將雙手貼在胸前眺望著星空的美麗女性。雖然不像其他雕像那般寫實，但小巧的鼻子讓我感覺似曾相識。

耶莉絲。

在腳邊小小地雕刻著這幾個文字。是潔絲母親的名字。果然沒錯。

推理很單純。出發點是「**為何荷堤斯要特地讓我們繞遠路去取泉水呢**」這個疑問。所謂的繞遠路，就是不會經過近路。荷堤斯總該不會是想讓我們來一場咪咪巡禮吧。那麼是為什麼？

因為他不想讓我們走近路。

要到這座懸崖上，通過位於懸崖正下方的這個廣場是最簡單的近路。但荷堤斯想避免我們經過這個場所。**因為他不希望我們發現這座耶莉絲的雕像**。

說到底，我們去取泉水是為了解開封住荷堤斯魔力的腳環的封印。那麼為什麼荷堤斯會特地選了交通不便的懸崖上的泉來解除腳環的封印呢？那是因為這座懸崖對荷堤斯而言是很重要的場所。為何？只要跟這座耶莉絲雕像放在一起思考就會明白。

這座懸崖就是耶莉絲跳崖自殺的場所。

荷堤斯在那懸崖上的泉封印自己的魔力，決心離開王都。

假如我們發現了這座雕像，說不定會注意到懸崖底下的雕像跟懸崖上的泉之間的關連。荷堤斯無論如何都想避免這種情況發生。他為了隱瞞潔絲是自己女兒這件事，才會出那種下流的謎題，讓我們繞遠路。

他之所以會嗅潔絲的腳，還有用下流的解謎唬弄我們，都是為了守住一個祕密。為了從王朝不允許旁系存在的嚴格規則中保護愛女、保護祕密的公主。

實在敵不過荷堤斯這個男人。

我們一直是被迫按照那個假裝成變態的賢者的意圖在行動。

我爬上崎嶇的階梯，以懸崖上為目標。我回想起之前跟潔絲一起爬另一邊階梯的事，忍不住想折返回頭。但我不能那麼做。

諸位。凡事都有所謂的分寸。

就如同潔絲所說的，這個梅斯特利亞確實地在變好。

北部勢力的幕後黑手，也就是暗中活躍的術師不僅遭到無力化，而且被封印住了。雖然還沒有死亡，但暫且不構成威脅了。

然後由於荷堤斯之死，王朝與解放軍和解，耶穌瑪的待遇也開始慢慢地獲得改善。等輪到潔絲和修拉維斯統治的時候，這個國家肯定會變和平。

梅斯特利亞王朝的歷史迎向了轉換期。

——你之前所在的世界與這個梅斯特利亞的羈絆，就宛如泡沫一般不穩定。那隻豬死掉的話，恐怕就沒有下次了。而且你待太久的話，兩個世界會分離開來，你就只能在這裡作為一隻豬死去。

——勇敢的年輕人啊。好好珍惜你的生命，直到關鍵時刻吧。然後在最關鍵的時刻回去吧。

我想起擁有先見之明的梅斯特利亞最偉大的魔法使伊維斯說過的話。

現在就是那個「關鍵時刻」。

離開掌握梅斯特利亞命運的公主身邊，回到原本所在處的時候到了。

與潔絲度過的日子不由分說地在腦海中浮現。

在基爾多林家的宅邸，對剛見面沒多久的潔絲說教。祭典結束後，在星星十分美麗的農場與她重逢。在暗黑林地讓潔絲坐在我背上。對把胸口借給諾特靠的潔絲感到嫉妒。在針之森拚命逃離耶穌瑪狩獵者。在王都最上層聽到潔絲告白。

與喪失記憶的潔絲重逢。潔絲在海岸洞窟讓火焰爆炸。在山城潔絲替我承擔了我遭受到的詛咒。被恢復記憶的潔絲拜託，將鑰匙插入小盒子。潔絲在實驗室表演她學到的魔法。

在圖書館一起看到了放著色色書刊的書架。躺在床上研究史書。前往誓約岩窟時，潔絲不肯跟我說話。一起發現了契約之楔。在送行島面對奧格大軍時，像開掛主角一樣收拾了牠們。在即將崩塌的金之聖堂拿到了破滅之矛。第一次接吻了。

總之是每天都非常拚命的日子，但能跟潔絲一起度過，我覺得很幸福。

我有生以來第一次接收到這麼深切的溫柔、這麼深切的愛情。

將孤獨的人從人生的黑暗中拯救出來的，其實是潔絲才對。

成為所有事情開端的生豬肝，我知道那些損友們一口也沒碰。

我也察覺到一起唸書的夥伴們是厭惡一個人榜上有名的我，想要陷害我。但是，照理說是朋友的人們突然用惡意針對我，也讓我感到絕望而變得自暴自棄。所以我才做了生吃豬肝這種傻事。

我一直感到孤獨。老實說，我甚至快要迷失自己活著的理由。

就在這時公主拯救了我。

這幾個月來，潔絲就是我的全部。為了讓給予我愛情的潔絲獲得幸福，我奮不顧身地去做所有事情。像那樣拚命地活著很快樂。

不過，那樣的生活也要在這邊結束了。

潔絲已經不是柔弱的女孩。就算沒有我她也能活下去。反倒是有我在的話，潔絲會變得無法選擇其他幸福。我並不是值得她那樣做的人類。

不，我甚至不是人類就是了。

我不能逃避，必須在原本的世界找出獲得幸福的方法才行。照這樣一直留在梅斯特利亞的話，也會給欺騙家人來協助我們轉移的冰毒添麻煩。

所有故事都有個結局。我必須回去才行。

我終於爬到階梯最上面。泉水發出感覺有些寂寞的淙淙聲響。草地十分冰冷。

諸位。凡事挑戰第三次總會成功。無論幾次我都會說。

——豬肝記得煮熟再吃。

要是有好好煮熟，我就不用知道居然有這麼美麗的世界了。

一定也不會跟那麼美好的少女邂逅。

清澈的風吹過王都。

我一隻豬站在命運的懸崖邊。故事是從潔絲的母親在這裡自盡開始的。現在我要在這裡讓那個故事劃下句點。

我盼望著這個世界能夠一直被幸福包圍，抬頭仰望夜空。

但因為淚水的緣故，完全看不見星星。

後記（第三次）

很久很久以前，在某個地方有三個處男。

一個是只管做自己想做的事情，用這種方式在生活的熱血處男。他擅長武藝，非常勇敢，廣受大家歡迎。但他沒有戀人。

另一個是默默地做自己該做的事情，用這種方式在生活的認真處男。他雖然擁有不可思議的力量，但為人謙虛，是大家另眼相看的存在。但他沒有戀人。

最後一個是努力去做自己能做的事情，用這種方式在生活，十分拚命的處男。他不擅長武藝，也沒有不可思議的力量，但正因如此，他絞盡腦汁在生活著。儘管如此，他果然也是沒有戀人。就連以前也不曾有過戀人。

這些處男彼此感情很差，總是爭吵不斷。因為想做的事情、該做的事情跟能做的事情大多不會是相同的事情。

某天，那個國家的公主被怪物給擄走了。那是非常強的怪物，屢次給國家造成困擾，而且非常可怕的妖怪。怪物把公主當成人質，要求國王把王座讓給他。國王聽說了處男們的傳聞，於是找他們三人商量。

熱血的處男這麼說了。

「都是怪物不對吧。我去把他殺掉吧。」

認真的處男有不同的意見。

「不能讓公主的性命遭到危險。首先應該拯救公主才對。」

於是拚命的處男這麼提議了。

「在這種狀況下無法殺掉可怕的怪物，也沒有辦法順利救出公主。乾脆把王座讓給怪物吧。」

在激烈的爭論後，國王決定將城堡拱手讓給怪物。於是怪物旁若無人地進入氣派的城堡，順勢宣言要把公主變成自己的妻子。

結婚典禮那晚，怪物企圖強吻不願意的公主。

就在這時候。從整棟城堡裡響起了巨大的聲響。城堡宛如積木一般崩塌，壓扁了掉以輕心的怪物。是國王他們設下了陷阱。

不過，可怕的怪物並沒有死亡。儘管受了重傷，他仍拚命翻掘瓦礫，想找出公主。擅長武藝的處男趁機砍掉了怪物的頭。

另一方面，公主平安無事。因為擁有不可思議力量的處男保護了公主不被瓦礫壓扁。就這樣公主得以回到了國王身邊。

看穿怪物的個性，擬定了這個計畫的是絞盡腦汁在生活的處男。他拚命思考能做的事情，說服了國王和其他兩個處男。

國王對這三人讚賞不已，表示要給其中一人與公主結婚的權利。

但沒有任何人試圖將公主占為己有。因為他們是處男。

「我對這女人沒興趣。去找其他人吧。」

「公主應該跟自己期望的對象結婚。她並不願意被當成獎賞對待吧。」

「個人沒有配得上公主的價值。還是算了。」

國王與公主非常欣賞這樣的處男們。三人被任命為公主的侍從，解決無數難題。

公主這麼說了。

「當三位一起朝著同一個目標前進時，才真正能達成壯舉。做自己想做之事的熱情、做自己該做之事的良心，以及做自己能做之事的理性，在三位朝同一個方向前進時，可以聽見這三者會開始演奏出非常動聽的旋律。」

怎麼可能——處男們異口同聲地否定了。

聽說之後也發生了許多事情，但多虧處男們的活躍，公主的國家暫時成了幸福洋溢的場所。

可喜可賀，可喜可賀。

（我到底在寫什麼啊……？）

重新打起精神……好久不見，我是逆井卓馬。我從第一集就有個壞習慣，在吊人胃口的地方結束，卻讓各位讀者等了很長一段期間才出後續，實在非常抱歉。從第二集發售後經過四個月，能像這樣出版第三集，我非常開心。

首先有事報告。第二集出版後，豬肝的漫畫版在《電擊魔王》開始連載了！負責漫畫的是みなみ老師。各位讀者已經看過了嗎？畫風非常可愛，肯定會讓各位興奮得嚄嚄叫。

請各位試著想想。每次翻頁都能看到潔絲妹咩的尊容喔？

還沒有看過的讀者，請務必試著搜尋「豬肝記得煮熟再吃　漫畫」看看。

那麼，倘若是平常，我會在後記寫些執筆時的感想等內容，但關於第三集的情況，作品裡最強等級的變態幫我把想說的話幾乎都說出來了（不過作者本身並不是什麼變態，希望各位可以謹記這點。只不過我承認我很喜歡妹妹。）

因此，雖然每次都在重複同樣的話，但請讓我再次向各位道謝。陪我一起起勁地想哏的阿南編輯、用出色的插畫回應作者有一半是個人興趣的插畫家遠坂老師、用最棒的漫畫讓我每個月都充滿期待的みなみ老師，還有與豬肝相關的各位人士。然後最重要的是一路支持我到現在的各位讀者。真的非常感謝大家。

託各位的福，第三集也愉快地完成了。接下來也請各位多多指教。

二〇二〇年十一月　逆井卓馬

©Kou Nigatsu 2020 / KADOKAWA CORPORATION

聲優廣播的幕前幕後 1 待續

Kadokawa Fantastic Novels

作者：二月公　插畫：さばみぞれ

台前好姊妹，幕後吵翻天……
拿出職業聲優的骨氣騙過全世界吧！

碰巧就讀同一間高中的聲優搭檔——夕暮夕陽與歌種夜澄將教室裡的氛圍原封不動地呈現給聽眾的溫馨廣播節目開播！然而兩位主持人的真面目跟她們偶像聲優的形象恰好相反，是最合不來的辣妹與陰沉低調妹……？

NT$250/HK$83

©Kota Nozomi 2020 / KADOKAWA CORPORATION

你喜歡的不是女兒而是我!? 1~2 待續

Kadokawa Fantastic Novels

作者：望公太　插畫：ぎうにう

遭到猛烈追求讓人暈頭轉向！
長年愛意爆發的超純愛愛情喜劇第二彈！

鄰家大男孩阿巧喜歡的不是女兒而是我，還向我熱烈告白……咦？就算你突然這麼說，我也還沒做好心理準備——然而為了攻下我，阿巧一再猛烈進攻，甚至主動邀約初次約會……卻因接連不斷的風波而極度混亂。不行啦，阿巧，那間旅館是大人的——

各 **NT$220/HK$73**

©Kota Nozomi 2020 / KADOKAWA CORPORATION

神童勇者的女僕都是漂亮大姊姊!? 1~4 待續

Kadokawa Fantastic Novels

作者：望公太　插畫：ぴょん吉

值得記念的第一屆
「挑選主人的服飾大賽」開始嘍！

席恩偶然獲得未知的聖劍，宅邸內卻因牌局和Ａ書騷動，依舊鬧得不可開交。在女僕們「挑選最適合席恩的服飾大賽」結束後，一行人出發調查某個溫泉，並受託解決溫泉觀光地化面臨的問題，沒想到那裡竟是強悍魔獸的住處……令人會心一笑的第四彈！

各 **NT$200/HK$67**

©Matsuura, keepout 2019 / KADOKAWA CORPORATION

轉生後的我成了英雄爸爸和精靈媽媽的女兒 1~4 待續

作者：松浦　插畫：keepout

「請您做好覺悟了。」
艾倫發揮女神之力，驚心動魄的第四集！

大家好，我是轉生成元素精靈的艾倫。因為媽媽一聲令下，我進入學院體驗入學，結果在那裡找到一名被囚禁的大精靈！他好像是媽媽遍尋不著的第一個兒子。隨後以媽媽為首，精靈們總動員，展開一場救援行動！

各 **NT$200/HK$67**

©Tappei Nagatsuki, Takuya Fujima, WAR WINGS CLUB/909 MAINTENANCE AND SUPPLY SQUADRON 2020 / KADOKAWA CORPORATION

戰翼的希格德莉法 Rusalka (上)(下)

Kadokawa Fantastic Novels

作者：長月達平　插畫：藤真拓哉

「——讓我聽聽，妳的一切。」
飛舞於死地的少女們交織成的空戰奇幻故事，開幕！

人類的生存受到不明的敵性存在威脅，最後希望乃是被神選上的少女「女武神」，包含才色兼備卻不知變通的軍人露莎卡。她在歐洲的最前線基地遇上開朗得不合常理卻擁有強大戰力的少女。和她相遇不僅影響露莎卡的命運，也影響了人類未來的走向……

各 **NT$240/HK$80**

©Kyosuke Kamishiro, TakayaKi 2019 / KADOKAWA CORPORATION

繼母的拖油瓶是我的前女友 1~3 待續

作者：紙城境介　插畫：たかやKi

青梅竹馬還是算了吧。
一旦有個萬一，將會無處可逃——

儘管變回摯友，水斗與伊佐奈的距離感仍讓結女不安。曉月與川波這對青梅竹馬的關係卻教人更難理解。結女與水斗於是想方設法讓他們直面黑歷史——用以前的暱稱互相稱呼，假裝正在熱戀。而明明只是懲罰遊戲，兩人卻忍不住關注起對方的一舉一動……

各 **NT$220~240/HK$73~80**

©Shimesaba, booota, Imaru Adachi 2020 / KADOKAWA CORPORATION

刮掉鬍子的我與撿到的女高中生 1~4 待續

Kadokawa Fantastic Novels

作者：しめさば　插畫：足立いまる　角色原案：ぶーた

上班族 × JK，兩人的同居生活邁入倒數計時!?
日本系列銷售突破70,0000冊！

沙優的哥哥一颯突然來訪，兩人的同居生活突然面臨結束。回家期限在即，沙優緩緩道出自己的往事，關於學校，關於朋友，關於家庭。沙優為何會離家出走，而來到這麼遙遠的城市呢？這段日子跟吉田住在一起，她所獲得的又是什麼？事態急轉的第四集！

各 **NT$220~250/HK$73~83**

©Usata Nonohara 2021 / KADOKAWA CORPORATION

刮掉鬍子的我與撿到的女高中生 Each Stories

Kadokawa Fantastic Novels

作者：しめさば　插畫：ぶーた

「沙優，話說妳果然很會做菜耶。」
「啊，是……是嗎？」

從荷包蛋的吃法，吉田和沙優窺見了彼此不認識的一面；要跟意中人去看電影，三島打扮起來也特別有勁；神田忽然邀吉田到遊樂園約會……這是蹺家ＪＫ與上班族吉田的溫馨生活，以及圍繞在兩人身邊的「她們」各於日常中寫下的一頁。

NT$220/HK$73

國家圖書館出版品預行編目資料

豬肝記得煮熟再吃/逆井卓馬作；一杞譯. -- 初版. --
臺北市：臺灣角川股份有限公司, 2021.05-
冊；　公分
譯自：豚のレバーは加熱しろ
ISBN 978-986-524-421-7(第1冊：平裝). --
ISBN 978-986-524-768-3(第2冊：平裝). --
ISBN 978-626-321-055-4(第3冊：平裝)

861.57　　110003671

Kadokawa
Fantastic
Novels

豬肝記得煮熟再吃 第3次

（原著名：豚のレバーは加熱しろ（3回目））

2021年12月13日　初版第1刷發行

作　者：逆井卓馬
插　畫：遠坂あさぎ
譯　者：一杞

發行人：岩崎剛人
總編輯：蔡佩芬
編　輯：邱瓈萱
美術設計：莊捷寧
印　務：李明修（主任）、張加恩（主任）、張凱棋

發行所：台灣角川股份有限公司
地　址：104台北市中山區松江路223號3樓
電　話：（02）2515-3000
傳　真：（02）2515-0033
網　址：www.kadokawa.com.tw
劃撥帳戶：台灣角川股份有限公司
劃撥帳號：19487412
法律顧問：有澤法律事務所
製　版：尚騰印刷事業有限公司
ISBN：978-626-321-055-4

※版權所有，未經許可，不許轉載。
※本書如有破損、裝訂錯誤，請持購買憑證回原購買處或連同憑證寄回出版社更換。

BUTA NO LIVER WA KANETSUSHIRO (3KAIME)
©Takuma Sakai 2020
Edited by 電撃文庫
First published in Japan in 2020 by KADOKAWA CORPORATION, Tokyo.
Complex Chinese translation rights arranged with KADOKAWA CORPORATION, Tokyo.